CEUX QUI NE PEUVENT PAS MOURIR

1 - LA BÊTE DE PORTE-VENT

KARINE MARTINS

CEUX QUI NE PEUVENT PAS MOURIR

1 - LA BÊTE DE PORTE-VENT

GALLIMARD JEUNESSE

À ma famille pour son soutien
À Laurence et Émilie pour leurs judicieux conseils

1

Paris, 5 février 1887

Depuis qu'elle était au service de Gabriel Voltz, Rose avait appris une leçon essentielle : sortir seule la nuit dans Paris était la plus mauvaise idée qui soit. En s'engouffrant dans le passage du Pont-Neuf, la jeune fille maudit son employeur toujours en vadrouille et leur mystérieux visiteur qui l'obligeaient à emprunter ce genre de coupe-gorge. Il était minuit passé. La ruelle était déserte et silencieuse, hormis les claquements de ses pas sur les pavés. Les quelques becs de gaz allumés parvenaient à peine à éclairer les enseignes des boutiques et leurs vitrines opaques. La moindre ombre, le plus petit bruit suspect la faisaient accélérer. Quand une averse soudaine martela la verrière au-dessus d'elle, l'adolescente se mit à courir.

À l'autre bout du passage, elle accueillit avec soulagement les rires gras de gentilshommes en tenue de soirée. Ces derniers convergeaient vers une adresse de la rue Mazarine. À l'heure où le théâtre, l'opéra et les événements mondains prenaient fin, ces messieurs – plus fidèles à leurs rendez-vous hebdomadaires qu'à leurs épouses – se dirigeaient vers les plaisirs de la maison close *Le Lys blanc*.

On accédait à l'établissement par un large porche. Au fond de la cour, un attroupement s'était formé devant le vigile qui gardait l'entrée. Rose étira le cou pour inspecter l'endroit, et une grimace fronça son nez mutin. Elle aurait rebroussé chemin dans la seconde si leur visiteur n'attendait pas son retour. L'homme, un ecclésiastique à la mine patibulaire, s'était présenté à l'improviste peu avant vingt-trois heures et avait exigé de voir le maître des lieux. Rose en avait déduit qu'il le connaissait bien mal. Trouver Gabriel Voltz chez lui à cette heure aurait relevé du miracle ! Mais le prêtre n'avait rien voulu entendre et elle n'avait eu d'autre choix que de partir à sa recherche.

Rose inspira l'air glacial de ce début février pour se donner du courage. Elle tira sur son jupon, tenta de remettre de l'ordre dans ses boucles rousses, puis se fraya un chemin au milieu des manteaux et des cannes jusqu'au planton. Le vigile était borgne – son unique œil valide s'écarquilla quand il vit émerger de l'attroupement une servante maigrichonne de seize ans.

– Je dois parler à M. Voltz, annonça-t-elle.

– M. Voltz est occupé.

Un sourire goguenard s'étira sur la face grêlée du cerbère. Rose sentit sa patience l'abandonner. Pour ne rien arranger, sa présence amusait les autres clients. Des rires éclatèrent dans son dos ; impossible d'ignorer qu'elle en était la cible. Lèvres pincées, poings sur les hanches, elle s'écria :

– Eh bien, interrompez-le ! C'est urgent !

« Face de coprolithe », ajouta-t-elle en son for intérieur.

Elle n'était pas certaine du sens de cette insulte mais elle l'avait entendue une fois de la bouche de son maître et, vu les réactions qu'elle avait provoquées, elle était vexante.

Comme Rose ne bougeait pas, le cerbère finit par céder et entrouvrit la porte qu'il gardait. Des gloussements aigus, des odeurs affriolantes de nourriture et des parfums s'échappèrent de l'embrasure. L'homme appela quelqu'un avec qui il échangea quelques mots avant de refermer la porte.

– Va attendre plus loin, ordonna-t-il.

Rose obtempéra de mauvaise grâce et trouva refuge sous le porche traversé par les courants d'air. Au bout d'un quart d'heure, la porte s'ouvrit enfin. Un homme en sortit. Il était grand – d'une taille approchant le mètre quatre-vingt-dix – et paraissait à peine trente ans. Avec de grands gestes, il prit congé de ses hôtesses qui lui répondirent par des exclamations énamourées. Gabriel Voltz fendit la file de clients qui attendaient en gesticulant pour enfiler son manteau. Il enfonça son haut-de-forme sur sa tignasse noire en bataille en manquant d'en assommer un ou deux avec sa canne.

– Par tous les diables, Rose, que fais-tu ici ? J'espère que tu as une bonne excuse !

– Bien sûr que non ! J'ai eu une envie subite de prendre l'air et je me suis dit : « Tiens, si j'allais dans le lieu de débauche favori de mon employeur, histoire de geler sur place tandis qu'il finit ses petites affaires ? »

Gabriel plissa les yeux d'agacement. Il pointa le pommeau d'argent de sa canne vers sa protégée et chuchota :

– Tu es la créature la plus insupportable qu'il m'ait été donné de croiser depuis un siècle !

– Vu vos fréquentations, ça m'étonnerait ! D'ailleurs, l'une d'elles vous attend à la maison. Elle vous fait demander. Ça a l'air urgent.

L'exaspération de Gabriel retomba d'un coup. Les visites nocturnes n'étaient jamais annonciatrices de bonnes nouvelles. Il empoigna l'adolescente par le bras et l'entraîna dans la rue, loin d'oreilles indiscrètes. Au milieu du passage du Pont-Neuf, Gabriel la lâcha.

– Dis-moi tout, l'exhorta-t-il tout en poursuivant son

chemin, Rose toujours sur ses talons, peinant à suivre ses grandes enjambées.

– Je n'ai pas retenu son nom...

– Je t'ai pourtant interdit de faire entrer quiconque en mon absence !

– Ce n'est pas moi, c'est cette idiote de gouvernante. Mais il n'y a pas à s'inquiéter, c'est un prêtre...

Gabriel s'arrêta si brusquement que Rose le percuta.

– Barnabas Varga ?

Elle acquiesça. Gabriel se remit à marcher, accélérant encore l'allure. Contrainte de trottiner pour rester à sa hauteur, la jeune fille l'interrogea :

– Quel est le problème ? Ce n'est qu'un curé.

– Tu connais l'adage *L'habit ne fait pas le moine* ? Eh bien, Barnabas Varga en est l'illustration vivante.

⁂

Devant sa demeure de la rue des Marmousets-en-la-Cité, Gabriel marqua un temps d'arrêt. Au premier étage de la maison, où se trouvaient ses appartements, une lueur dansante se reflétait sur les vitres du petit salon. Avant de pénétrer dans le vestibule, il jeta un dernier regard derrière lui et poussa Rose à l'intérieur. La curiosité de cette dernière était à son comble. Son maître était si désinvolte d'habitude... Elle ne l'avait encore jamais vu aussi inquiet. Pour un prêtre, en plus ! Il avait affronté bien pire. À moins qu'il ne s'agisse d'une de ces créatures qu'il traquait, déguisée en religieux... Elle sourit malgré elle. Si c'était le cas, on pouvait dire que la chose qui attendait à l'étage avait un sacré sens de l'humour !

Dans le vestibule, Gabriel se débarrassa de son chapeau et de son manteau, mais également de la lame dissimulée dans l'étui de sa canne.

– Vous y allez sans arme ? s'étonna Rose.

– Monte te coucher.

– Mais je croyais que cet homme était dangereux...

Gabriel se retourna et la toisa de toute sa hauteur.

– Précisément ! Fais ce que je te dis, pour une fois !

Il lui désigna l'étage où se trouvaient les chambres des domestiques. L'adolescente capitula en ronchonnant.

Madeleine, la gouvernante, accueillit son patron en fronçant le nez.

– Je souhaiterais que les amis de monsieur daignent le visiter à des heures plus convenables !

Elle croisa les bras sur son opulente poitrine et le détailla de pied en cap.

– Je suggérerais également à monsieur de faire au moins semblant de ne pas revenir du bordel. Je crains que cela ne fasse mauvais genre pour recevoir un prêtre.

Gabriel jeta un coup d'œil au miroir du palier. Effectivement, son allure était loin d'être correcte. Il repeigna ses cheveux noirs en bataille de la main, lissa son bouc et sa moustache, puis ajusta son foulard de soie.

– Vous pouvez disposer, Madeleine, dit-il avant d'entrer dans le salon. Je ne veux pas être dérangé.

Barnabas Varga ne leva pas les yeux à l'entrée de Gabriel. C'était un homme d'une cinquantaine d'années, vêtu d'une robe de prêtre. Il s'était installé près de l'âtre, et les flammes projetaient des lueurs mouvantes sur son visage osseux et pâle sans parvenir à l'égayer. L'air connaisseur, il dégustait l'une des meilleures liqueurs de Gabriel, une bouteille qu'il gardait précieusement dans son bureau. Varga avait dû se servir lui-même ; Madeleine ne se serait pas permis d'entrer dans l'espace privé de son employeur. Tendu comme un arc, Voltz s'assit en face de son visiteur.

– Cela fait longtemps que nous n'avons pas de nouvelles

de toi, Gabriel, dit Varga. La Confrérie exige un compte rendu régulier de tes activités. L'aurais-tu oublié ?

– Je vois difficilement comment…

Varga fit mine de ne pas remarquer le ton méprisant, mais ses doigts se serrèrent autour de son verre.

– Comment s'est déroulée ton intervention à Saint-Malo ? C'était il y a trois mois et je n'ai toujours aucun rapport concernant cette affaire.

– Un simple vampire. Rien de très remarquable. Je l'ai retrouvé dans une auberge à quelques lieues de la ville.

– J'ai entendu dire qu'il y avait eu trois victimes : l'aubergiste, sa femme et leur fille. C'est bien cela ?

À ces mots, Gabriel se crispa encore plus, puis croisa ses longues jambes pour se donner une contenance. La Confrérie avait des espions partout et, dans le cadre de cette affaire, il se serait bien passé de leur surveillance.

– Pas de témoin de ton intervention, n'est-ce pas ?

– Non. Je suis arrivé trop tard : le vampire les avait tués tous les trois. L'auberge a été incendiée, comme d'habitude, pour faire disparaître les traces de son passage. Je vous transmettrai un rapport complet dès que possible.

– J'y compte bien. En attendant, je suis venu te confier une nouvelle affaire : trois meurtres près de Morlaix. Tu trouveras les documents sur ton bureau. Tâche de les brûler dès que tu en auras pris connaissance. Je te laisse lire la lettre du père Anselme, prêtre de la paroisse. Si tu as des questions, je loge chez Mgr Destouches pendant encore trois jours.

L'ecclésiastique se leva et posa son verre à peine entamé sur un guéridon. La visite n'allait pas s'éterniser. « Une bonne chose », pensa Voltz. À un détail près.

– Je suis à court de *verallona*.

Quémander ce maudit antidote lui arrachait à chaque fois la bouche. Varga aimait le voir supplier, Gabriel en était convaincu. C'était une manière de lui rappeler qui détenait le pouvoir.

– Tu trouveras ce qu'il te faut sur ton bureau. Une seule dose. Il est hors de question que tu disparaisses encore pendant des mois sans donner de nouvelles.

Voltz serra les dents pour s'empêcher de répliquer. Plus vite Varga sortirait de chez lui, mieux il se porterait. Juste avant de franchir la porte, le prêtre se tourna vers lui.

– Qui est cette jeune fille que tu as prise sous ton aile ?

Gabriel sentit une sueur froide dévaler sa colonne vertébrale. Il s'efforça de rester impassible.

– Une simple domestique.

– Depuis quand travaille-t-elle pour toi ?

– Quelques semaines…

– Elle n'est au courant de rien, n'est-ce pas ? Tu connais la règle.

Pour la connaître, il la connaissait ! Afin de masquer son trouble, Voltz se saisit de la liqueur abandonnée sur le guéridon et la but d'un trait.

– C'est une petite sans famille et un peu idiote. Je me vois mal lui confier un quelconque secret.

– Bien… Cela m'ennuierait de devoir faire une fois de plus le ménage derrière toi.

Gabriel serra son verre à le briser. Il préférait affronter une armée de suceurs de sang plutôt que d'imaginer Rose entre les mains de l'Ordre de la Sainte-Vehme.

2

Derrière la fenêtre du salon, Gabriel suivit du regard la silhouette du prêtre qui s'éloignait dans la rue. Ce ne fut que lorsque la nuit l'eut complètement englouti qu'il se décida à aller consulter les détails de l'affaire que ses saints employeurs lui avaient confiée. À peine avait-il fait un pas dans le couloir qu'il se figea : de la lumière filtrait sous la porte de son bureau. Furieux, il ouvrit la porte à la volée, faisant claquer le battant contre sa bibliothèque. Assise à sa table de travail, Rose referma précipitamment un dossier de cuir.

– Alors comme ça je ne suis qu'une « domestique idiote » ? Dois-je vous rappeler que l'idiote a sauvé votre derrière de ce « simple vampire » ? Et ça ? Qu'est-ce que c'est ?

Elle brandissait une fiole. Gabriel pressentait déjà le moment où cette maladroite allait la briser et en répandre le précieux contenu sur les instructions de sa nouvelle mission.

– Espèce d'inconsciente ! Te rends-tu compte de ce qui serait advenu de toi si Varga t'avait surprise ici avec ces documents à la main ?

De sombres images lui envahirent l'esprit.

– De toute manière, je n'y comprends rien, répliqua Rose. Ce n'est pas du français.

– Pose ça et disparais avant que je ne te tanne le cuir!

Elle reposa le dossier sur le bureau. Voltz lui criait dessus en permanence, mais habituellement ses menaces n'étaient que des paroles en l'air. Cette fois, en revanche, il avait l'air sérieux. Dans le doute, elle capitula et sortit en contournant de loin son employeur pour éviter de passer à portée de sa colère.

Une fois seul, Gabriel se mit à faire les cent pas pour recouvrer son calme. Jamais il n'aurait dû emmener cette fouineuse à Paris. «Le secret doit être maintenu coûte que coûte» : c'était la règle d'or de la Sainte-Vehme. Nul ne devait connaître l'existence de Voltz ou celle de la Confrérie, et encore moins leurs activités. Lui était une aberration de la nature et l'Ordre était censé être dissous depuis le début du siècle; hors de question que leurs existences soient révélées au grand jour.

Et pourtant... Rose savait tout à son sujet. Il aurait dû la livrer à Barnabas Varga depuis longtemps, mais il ne s'y était jamais résolu.

Gabriel avait rencontré la jeune fille trois mois plus tôt, alors qu'il pourchassait un vampire qui sévissait autour de Saint-Malo. La nuit où la créature avait pris pour cible l'auberge des parents de Rose, Voltz était arrivé trop tard pour les sauver. Seule l'adolescente avait survécu. Au cours du combat qui avait opposé Gabriel au vampire, elle lui avait même sauvé la mise. Armée d'un épieu, elle avait embroché le monstre et atteint le cœur du premier coup, comme s'il s'était agi de la chose la plus naturelle au monde. Le courage de la gamine, ainsi que son désarroi face à la mort de ses parents, l'avaient convaincu de la prendre sous son aile.

Gabriel s'installa derrière son bureau et ouvrit le dossier. Sa couverture de cuir était ornée de l'emblème de l'Ordre, une croix rouge cerclée. Il contenait une lettre cryptée à l'aide d'un code que seuls les initiés pouvaient déchiffrer. L'expéditeur était un certain père Anselme, curé de la paroisse de

Primel-Trégastel, un petit village sur la côte nord du Finistère. Le courrier, daté d'il y avait deux semaines, était directement adressé à Barnabas Varga. Cet Anselme faisait donc partie de la Confrérie. Gabriel soupira ; il aurait préféré travailler sans que tous ses faits et gestes soient rapportés à l'Ordre.

La missive contenait peu d'informations. Le prêtre expliquait qu'on avait retrouvé trois corps à moitié dévorés aux alentours du village. On avait attribué les deux premières morts à une meute de loups et organisé des battues, mais les attaques n'avaient pas cessé. La dernière avait provoqué un fort émoi chez les villageois : la victime était le fils du maire de la petite bourgade, Charles Le Kerdaniel. L'enquête menée par les autorités locales n'avait évidemment rien donné et l'ecclésiastique craignait pour la sécurité de ses paroissiens. Au vu des blessures, affirmait-il, il ne s'agissait pas d'un simple animal.

Gabriel froissa la lettre et l'approcha de la chandelle. Il la laissa se consumer et ne la lâcha que lorsque la chaleur de la flamme lui brûla les doigts. Ensuite, il mit en lieu sûr la fiole d'antidote et monta l'escalier grinçant jusqu'au dernier étage, où se trouvaient les combles et les chambres des domestiques. Il poussa la porte entrebâillée de celle de Rose. La pièce mansardée était modestement meublée : une commode, une table avec une seule chaise, pas de tapis, pas de tentures à l'unique fenêtre de toit. Pourtant, en voyant son nouvel univers quelques mois plus tôt, Rose avait trépigné de plaisir. Après le drame, sans famille et sans ressources, elle s'était imaginée à la rue. Ce grenier et ce poste de domestique, même provisoire, étaient une bénédiction pour elle.

Allongée sur le lit, la jeune fille lui tournait le dos. Sa masse de cheveux roux bouclés recouvrait entièrement l'oreiller. Dormait-elle ?

– Je dois partir quelque temps pour le Finistère, annonça Gabriel.

Rose se redressa brusquement, l'air anxieuse.

– Vous n'allez pas me laisser toute seule avec la goule ?

– Pour la centième fois, Madeleine n'est pas une goule.

Une méfiance réciproque s'était installée entre les deux femmes dès les premiers jours. C'était à n'y rien comprendre : Rose était plus impressionnée par la vieille domestique que par lui. Pourtant, il avait tout essayé pour acquérir un semblant d'autorité sur l'adolescente. Sans résultat. Elle continuait à lui tenir tête à la moindre occasion. En revanche, quelques jours avec la gouvernante la mettaient dans tous ses états. Pour un chasseur de sa trempe, c'était vexant.

– Je peux venir avec vous ?

– Sûrement pas ! C'est l'affaire de deux ou trois semaines tout au plus.

– Mais...

Gabriel voulut couper court à la discussion en sortant de la pièce. Rose le retint d'une question :

– Qui est cet homme ?

– Quelqu'un qu'il te faut éviter comme la peste.

– Il sait que vous êtes immortel ? Parce que ça doit pas mal perturber un prêtre, ce genre de bizarrerie.

– Bien sûr... En revanche, toi, tu ne devrais pas être au courant.

– À quoi sert le produit dans la fiole ?

Voltz jeta un œil par-dessus son épaule. Assise sur le bord du lit, elle avait cette expression inquisitrice qui présageait une longue série de questions, questions auxquelles il n'avait aucune envie de répondre. Il botta en touche.

– Il me permet de garder mon calme avec les pestes fouineuses et exaspérantes.

– Et si le prêtre revenait pendant votre absence ?

Il se frotta le front. C'était malheureusement une éventualité qu'il ne pouvait pas ignorer. Malgré tout ce qu'elle savait à son sujet, Rose lui avait toujours fait une confiance aveugle. Ce soir-là, encore, elle le crut quand il lui certifia que Varga ne resterait pas longtemps dans la capitale.

– Il est tard. Il est temps de dormir, conclut-il avant de refermer la porte.

Il redescendit dans son bureau et s'enferma à double tour. Installé à sa table de travail, il sortit la fiole de son tiroir, ainsi qu'un coffret dans lequel se trouvait une seringue. Avec des gestes mécaniques, il remplit la seringue du liquide translucide. Il devait s'efforcer de mettre ses pensées en veille durant ce rituel, ne surtout pas réfléchir, sous peine d'être tenté de fracasser le flacon. Après s'être mis un garrot au bras gauche, il planta l'aiguille au creux de son coude. Il n'arrivait jamais à contenir le tremblement de ses mains. Il serra les dents, attendant avec appréhension les effets du produit.

La brûlure de l'injection devint vite insoutenable, comme un poison qui se répandait dans ses veines. Jamais il ne s'y habituerait. Il laissa tomber la seringue et comprima son bras pour atténuer la douleur. Parfois, l'idée de laisser libre le monstre qui sommeillait en lui le tentait – au moins, il ne dépendrait plus de la Confrérie et de ce maudit antidote. La tête appuyée contre le dossier du fauteuil, il ferma les yeux…

Il fallut plusieurs minutes pour que la crise s'estompe. Les oreilles de Gabriel bourdonnaient, et il avait un goût de bile dans la bouche.

Il tituba jusqu'à ses appartements, comme soûl, le corps et l'esprit brisés. Parvenu dans sa chambre, il s'effondra sur son lit. À chaque fois, c'était terrible. À chaque fois. Depuis un siècle.

3

Le lendemain, Voltz sortit aux premières lueurs du jour. Il ne lui restait que peu de temps avant son départ pour la Bretagne et il avait beaucoup de dispositions à prendre, notamment quelques achats à effectuer dans des échoppes bien particulières. La lettre du père Anselme manquait curieusement de détails : il n'y avait pas de descriptions des blessures infligées, ni aucune hypothèse sur la nature de la créature. C'était étrange. Puisqu'il était membre de la Confrérie, le prêtre aurait dû être capable d'identifier certaines traces. Tous les Égarés signaient d'une manière ou d'une autre leurs crimes.

Gabriel sauta dans le premier omnibus en direction du XXe arrondissement. Le trajet fut ralenti par les travaux de rénovation de la capitale : l'Exposition universelle était prévue deux ans plus tard et il restait beaucoup à faire pour que Paris se présente à la face du monde sous ses plus beaux atours. Toutefois, la modernisation de la ville n'avait pas encore atteint les extrémités est et nord, et aucun transport urbain n'allait au-delà du cimetière du Père-Lachaise. Voltz dut poursuivre à pied jusqu'au quartier Champlain. Pour l'heure, le progrès n'avait pas laissé sa marque sur ce quartier. Le brouillard atténuait la laideur du bidonville, mais il ne pouvait rien contre la puanteur des égouts à ciel ouvert. Dans des habitations faites de bric et de broc s'entassaient les marginaux de la capitale, victimes d'une révolution industrielle à plusieurs vitesses. C'était également là que vivait une population hétéroclite de voyantes aux dons plus ou moins avérés et de marchands de potions en tout genre.

Au cours des années, Gabriel avait déniché de vrais trésors et fait d'étranges rencontres dans ces taudis, qui n'avaient de boutiques que le nom. L'une de ces rencontres vivait dans une masure délabrée aux vitres cassées recouvertes par des tissus crasseux. L'immortel entra sans frapper et fronça le nez dès le seuil. L'unique pièce était enfumée par un feu de cheminée qui projetait des lueurs inquiétantes sur les flacons et alambics alignés sur les étagères. À son entrée, une vieille femme vêtue d'une robe élimée sortit de l'ombre en souriant.

– J'étais sûre que je n'allais pas tarder à avoir ta visite, mon joli !

– Tes viscères de poulet ont encore parlé, Alma ? la railla Gabriel en ôtant son haut-de-forme.

Le sommet de son chapeau frôlait les poutres du plafond.

– Je ne les utilise plus. Les bourgeoises qui viennent pour savoir si leurs maris forniquent ailleurs ont l'estomac sensible.

Elle s'installa derrière une table encombrée d'herbes séchées, et Gabriel, à son invitation, prit place en face d'elle.

– Cela fait longtemps que tu n'es pas revenu me voir, remarqua-t-elle en tassant des fleurs déshydratées de valériane dans un sachet à l'hygiène douteuse.

– J'ai eu beaucoup de travail…

Alma redressa tant bien que mal son dos voûté.

– Courir après les démons en espérant ne pas être rattrapé par les siens est une illusion, mon petit.

Un rictus tordit la bouche de Gabriel. Les sentences visionnaires de la nécromancienne lui avaient manqué. Mais le visage de son hôtesse se referma brusquement.

– J'ai entendu dire que la Sainte-Vehme était à Paris.

– Les esprits qui t'entourent sont de vraies commères, à ce que je vois ! Mais tu n'as rien à craindre, il s'agit juste de Varga.

– Juste ? Eh bien, ça me semble amplement suffisant pour s'inquiéter !

Le sachet d'herbes qu'elle bourrait tomba au sol. Gabriel le ramassa et entreprit de finir de le remplir – l'arthrite rendait la tâche malaisée pour son amie. Cela faisait vingt ans qu'il la connaissait, et il lui semblait qu'elle avait toujours été aussi âgée. Alma faisait partie des Occultes, catégorie dans laquelle la Confrérie classait tous les humains détenteurs de dons. Ils n'étaient pas une priorité pour la Sainte-Vehme ; seule l'utilisation de la magie noire faisait aussitôt passer les Occultes sur leur liste des indésirables à éliminer. En théorie, Alma n'avait donc pas de souci à se faire, mais on n'était jamais à l'abri de rien avec l'Ordre.

– Je pourrais à nouveau essayer de trouver un substitut à la *verallona*. Ça me tue de voir un gars comme toi travailler pour des gens pareils !

– Laisse, Alma. La Confrérie garde jalousement ses secrets, et la recette de leur antidote en fait partie. Mais peu importe, ce que je fais est loin d'être inutile, tu ne crois pas ? Je contribue à rendre notre monde plus sûr et plus beau, à vaincre le mal tapi dans l'ombre, à sauver les orphelines en détresse…

– Cesse de dire des bêtises ! s'emporta Alma. Je suis sérieuse ! Trouve un moyen de quitter cette maudite Confrérie !

– C'est un conseil de tes morts ?

– Non, de ton amie… Et puis, ces esprits dont tu te moques ne peuvent me transmettre que ce qu'ils sont autorisés à me dire. Si tu veux des réponses sur ton immortalité, interroge ceux qui t'emploient.

– Crois-tu que je t'aie attendue pour leur demander ? Si la Sainte-Vehme sait pourquoi je me suis réveillé un beau matin immortel et doué d'une force herculéenne, elle garde farouchement ces informations pour elle. Quant à tes esprits, ils ne sont bons qu'à révéler à la comtesse de Vignac que son mari lui emprunte ses corsets dès qu'elle a le dos tourné. Ce que toutes les putains de Paris savent déjà !

– Comment sais-tu que la comtesse de Vignac est venue me voir ? s'étonna Alma.

– Parce que je veille sur toi, vieille folle ! Sur toi et sur ta boutique. Mais je ne suis pas là pour parler de tes défunts informateurs. J'ai besoin de tes mixtures.

La nécromancienne se leva avec peine, dépliant son corps fripé.

– Pour quel Égaré ?

– Thérianthrope, à première vue.

– Quel genre ? Loup-garou, garache, galipote, voirloup... Selon l'espèce, tu sais très bien que les façons de les neutraliser ne sont pas les mêmes.

– Je n'ai aucune information. Je ne suis même pas sûr qu'il s'agisse d'un thérianthrope. Donne-moi ce que tu as sous la main, j'aviserai sur place.

Alma renonça à inspecter ses fioles et se rassit.

– Tu as traversé la moitié de la ville sans déterminer précisément ce dont tu as besoin ? Allons, Gabriel, ça ne te ressemble pas. Si tu me posais plutôt la question qui te brûle les lèvres depuis que tu es entré ?

– Une question ? Je ne vois pas de quoi tu parles.

La vieille laissa bruyamment crisser l'air entre ses dents gâtées.

– Quand tu commences à te moquer de mes dons, c'est que tu souhaites les utiliser. Alors, cesse de me faire perdre mon temps et dis-moi ce que tu veux !

Voltz soupira.

– Je suis inquiet pour une jeune personne que j'ai prise sous mon aile. C'est un témoin que j'ai épargné, et je crains que Varga l'ait compris. Je dois être sûr de pouvoir la laisser quelques semaines à Paris sans risque.

– Tu as un objet lui appartenant ?

Gabriel fouilla dans la poche de son manteau et en sortit un mouchoir de soie plié qu'il posa au milieu de la table. Il en défit les pans pour dévoiler quelques boucles – leur rousseur contrastait avec la blancheur du tissu. Rose dormait encore à poings fermés quand il lui avait coupé une mèche avant de quitter la maison.

Alma prit les cheveux dans le creux de sa main et la recouvrit de l'autre. Même concentrée sur sa tâche, la vieille femme pouvait sentir la fébrilité de l'immortel. Après de longues minutes de silence, la nécromancienne finit par rouvrir les yeux. Elle reposa soigneusement la mèche au centre du carré de soie.

– Je suis désolée pour cette petite, Gabriel.

– Désolée ? De quoi ? Qu'as-tu vu ?

– Varga et ses hommes en noir... Une maison en flammes...

– Où ? Quand ?

– Tu sais très bien comment ça fonctionne ! Je ne perçois que des images, je ne peux pas t'en dire plus, se défendit la vieille femme. Qui est cette fille ? Pourquoi Varga en a-t-il après elle ?

Gabriel frappa du poing sur la table.

– J'aurais dû m'en débarrasser, lui trouver une famille. Mais, non, il a fallu que je la ramène avec moi !

Il se leva d'un bond, manquant de s'assommer contre les poutres du plafond.

– Son avenir n'est pas gravé dans la pierre, tempéra Alma. Si on m'a envoyé ces visions, c'est que rien n'est perdu !

Voltz dévisagea la vieille femme.

– Tu n'as rien vu de plus ? Juste Varga et une maison en flammes ?

La nécromancienne secoua la tête. L'effort de concentration l'avait épuisée, mais seules quelques images lui étaient venues. Généralement, ses visions étaient bien plus précises. On estimait sans doute de l'Autre Côté que l'immortel en savait assez pour prendre la bonne décision.

✠

Accablé par ce qu'il venait d'apprendre, Gabriel ne s'éternisa pas. Sur le chemin du retour, il ne cessait de consulter sa montre. Il ne lui restait plus que trois heures avant le départ du train pour Rennes. Trouver une solution pour cacher Rose représentait un vrai défi. Surtout si elle se montrait aussi peu coopérative que d'habitude.

Mais en pénétrant dans le vestibule, à la tête que faisait Madeleine, il comprit que ce ne serait pas son seul problème.

– Je tiens à dire à monsieur que je n'y suis absolument pour rien et que je décline toute responsabilité en ce qui concerne les idées absurdes de cette gamine !

– Qu'a-t-elle encore inventé ? gémit Gabriel.

– Je n'ai pas de mots, je préfère que vous le voyiez par vous-même...

Rose n'était jamais à court d'« idées absurdes ». La plupart du temps, il s'en amusait, mais là ce n'était pas le moment. Il grimpa donc les escaliers avec l'entrain d'un condamné à mort, Madeleine sur ses talons.

– Par les cornes de Lucifer ! jura-t-il en entrant dans la chambre de Rose.

Son regard horrifié passa sur l'amas de cheveux roux qui jonchaient le sol, puis sur l'accoutrement improbable de Rose. Affublée d'un pantalon de toile grossière, d'une veste d'homme mal ajustée et d'une casquette qui dissimulait sa chevelure massacrée, la jeune fille s'était transformée en Gavroche à taches de rousseur.

– Avant de râler, laissez-moi vous expliquer, dit-elle avec aplomb en retenant le pantalon trop large qui menaçait de lui tomber sur les chevilles.

– Je sens que monsieur va adorer, ironisa Madeleine.

Rose se lança alors dans l'argumentaire qu'elle avait aiguisé toute la nuit :

– Tout d'abord, sachez que si vous m'obligez à rester ici, je m'enfuirai.

– Et je suis prête à lui tenir la porte, compléta Madeleine.

Le regard noir que Gabriel lui jeta par-dessus son épaule la dissuada d'intervenir davantage.

– Deuxièmement, poursuivit Rose, vous avez tout intérêt à m'emmener. Les Bretons sont méfiants et ils ne vont pas vous faciliter la tâche dans votre enquête. En revanche, ils parleront dans votre dos, et c'est là qu'ils peuvent fournir des informations importantes. Qui sera présente pour les entendre en douce ? Moi !

Transportée par son enthousiasme, elle lâcha la ceinture trop large de son pantalon, et ne la rattrapa que de justesse.

– Ils ne se méfieront pas d'un gamin sourd et muet...

C'en était trop : Gabriel éclata de rire.

– Si je parle, ils comprendront tout de suite que je suis une fille, expliqua Rose en le fusillant du regard.

– Et pourquoi cet accoutrement ? demanda Voltz. Pourquoi ne pas t'habiller normalement ?

– Vous ne pouvez pas voyager et travailler avec une femme. Ce ne serait pas convenable !

– Évidemment ! Suis-je bête !

Madeleine retourna vaquer à ses occupations en marmonnant tout le mal qu'elle pensait de cette gamine.

– Il y a un troisième argument ? s'enquit Gabriel.

– Oui. Je vous rappelle que je vous ai sauvé la vie, chuchota Rose pour ne pas être entendue de la gouvernante. Le moins que vous puissiez faire, c'est de ne pas m'abandonner ici avec cette créature démoniaque !

Gabriel pénétra dans la chambre en refermant la porte derrière lui.

– Madeleine n'est pas une créature démoniaque. Et tu ne m'as pas sauvé la vie, Rose, puisque je ne peux pas mourir.

– Oui, mais au moment où je l'ai fait, je ne le savais pas. Donc, ça compte comme un service que vous me devez !

Gabriel passa outre cet argument fallacieux pour revenir à sa principale préoccupation.

– Rose, est-ce que tu as discuté avec Varga ? T'a-t-il interrogée sur quoi que ce soit ?

– Il m'a demandé d'où je venais et depuis quand je travaillais pour vous. Je ne lui ai pas parlé de l'auberge, mais je lui ai dit que je vivais à Saint-Malo avant. Je n'aurais pas dû, n'est-ce pas ?

Une boule d'angoisse se coinça dans la gorge de Gabriel. Varga avait fait le lien entre la fille de l'aubergiste assassiné et Rose, c'était sûr. Même ville, même date, et il était loin d'être stupide. Subitement, si farfelu qu'ait pu lui paraître le numéro de l'adolescente, il le considéra d'un autre œil. L'ecclésiastique connaissait son visage et ne tarderait pas à venir « nettoyer derrière lui », comme il le disait si bien, une fois que Gabriel aurait quitté la capitale.

Il inspecta le déguisement de la jeune fille : elle l'avait composé à l'aide de vêtements laissés par les anciens occupants des combles. Il lui ôta le béret d'où dépassaient les boucles qui avaient échappé aux ciseaux. Rose ne moufta pas lorsqu'il écarta les pans de la veste pour contempler sa chemise bien trop grande. Elle avait pensé à tout, même à bander sa poitrine pour aplatir ses formes. Gabriel recula d'un pas pour la jauger. Il y avait de fortes chances pour qu'ils soient démasqués : la taille et la silhouette menue de l'adolescente lui donnaient des airs de gamin, mais ses traits fins, ses grands yeux bordés de longs cils, sa bouche charnue et surtout cette masse de cheveux la trahissaient.

– Il va te falloir des vêtements plus appropriés. Et teindre ces boucles, elles sont trop féminines. Du brou de noix devrait faire l'affaire.

Rose écarquilla les yeux, déroutée de le voir entrer dans son jeu.

– Allez ! Nous n'avons plus beaucoup de temps !

– Vous... vous êtes d'accord ?

Il saisit son menton entre son pouce et son index pour la fixer dans les yeux.

– Pas de plaisanteries ! Tu n'entends rien, tu ne dis rien devant des étrangers. Tu gardes la tête baissée, tu pinces les lèvres et tu fronces les sourcils. Compris ?

Sa pression sur sa mâchoire était si forte que Rose peina à hocher la tête.

– Alors, dépêchons-nous. Nous avons peu de temps pour rendre cette mascarade vraisemblable.

4

En fin de matinée, ils embarquèrent dans le train en direction de Rennes. Pour échapper aux bavardages de Rose, Gabriel feignit de s'endormir peu après leur départ, puis fut rattrapé pour de bon par le sommeil. Sa tête, appuyée contre le dossier, dodelinait au rythme des secousses du wagon. L'adolescente tuait le temps en dévisageant son reflet dans la vitre. Outre ses traits fins, elle ne se reconnaissait plus : Gabriel l'avait transformée en valet de chambre. Il l'avait habillée d'une veste courte de velours noir, d'un pantalon et de bottes neuves. Elle s'était facilement habituée à cette tenue masculine, qui lui donnait plus de liberté de mouvement, mais nettement moins à sa chevelure devenue brune et à cette ridicule queue-de-cheval. Elle détourna le regard, regrettant ses belles boucles rousses.

Gabriel laissa échapper un ronflement sonore. Rose soupira. Il était parti pour dormir jusqu'à l'arrivée du train et elle serait condamnée à mourir d'ennui. À part eux deux, le wagon était vide. Au-dessus de Voltz, dans le filet à bagages, se trouvait une lourde sacoche. En prenant garde à ne pas toucher le dormeur, Rose se leva et grimpa sur la banquette. Elle tira la sacoche jusqu'à ce qu'elle se trouve en équilibre précaire au bord du porte-bagages. Puis elle se rassit, un sourire malicieux aux lèvres.

Il suffit d'un coup de frein pour que la sacoche s'écrase sur le torse de Voltz. L'immortel bondit, l'air hagard mais prêt à en découdre ; une dague était apparue dans sa main.

– On est secoués comme des pruneaux dans ce train, remarqua Rose, heureuse d'avoir réussi à le réveiller sans s'attirer ses foudres.

Gabriel ramassa le sac en bougonnant, puis rangea son arme. Ensuite, au grand dam de sa protégée, il reprit sa position de sommeil et ferma les yeux. Il allait replonger si elle ne faisait rien, le bougre !

– Puisque vous ne dormez plus, j'ai une question à vous poser.

Gabriel ouvrit un œil soupçonneux.

– Ce n'est pas une heure pour bavasser…

– Pourquoi avez-vous peur de ce prêtre ?

Comme elle l'escomptait, la provocation sortit l'immortel de sa torpeur. « Ma fille, il n'y a pas meilleur moyen de faire réagir un homme que de taper là où ça fait mal ! lui répétait sa mère. Et ce n'est pas toujours là où l'on croit », précisait-elle parfois. Maintenant que l'amour propre de Voltz était en jeu, elle avait toute son attention.

– Je n'ai pas peur de Varga ! C'est pour toi que j'ai peur !

– Pourquoi ?

– Arrête avec tes questions. Tu en sais déjà beaucoup trop !

– Moi, au contraire, je pense que vous ne m'en avez pas révélé assez. Si j'avais su qui il était, je n'aurais pas fait la bêtise de répondre à ce prêtre. Je m'en serais méfiée et je lui aurais menti. Mon père disait que savoir les choses à moitié, c'est comme traire une vache et laisser tourner le lait !

Voltz fronça les sourcils. Rose marquait un point. De plus, si elle prenait conscience de ce qu'elle risquait en restant à ses côtés, peut-être cesserait-elle de s'accrocher à lui. Il lui serait alors plus facile de lui trouver un foyer sûr une fois cette enquête terminée.

Il choisit prudemment ses mots. C'était une question qu'il abordait rarement avec des non-initiés, encore moins lorsqu'ils étaient aussi jeunes.

– Varga et moi appartenons à une ancienne Confrérie appelée la Sainte-Vehme, dit-il enfin. Nous ne sommes que des sous-fifres d'une hiérarchie bien plus vaste.

– Je pensais que vous travailliez seul.

– Oui, la plupart du temps. Nous n'intervenons pas sur les mêmes missions et Paris est mon territoire. Je m'occupe des créatures les plus coriaces; Varga et ses hommes des moins dangereuses. Ils s'assurent également qu'aucun témoin ne puisse dévoiler ce que nous faisons.

Rose blêmit.

– Des témoins comme moi?

– Oui.

– Mais c'est un prêtre! Il ne peut pas s'en prendre à des innocents!

– Tu as déjà entendu parler de la Sainte Inquisition, Rose?

La jeune fille opina.

– La Sainte-Vehme ne vaut guère mieux. Elle a vu le jour en Allemagne à la fin du XIIe siècle; sa mission était d'aider la justice à punir les criminels en tout genre, les hérétiques, les traîtres, les meurtriers... Elle s'occupait des cas qui passaient entre les mailles des tribunaux officiels faute de preuves, de temps ou de mains armées. Rapidement, la Sainte-Vehme est devenue indispensable; l'empereur et le pape la soutenaient. Mais, à partir du XVIIIe siècle, les abus se sont multipliés. Il y avait bien trop d'initiés, et donc trop de dérives; à la Révolution, la Confrérie a été dissoute. Du moins, officiellement. Elle a survécu dans l'ombre grâce au soutien de quelques personnes haut placées de l'Église... Et elle s'est mêlée d'activités plus occultes.

– La chasse aux démons?

– Ce ne sont pas des démons. Les êtres que je poursuis sont des Égarés. Ce sont des monstres qui se cachent sous une apparence humaine et qui peuplent le folklore de chaque pays et région.

– D'où viennent-ils ?

– Ce sont des humains touchés par des sorts ou des malédictions, volontaires ou non. Certains paient très cher pour devenir des Égarés dans le but d'assouvir une vengeance, d'accéder au pouvoir, à l'argent... Mais la plupart sont simplement des victimes qui ont eu la malchance de déplaire à un Occulte. La Confrérie ne fait pas de distinction. Ces êtres sont une hérésie : ils doivent être exterminés.

– C'est ce que vous pensez aussi ?

– Tout dépend des créatures. Beaucoup sont des assassins.

Rose réfléchit quelques instants, le regard perdu dans la campagne endormie qu'on voyait défiler à travers la vitre.

– Je n'arrive pas à décider si cette Sainte-Vehme est une bonne chose ou pas, et donc si, vous, vous êtes quelqu'un de bien ou pas. Peut-on faire quelque chose de noble, comme protéger les gens, tout en travaillant au service d'hommes qui tuent des innocents pour se couvrir ?

C'était le dilemme au cœur de la vie de Gabriel. Il secoua la tête, dépité.

– Bon Dieu de gamine, marmonna-t-il. Ils ne m'ont pas vraiment laissé le choix. Moi aussi, je suis une hérésie. J'ai été témoin de leurs méthodes et, crois-moi, il vaut mieux être leur allié que leur cible.

– Les membres appartiennent tous à l'Église ?

– Non, les initiés viennent de divers horizons. Il existe deux branches très différentes. L'une est constituée de laïcs, souvent des gens haut placés de la justice. Ceux-là perpétuent l'œuvre d'origine de l'Ordre et pourchassent les criminels que les tribunaux officiels ne peuvent pas juger. L'autre est plus secrète, même au sein de la Confrérie. Elle est aux mains de l'Église et traque les créatures surnaturelles.

– Et vous ne travaillez qu'avec cette dernière ?

Gabriel hocha la tête.

– Comment êtes-vous devenu immortel ?

– Ça, je n'en sais rien. Il y a un siècle, je me suis réveillé dans une forteresse nichée dans les montagnes bavaroises, entouré de prêtres qui priaient pour le salut de mon âme damnée. Depuis ce jour, je ne vieillis pas, et mes blessures guérissent d'elles-mêmes. En revanche, je ne suis pas invincible. Je ressens la douleur et les cicatrices ne disparaissent pas, du moins pas dans l'immédiat.

– Vous pouvez mourir ?

– Oui, mais je reviens à la vie. Le problème est que le processus peut prendre du temps et je préfère l'éviter. C'est extrêmement douloureux mais, surtout, je ne peux pas me permettre de ressusciter devant de parfaits inconnus. Si je rechigne à tuer des humains, la Sainte-Vehme, elle, ne fait pas autant de manières. Elle ne fait aucun cadeau aux témoins de phénomènes surnaturels.

– Que contient la fiole laissée par Varga ?

– C'est un antidote qui empêche l'Égaré en moi de se manifester, tout en me permettant de conserver certaines de mes capacités comme une force surhumaine et des sens plus aiguisés. Je suis domestiqué, en quelque sorte.

– Mais vous ne savez pas ce que vous êtes. Si ça se trouve, vous n'êtes pas vraiment dangereux.

L'innocence de sa protégée fit sourire Gabriel.

– Je n'ai pas envie de tenter l'expérience. De plus, je m'injecte ce produit depuis tellement longtemps que je ne pourrais plus m'en passer.

– Et si on vous coupe la tête ou une autre partie de votre anatomie, ça repousse ?

Celle-là, Gabriel ne l'avait pas vue venir. Il se pencha sur elle, l'air menaçant.

– Dis donc, et si je te coupais la langue pour que ton déguisement soit plus réaliste ?

Sans se laisser intimider, l'effrontée leva la tête et se retrouva nez à nez avec son maître.

– Si vous aviez vraiment voulu me faire du mal, je ne serais pas là aujourd'hui.

Gabriel sourit. « Touché », se retint-il de répondre.

✣

À Rennes, ils abandonnèrent le train et firent une halte pour la nuit avant de prendre une diligence en direction de la pointe de Primel-Trégastel. Le lendemain, le temps était capricieux et ils durent faire de nombreux arrêts. La campagne du Finistère était balayée par des vents violents qui chahutaient la voiture, engagée sur une route défoncée par des ornières. Les températures, déjà basses en journée, avaient encore chuté en fin d'après-midi et les vitres étaient couvertes de givre.

Épuisée par le périple, Rose avait fini par s'endormir, le col de son manteau remonté sur son visage. Soudain, quelques coups donnés sur le toit la sortirent brutalement du sommeil. Désorientée, elle balaya du regard l'intérieur de la voiture avant de remarquer le sourire narquois de l'immortel.

– C'est désagréable, ce genre de réveil, n'est-ce pas ?

– Primel-Trégastel ! hurla le cocher.

Rose tenta d'apercevoir le hameau. Derrière une muraille de pins que secouaient les vents marins, on distinguait quelques toits de chaume et de la fumée qui s'échappait de leurs cheminées. La diligence s'arrêta. Gabriel déchargea les bagages et donna un généreux pourboire au cocher qui avait consenti à un détour pour les conduire à la pointe. Il rejoignit ensuite la jeune fille frigorifiée, ôta son manteau et en recouvrit ses épaules.

– Vous n'avez pas froid ? s'enquit-elle.

– Si, mais moi je ne peux pas tomber malade. Une dernière chose avant que nous entrions dans le village : la créature qui sévit dans le coin n'hésite pas à attaquer à proximité du bourg, à quelques mètres des maisons seulement. Donc ne t'éloigne jamais seule.

Rose se demanda soudain si elle n'aurait pas été plus en sécurité avec la gouvernante, à Paris. Pendant la traversée du bois, elle jeta des regards inquiets autour d'elle. Elle avait calé son pas sur celui de l'immortel pour ne pas se faire distancer. Quand ils sortirent du bois, la route se fit plus dégagée, mais pas plus accueillante. Elle était bordée d'un côté par des masures grises aux volets clos et de l'autre par les hauts murs du cimetière. La route surplombait leur destination ; Rose repéra le clocher de l'église de granit autour de laquelle étaient regroupées la plupart des maisons du village. Plus bas, quelques chaumières alignées guidaient le regard vers la baie. La mer déchaînée se fracassait contre les rochers abrupts. À son vacarme s'ajoutaient les sifflements du vent qui lui cinglait le visage.

– Quel endroit charmant, souffla-t-elle.

– Je te rappelle que tu ne dois pas prononcer un seul mot devant qui que ce soit et faire attention de ne pas te trahir en réagissant aux bruits.

– Je sais ! Mais là, il n'y a personne.

Effectivement, ils ne croisèrent pas un chat jusqu'à la place du village. L'unique auberge n'était pas éclairée et l'épicerie générale était fermée, tout comme les rares autres commerces dont on devinait à peine les enseignes. Ils se dirigèrent vers le presbytère accolé à l'église gothique, perchée en haut d'un escalier naturel taillé dans la roche. Les intempéries les avaient considérablement retardés, le père Anselme devait les attendre depuis des heures.

Après la tête de cadavre de Barnabas Varga, Rose s'était imaginé rencontrer un spécimen du même acabit. Aussi fut-elle agréablement surprise lorsqu'un jeune homme brun d'une trentaine d'années au sourire affable leur ouvrit.

– Vous voilà enfin ! Je commençais à m'inquiéter. Entrez, je vous en prie !

Il les débarrassa de leurs manteaux tout en posant mille questions sur le déroulé de leur voyage. Voltz, méfiant, ne répondait que par monosyllabes, et un silence gêné tomba rapidement. Face à face dans le vestibule austère, Gabriel et le père Anselme se jaugèrent mutuellement du regard.

– Je suis navré, je m'attendais à quelqu'un de plus... âgé, admit le prêtre. C'est ridicule, je sais...

Se souvenant soudain de la présence de Rose, l'ecclésiastique se reprit et bafouilla quelques explications maladroites pour rattraper sa bévue.

– Ne vous inquiétez pas. Mon jeune valet est un modèle de discrétion. Ce pauvre garçon n'entend rien et aucun son n'est jamais sorti de sa bouche.

Seule Rose perçut le sarcasme de cette déclaration. Le prêtre hocha la tête, et posa un regard compatissant sur l'adolescente. Elle baissa la tête.

– Bon, ne restons pas là, reprit le prêtre. Je vous attendais pour le déjeuner ; j'ai un ragoût dont vous me direz des nouvelles !

Il les entraîna dans la cuisine. De toute évidence, cette pièce était le cœur de la petite maison. Des sarments de vigne crépitaient dans la cheminée, et la table était dressée. Une marmite fumante répandait ses arômes dans toute la pièce.

– Nous ne voulons pas nous imposer, protesta Gabriel quand leur hôte les invita à s'asseoir.

Rose lui jeta un regard furieux. À défaut de pouvoir dire qu'elle avait faim, elle s'attabla aussitôt pour le contredire même si elle n'était pas censée avoir entendu l'invitation du prêtre.

– S'il vous plaît, appelez-moi Grégoire. Vous ne vous imposez pas du tout. Quand nous aurons terminé, je vous accompagnerai à l'auberge. Une chambre vous y est réservée.

Sans toucher à son assiette, Gabriel continua l'examen de son hôte.

– Pour être franc avec vous, je ne m'attendais pas à quelqu'un d'aussi jeune non plus. Quelle terrible faute avez-vous pu commettre pour finir dans un coin pareil ?

Le prêtre, qui s'apprêtait à boire à son godet, suspendit son geste et éclata de rire. C'était communicatif, et Rose dut faire un effort pour ne pas sourire. Elle adorait quand on se moquait de son arrogant protecteur.

– Tout le monde n'aspire pas à de hautes fonctions ecclésiastiques, vous savez. Il y a beaucoup à faire dans ce village et je sais m'en contenter.

– Vous êtes ici depuis longtemps ?

– Un an à peine.

– Comment connaissez-vous Barnabas Varga ?

Le prêtre ne se laissa pas désarçonner par la question. Il semblait avoir anticipé cet interrogatoire.

– Sur ces terres reculées, nous avons souvent affaire à des Égarés qui viennent troubler la vie des habitants. Jusqu'à présent, il ne s'agissait que de quelques âmes perdues un peu chahuteuses, mais il n'y avait jamais eu de meurtres.

La voix du prêtre s'était faite plus sourde et son regard se posa sur Rose, qui attendait avec impatience l'autorisation de se jeter sur son assiette. Grégoire, gentiment, lui fit signe d'attaquer.

– Pas de bénédicité avant le repas, mon père ? constata Gabriel.

L'ecclésiastique dévisagea son interlocuteur. On lui avait dit beaucoup de choses sur cet homme, mais pas qu'il était pieux. À tous les coups, Voltz le testait.

5

– Vous semblez méfiant. Une raison à cela ? s'enquit le père Anselme.

Gabriel repoussa l'assiette à laquelle il n'avait pas touché. Rose, au contraire, mangeait avec appétit. *Ventre affamé n'a pas d'oreilles*, disait le dicton et, comme elle devait jouer les sourdes, elle ne se privait pas de nourriture.

– La Confrérie se méfie de moi autant que moi d'elle, répondit froidement Voltz.

– Je n'appartiens pas à la Sainte-Vehme.

– Raison de plus pour que je m'interroge. Depuis le démembrement de l'Ordre et sa refonte, aucun non-initié n'est censé connaître ses activités occultes et encore moins mon existence.

Grégoire joignit les mains, croisa les doigts et les serra à faire blanchir leurs jointures.

– Mon nom est Grégoire Anselme de Beaumont. Peut-être ce patronyme vous est-il familier ?

– Ferdinand de Beaumont ? s'étonna Gabriel.

– L'un des fondateurs du nouvel Ordre après sa dissolution, confirma le prêtre. Je suis un descendant de Ferdinand, le premier d'une longue lignée de francs-juges œuvrant pour les tribunaux de la Confrérie. C'est une sorte de tradition familiale à laquelle j'ai dérogé. J'ai effectivement été un *wissenden*, mais j'ai très vite renoncé. Les moyens qu'ils emploient pour rendre justice et pour éliminer les Égarés vont à l'encontre de mes convictions.

– L'Ordre vous a laissé partir ? C'est étonnant de sa part : on ne quitte pas la Sainte-Vehme aussi facilement.

– Je ne dois ce privilège qu'à mes ancêtres et à l'ordination de mon frère aîné en tant que franc-juge. Il a, en quelque sorte, lavé le déshonneur que j'avais jeté sur la famille. Mais je n'ai pas échappé à la punition infligée à ceux qui enfreignent les règles.

– Je vois...

Rose releva le nez de son assiette un peu trop vivement pour quelqu'un qui n'était pas censé entendre. Encore une question qu'elle ne manquerait pas de poser, se dit Gabriel en coulant dans sa direction un regard désapprobateur.

– Mais il se fait tard. Parlons plutôt de ce qui vous amène ici, reprit Grégoire. Officiellement, vous êtes envoyé par mon frère, commissaire à Paris, pour mener l'enquête sur les quatre meurtres. Les autorités de Morlaix ne se sont déplacées que pour la mort de Julien Le Kerdaniel, le fils du maire : elles ont investi les lieux pendant quelques jours avant de jeter l'éponge et de déclarer qu'il s'agissait d'une attaque de loups. L'excuse convient d'autant plus que le père de la victime, Charles Le Kerdaniel, ne s'est pas montré particulièrement coopératif.

– Vous avez mentionné trois meurtres dans votre lettre, pas quatre.

– J'y viens, dit Grégoire en se levant pour disparaître dans une remise attenante à la cuisine.

Il en revint avec une bouteille glissée dans un étui en toile de jute. Quand il la déboucha, l'odeur familière qui s'en échappa fit sourire Gabriel. Si le prêtre le prenait par les sentiments, il y aurait peut-être moyen de s'entendre !

– Distillation locale, commenta Grégoire avec satisfaction en servant un verre à son hôte. La mort de Julien remonte à trois semaines. Depuis, on a retrouvé un autre corps sur la plage, près de la maison d'une femme que les villageois ont surnommée Morgane. Ils sont persuadés qu'elle possède des pouvoirs occultes et qu'elle est responsable des meurtres.

– La fée Morgane, rien que cela, ricana Gabriel.

– Les gens sont paniqués. Il n'y a pas plus de trois cents âmes dans ce village en comptant les fermes alentour, et nous avons déjà essuyé quatre attaques.

Grégoire porta son verre à ses lèvres et Gabriel l'imita. Les deux hommes grimacèrent de concert.

– Par tous les diables, Grégoire ! Ce tord-boyaux pourrait réveiller un mort !

Le prêtre resservit une rasade à son invité.

– Et donc, reprit Gabriel, votre fée Morgane...

– Son vrai nom est Annwenn.

– Vous la croyez impliquée ?

– Elle s'est installée ici il y a un an et personne ne sait vraiment d'où elle vient. C'est une guérisseuse qui a une grande connaissance en herboristerie ; son arrivée n'a pas réjoui les médecin et pharmacien du village. Comme le docteur Leguern et la femme du pharmacien sont sur la liste des victimes, il y avait de quoi se poser des questions. Les gendarmes de Morlaix l'ont interrogée, mais elle a un alibi en acier pour la nuit où Leguern a été tué : elle et moi étions au chevet du fils de l'aubergiste, un pauvre gamin atteint depuis sa naissance d'un mal aux poumons. Il n'a pas survécu, malheureusement.

Le père Anselme vida de nouveau son verre. Gabriel ne parvenait pas à se faire une opinion sur lui. Il avait une réelle compassion pour les gens dont il parlait – comme tout homme d'Église devrait en avoir. En revanche, sa manière d'être et son physique avenant de jeune aristocrate suggéraient que la voie de Dieu n'était sûrement pas celle qu'il aurait prise s'il avait été libre de ses choix.

– Qui est l'autre victime ?

– C'est la première : la veuve Maubert. La bête l'a attaquée dans la cour de sa ferme. Elle était seule. Elle avait à peine vingt-quatre ans.

– Aucun lien avec Annwenn ?

Grégoire secoua la tête.

– Et la deuxième ?

– Le docteur Leguern. Cette nuit-là, il s'était rendu au manoir de Charles Le Kerdaniel pour dîner. Les deux hommes étaient amis. La créature l'a surpris à mi-chemin et a traîné son corps dans les bosquets. C'est sa domestique qui a donné l'alerte au petit matin. La troisième victime est Julien, le seul fils de la famille Le Kerdaniel. On l'a retrouvé sur la plage, dans la baie. La dernière en date est l'épouse du pharmacien, Jeanne Courtois, tuée six jours après Julien.

Gabriel émit un bref grognement.

– L'Égaré n'a pas perdu de temps. Et pour les autres, quel délai entre les meurtres ?

– Marie Maubert est morte après la Toussaint. Leguern peu avant le Nouvel An, Julien un mois après et Jeanne Courtois a été attaquée il y a deux semaines.

– Les trois premières attaques pourraient correspondre au cycle lunaire, mais pas la dernière. Cela met à mal l'éventualité d'un loup-garou.

– Ce qui est une bonne chose !

L'alcool avait donné des couleurs au prêtre, et le rouge aux joues lui donnait un air de jeune garçon.

– Pas vraiment. Le loup-garou n'est qu'un thérianthrope parmi d'autres ; il existe bien d'autres créatures capables de se métamorphoser en dehors des cycles de pleine lune, ou même d'agir aussi bien sous forme humaine qu'animale. Le plus difficile sera de l'identifier sans être obligé de l'approcher d'assez près pour voir si c'est un mâle ou une femelle.

– Je vous demande pardon ? s'étrangla Grégoire.

– Les transformations et capacités des thérianthropes diffèrent selon le sexe. Parfois, la métamorphose n'est même pas visible. J'ai entendu dire qu'à certaines périodes du mois, beaucoup de femmes devenaient de vraies tigresses au nez et à la barbe de leurs époux. Même avertis, les pauvres sont toujours surpris quand cela leur tombe dessus.

Rose se retint de rire. Le prêtre était effaré. Il faudrait qu'il s'habitue à l'humour de l'immortel. Avec lui, difficile de savoir s'il s'agissait ou non de plaisanteries.

– Si je comprends bien, reprit Grégoire, la première chose à faire est de définir de quel genre de créature il s'agit.

– Exactement. Tous les thérianthropes ne s'éliminent pas de la même manière. Il faudra également découvrir si la bête se cache parmi les habitants et si les meurtres ont un but précis.

– Je ne vois pas le lien qu'il pourrait y avoir entre les victimes.

– C'est pourtant la partie de l'enquête pour laquelle vous serez le plus utile. Vous connaissez ces gens. Votre présence à mes côtés les mettra en confiance.

– Vous ne croyez pas si bien dire ! N'espérez pas être accueilli à bras ouverts dans le coin : les habitants n'aiment pas que l'on vienne fouiller dans leurs secrets. Comment allez-vous procéder pour trouver le coupable ?

– Eh bien, nous pourrions attendre la prochaine attaque… mais ce n'est peut-être pas la meilleure option, éthiquement parlant. Ou bien, on pourrait coller le gamin au milieu d'un chemin comme appât en pleine nuit…

Un sourire sardonique illumina son visage. Rose, qui jouait avec des boulettes de pain, ne réagit pas à la provocation.

– Ou encore, poursuivit-il, vous me montrez le dernier corps afin que j'analyse les blessures.

– Vous... vous n'êtes pas sérieux? s'étouffa l'ecclésiastique. Jeanne a été enterrée il y a plus d'une semaine!

– Certes, les plaies vont être détériorées, mais restons optimistes. Au moins, nous savons où la trouver!

En réalité, Gabriel n'avait nullement l'intention d'exhumer un cadavre. D'une part, il n'était pas médecin, et distinguer une morsure d'animal de celle d'un thérianthrope après plusieurs jours était presque impossible. D'autre part, il était certain que l'Égaré ne tarderait pas à se manifester. Ce dernier, dissimulé sous une enveloppe humaine, était probablement déjà au courant de sa présence dans le village.

Néanmoins, sa proposition eut l'effet escompté : l'expression du prêtre s'était décomposée. De toute évidence, l'ecclésiastique était d'une nature trop délicate pour battre la campagne en pleine nuit à la recherche d'une proie. Cela l'excluait temporairement de la liste des suspects, mais Voltz restait méfiant. Pour se faire pardonner ses frasques passées, Grégoire de Beaumont faisait sans doute partie des informateurs de la Confrérie.

Un bâillement sonore de Rose exempta le père Anselme de trouver une réponse à la provocation de l'immortel. Il sauta sur l'occasion.

– Cet enfant est épuisé, nous en reparlerons demain. Je vais vous accompagner à l'auberge. Jacques et Eugénie, les propriétaires, sont un peu bourrus.

Ce fut avec un soulagement certain que Rose et Grégoire virent Voltz convenir de l'heure tardive. Tous trois regagnèrent l'entrée du presbytère. Sans réfléchir, Gabriel tendit son manteau à l'adolescente et se chargea de leurs bagages.

– Il doit être bon d'être à votre service si vous vous occupez vous-même des tâches de votre valet, constata Grégoire.

Son regard brun et conciliant détaillait le visage baissé de la jeune fille. Gabriel s'empressa de la pousser dehors.

Le curé avait l'œil, il allait falloir vraiment s'en méfier.

6

– J'vous attendais plus tôt, râla l'aubergiste.

Grégoire n'avait pas menti : c'était un homme peu aimable. De toute évidence, il n'attendait plus de clients. Ses bretelles pendaient et battaient son pantalon dont le premier bouton était détaché. Une lanterne à la main, l'homme consentit à les faire entrer seulement après que Grégoire se fut longuement excusé pour le retard.

Une fois le prêtre parti, Le Bihan s'empressa de conduire ses hôtes à l'étage.

– Le curé n'a pas dit que vous seriez deux. Je n'ai préparé qu'une seule chambre. On n'a pas beaucoup de passage à cette époque et le charbon coûte cher.

Du menton, il indiqua un poêle qui, bien qu'allumé, ne semblait pas émettre la moindre chaleur.

– Ça ira, merci, le congédia Gabriel.

Une fois seuls, Rose et Gabriel inspectèrent leur chambre. Meublé d'un grand lit, d'une commode et d'une table, l'endroit était aussi froid d'aspect que leur logeur. Un paravent conférait un semblant d'intimité à un coin toilette équipé d'une vasque et de sa jarre de porcelaine. Une désagréable odeur d'humidité flottait, et les cadres accrochés aux murs jaunis ne parvenaient pas à égayer la pièce.

– Je crois que je vais pleurer, murmura Rose en examinant un tableau représentant un naufrage.

– Ce sera plus accueillant à la lumière du jour, répondit Gabriel en ôtant bottes et redingote.

Le regard de Rose allait de l'unique lit à l'immortel qui déballait ses affaires. Ils allaient devoir partager leur couche et, de toute évidence, il n'y avait qu'elle que ça gênait. Sachant d'avance qu'il se moquerait de son embarras, elle ne protesta pas et se réfugia derrière le paravent. Après une rapide toilette à l'eau glacée, la jeune fille se hissa sur la pointe des pieds pour s'assurer qu'elle pouvait sortir sans tomber sur une scène gênante. Comme Gabriel était en train de ranger ses affaires dans la commode, elle s'empressa de se glisser entre les draps humides. Le lit était aussi froid qu'une pierre tombale.

Quand il la rejoignit, il ne trouva qu'une forme indistincte sous les couvertures. Afin de ne pas augmenter encore son malaise, il s'allongea au plus près du bord et se couvrit de son manteau.

– Qu'est-ce que c'est qu'un wissen... je ne sais trop quoi et un thériotrophe? demanda-t-elle alors qu'il s'apprêtait à éteindre la lampe.

– Thérianthrope, la corrigea-t-il. Ce sont tous les êtres capables de se métamorphoser en animal. Quant à *wissenden*, c'est le premier grade de la hiérarchie de la Confrérie. Tu peux traduire cela par « les éclairés » ou « ceux qui savent ». Ils sont sous les ordres d'un tribunal de douze Grands Juges présidé par celui qui est à la tête de la Confrérie, un homme qu'on surnomme le Comte.

– Comment se fait-il qu'ils aient accepté quelqu'un comme vous?

– La Sainte-Vehme n'est composée que d'humains. Un initié qui ne peut pas mourir, c'est toujours utile face à certains Égarés.

– Qu'est-ce qu'ils me feront s'ils découvrent que je connais leur existence ? C'est quoi ce châtiment dont parlait le père Anselme ? Et vous ? Vous avez enfreint les règles, vous aussi !

La panique lui faisait hausser la voix. Gabriel souffla pour la calmer.

– Doucement… Nous aviserons en temps voulu. Varga est loin et Grégoire ne m'a pas l'air d'un mauvais gars – même si je le trouve trop perspicace. Tu devras te montrer prudente avec lui. Pour le moment, élucidons cette affaire et, quand ce sera fait, je me mettrai en quête d'un foyer sûr pour toi.

S'il pensait que cette promesse apaiserait les inquiétudes de sa protégée, il se trompait. Elle lui jeta un regard noir.

– Vous voulez me refourguer à des gens que je ne connais pas ?

– Tu ne comptais pas rester définitivement à mon service, n'est-ce pas ? Rappelle-toi que j'avais été très clair en quittant Saint-Malo : ce n'était que provisoire.

Rose ouvrit la bouche pour répliquer, mais se ravisa. Elle se souvenait parfaitement de la discussion qu'ils avaient eue après la mort de ses parents. Mais elle remontait à trois mois et Gabriel ne l'avait pas évoquée depuis ! Elle pensait qu'il avait accepté sa présence dans son univers… mais elle s'était trompée. Elle avait cru à ce qu'elle voulait croire. La gorge nouée, elle se tourna vers le paravent et pleura en silence.

Gabriel maudit sa propre bêtise. Il s'était fourvoyé depuis le début avec elle. Il l'avait laissée prendre ses marques auprès de lui et avait été beaucoup trop bavard au sujet de ses activités. Lui aussi s'était habitué à sa présence. Après trois mois, mettre fin à leur cohabitation allait être beaucoup plus difficile que prévu. Face aux pleurs de Rose, il opta pour la fuite. Il enfila de nouveau ses bottes, jeta son manteau sur ses épaules et sortit de la chambre.

Dehors, le vent n'avait pas faibli. À la merci des éléments, Voltz réfléchit. Que faire dans un village isolé, à la nuit tombée ?

Il songea d'abord au tord-boyaux de Grégoire – il avait bien besoin d'un verre ! Mais plus aucune lueur ne filtrait par les interstices des volets du presbytère. Alors il déambula au hasard dans les ruelles désertes. Sa vision nocturne (l'un de ses pouvoirs d'Égaré) lui permettait d'éviter facilement les objets que le vent emportait. Tabourets, seaux et pots de fleurs dévalaient avec lui la pente conduisant aux plages. À la croisée de deux chemins, Gabriel s'arrêta.

L'un, presque rectiligne, coupait la lande et menait à une demeure à l'extrémité de la pointe. Bien qu'éloignée, il en devina les tourelles et les murs massifs, construits pour résister aux rigueurs du climat. À cette distance, la base de l'édifice se confondait avec les rochers qui l'entouraient.

L'autre chemin, bordé de chaumières cachées derrière des haies, descendait vers la baie. Il emprunta ce dernier sur quelques mètres avant de marquer un temps d'arrêt.

Il crut d'abord à une branche ou un linge emporté par les bourrasques, mais très vite il comprit que c'était une ombre humaine qui se faufilait derrière une maison. Aussitôt, il se mit à couvert. La silhouette s'engagea sur un sentier en surplomb. Dissimulée sous une longue cape noire, elle luttait pour résister aux assauts du vent. Voltz la suivit jusqu'à une masure isolée sur un escarpement rocheux. Nichée dans la roche, l'habitation était presque invisible dans le noir. Devant l'entrée, l'inconnu jeta un regard circulaire aux environs, et Gabriel eut tout juste le temps de s'aplatir derrière les broussailles pour ne pas être repéré. Après un coup donné à la porte et quelques secondes d'attente, on ouvrit. Ce fut bref, mais suffisant pour apercevoir le visage de la maîtresse des lieux. Jeune, des cheveux blonds en partie couverts d'un foulard, elle ne dit pas un mot et fit entrer le visiteur ; il était attendu.

Quand la porte fut refermée, l'immortel s'approcha de la masure. Les rares fenêtres de la façade étaient closes par des volets et le vacarme de la mer empêchait d'entendre ce qui se tramait à l'intérieur. Il patienta malgré tout sous l'abri à bois appuyé à l'un des pignons. Sa patience fut récompensée au bout d'un quart d'heure : l'individu ressortit, toujours emmitouflé dans sa cape. Alors que Voltz s'apprêtait à le prendre de nouveau en filature, un cliquetis familier retentit quelques pas derrière lui. Spontanément, il leva les mains.

– Je sais que tout porte à croire le contraire, mais je ne suis pas là pour vous nuire, dit-il en tordant le cou pour essayer de voir qui le tenait en joue.

– Ne vous retournez pas ! ordonna une voix féminine légèrement rauque.

– Je m'appelle Gabriel Voltz. Je suis ici pour enquêter sur les meurtres...

– Laissez-moi deviner : au lieu de faire votre travail, vous pensiez gagner du temps en écoutant les commérages. J'ai déjà été interrogée par les gendarmes de Morlaix. Je n'ai rien à me reprocher !

Gabriel se retourna doucement, les bras levés. La femme avait baissé son arme contre sa jupe qui claquait au vent. De son autre main, elle rattrapa de justesse le foulard noué autour de sa tête avant qu'il ne s'envole.

– Cette personne avait un comportement étrange. Je l'ai suivie pour être sûr qu'elle ne représentait pas un danger. Rien de plus.

Elle passa une main sur son visage pour en chasser les mèches folles, puis examina le rôdeur en plissant les yeux.

– Le père Anselme nous a prévenus de votre arrivée. Je n'ai rien à cacher. Avec toutes les rumeurs ridicules que l'on a fait circuler sur moi, les gens ne viennent plus me voir que la nuit, c'est tout.

– Je ne suis pas encore au courant de tous les commérages, madame.

Le vacarme du vent était tel qu'ils étaient contraints de hausser la voix pour s'entendre. Devinant qu'il avait affaire à la fameuse Annwenn dont lui avait parlé le prêtre, il insista :

– Je sais qu'il est tard, mais peut-être pourrions-nous en discuter à l'intérieur.

Après une brève hésitation, elle accepta et lui fit signe d'emprunter la porte principale. Gabriel soupira d'aise en pénétrant dans l'unique pièce de la maison. Rustique, tout en pierre, l'endroit aurait évoqué une grotte si le sol n'avait pas été recouvert de paille. Une cheminée creusée à même le rocher réchauffait agréablement l'atmosphère. L'antre de la guérisseuse était aussi fourni en ingrédients que celui d'Alma : des plantes séchées pendaient aux poutres comme des guirlandes. Sous elles se trouvait un lit clos de belle facture, avec deux portes sculptées et ornées de peintures florales. C'était le seul meuble de valeur – Annwenn vivait modestement. En dehors d'une grande table au milieu de la pièce et de quelques coffres, rien n'était superflu dans la pièce.

Debout devant l'âtre, la maîtresse des lieux le dévisageait toujours avec la même défiance. Elle était vêtue d'une robe noire en lin grossier, mais sa posture altière et ses manières laissaient supposer une naissance éloignée de ces rudes conditions de vie. Ses pommettes saillantes et ses yeux sombres étaient adoucis par des lèvres charnues et un nez délicat. Une étrange impression se dégageait de cette femme. Gabriel n'aurait su dire s'il la trouvait belle, mais il resta un moment comme subjugué.

– Je préfère que vous m'interrogiez maintenant plutôt qu'en plein jour et que tout le monde l'apprenne, dit-elle.

– Je viens d'arriver au village, j'ai à peine pris le temps de glaner les premières informations auprès du père Anselme, répondit-il pour l'apaiser. Quelle profession exercez-vous, madame… ?

– Annwenn. Je suis sage-femme et herboriste, comme vous pouvez le voir.

Elle désigna ses étagères bien garnies d'un geste gracieux.

– On m'a soupçonnée d'avoir causé la mort du docteur Leguern et de Jeanne Courtois, l'épouse du pharmacien, parce qu'ils condamnaient mes activités, ajouta-t-elle spontanément. Mais mes connaissances se limitent aux plantes et aux femmes, monsieur Voltz. Je n'ai aucune compétence en matière de meurtre ou d'invocation de créatures diaboliques.

– Pour tuer, aucun talent particulier n'est nécessaire, ni même un bon mobile.

– Vous ne voyez ici aucun loup que j'aurais pu dresser et lancer sur leurs traces. De plus ce soir, c'est la pleine lune et pourtant je suis là devant vous. Je ne suis pas une sorcière, et toutes ces superstitions sont ridicules! Le seul art que j'utilise n'a rien de magique : ce sont des recettes à base d'herbes et de plantes.

– Je ne vous accuse de rien. Je veux simplement comprendre ce qui se trame dans ce village et, pour cela, mieux connaître ses habitants. Comment expliquez-vous les rumeurs qui courent sur vous?

– Les gens d'ici m'ont accueillie sans méfiance particulière l'année dernière. Je n'ai rien imposé à personne, ils sont venus me voir par curiosité et, au fil du temps, ont commencé à me soumettre leur tracas de santé. Des problèmes anodins la plupart du temps. Je leur vendais quelques tisanes, des baumes et des onguents, rien de plus. Et puis, un jour, le docteur Leguern a dû se rendre à Brest pour quelques jours. La femme du boulanger était presque au terme et les premières contractions l'ont prise pendant cette absence. Je l'ai aidée à accoucher. C'est là que les choses ont dégénéré.

– L'enfant est mort?

– Non, du tout! L'accouchement a été très difficile : le bébé se présentait mal et la mère souffrait beaucoup. J'ai atténué ses douleurs grâce à une décoction de plantes. Tout s'est déroulé sans problème. Mais quand Leguern et Courtois l'ont appris, ils ont fait un vrai scandale.

– Vous marchiez officiellement sur leurs plates-bandes.

Annwenn acquiesça.

– Ils m'ont accusée de mettre en danger la santé des personnes qui me consultaient. J'étais même, d'après eux, responsable d'infections que contractaient certains habitants. Il n'en a pas fallu davantage pour que des rumeurs de sorcellerie commencent à circuler.

– On continue pourtant à venir vous voir à la nuit tombée.

– Le médecin est mort et le pharmacien a quitté le village pour rejoindre le reste de sa famille à Brest après le décès de sa femme. Il ne reste que moi pour soulager les menus problèmes de santé des villageois. De plus, j'ai encore quelques amis. Sinon je serais déjà partie.

Lassé de faire le pied de grue à l'entrée, Voltz entreprit d'observer de plus près les quelques objets, fioles et boîtes alignés sur des étagères rudimentaires.

– Vous fréquentiez Marie Maubert et Julien Le Kerdaniel ?

– Je connaissais à peine Mme Maubert. Nous nous croisions quelquefois sur la place du village. Quant à Julien, les Le Kerdaniel ne sont pas des gens qui se mêlent facilement au peuple.

– Vous l'appelez pourtant par son prénom, fit remarquer Gabriel en soulevant un bocal de liquide clair pour en déchiffrer l'étiquette.

– Disons qu'il était plus accessible que son père, mais cela ne change rien au fait que je n'ai jamais eu vraiment affaire à cette famille.

– Charles Le Kerdaniel est le maire du village. Il n'est pas intervenu dans vos différends avec le médecin et le pharmacien ?

Annwenn laissa échapper un rire sombre.

– Tant qu'on ne touche pas à son portefeuille et que cela ne ternit pas son image auprès des hommes politiques influents de la région, notre maire ne se mêle pas des conflits entre villageois.

– Je vois : un ambitieux ?

– Avec les dents qui rayent le parquet.

« Tant qu'elles ne se plantent pas dans la chair de ses victimes », songea Gabriel.

– Il se fait tard, monsieur Voltz.

Agacée par son inspection, Annwenn lui ôta des mains la fiole qu'il venait de déboucher. Elle la reposa à sa place exacte, avec l'étiquette bien visible.

– Nous aurons sans doute l'occasion de nous revoir, dit l'immortel.

Il était conscient de l'effet que pouvaient provoquer ses manières : en fait, la façon dont les gens réagissaient lorsqu'on empiétait sur leur territoire était souvent une mine d'informations. Il y avait ceux qui ouvraient leur bouteille d'eau-de-vie et les autres. La méfiance d'Annwenn était légitime au vu des événements récents et de son intrusion. Toutefois, il avait fait une découverte étrange sur ses étagères. Elle avait un bocal étiqueté sous un faux nom ; à l'odeur, Gabriel avait identifié de l'aconit. Ce n'était pas le genre de plante qu'on proposait en tisane à des femmes enceintes ; Annwenn n'avait donc aucune raison d'en posséder.

À moins qu'elle n'ait à se défendre contre des loups-garous.

7

Il était presque midi quand Rose sortit de la chambre le lendemain. L'auberge grouillait de monde et des conversations enflammées parvenaient jusqu'à l'étage. Elle marqua un temps d'arrêt en haut de l'escalier et se pencha pour tenter d'apercevoir Gabriel parmi les clients. Il n'avait fait qu'une brève apparition au petit matin après son escapade de la nuit. Épuisée par le voyage, elle l'avait vaguement entendu se changer mais, ensuite, il était reparti sans un mot, et elle s'était rendormie. Le jour n'était même pas encore levé.

Mal à l'aise à l'idée de se retrouver seule au milieu d'étrangers, Rose hésitait à rebrousser chemin quand une femme rougeaude aux joues rebondies et à la poitrine opulente se planta en bas des marches. Un torchon à la main, elle lui fit signe de descendre d'un geste autoritaire. L'adolescente obtempéra de mauvaise grâce, son béret enfoncé au ras des yeux. À son attitude aussi brusque que celle de l'aubergiste, Rose devina qu'elle avait devant elle la maîtresse de maison : Eugénie Le Bihan.

– Hé, patronne ! C'est qui le gamin ? M'a l'air encore moins dégourdi qu'une portée de chiots balancés à la flotte ! lança un client.

Un rire gras se répandit sur sa tablée.

– C'est le larbin du Parisien. Il est sourd comme un pot, paraît-il. C'est vrai que t'entends rien et que tu causes pas ? hurla-t-elle à Rose.

La jeune fille baissa la tête pour se soustraire à son regard de fouine. Devant sa clientèle goguenarde, la patronne l'entraîna jusqu'à une table à l'écart. Gabriel avait dû donner des instructions avant de quitter l'auberge pour qu'on s'occupe d'elle. L'attention était louable, mais Rose aurait préféré rejoindre le prêtre au plus vite ; lui au moins savait recevoir et cuisiner. L'assiette de soupe que la mégère lui colla sous le nez ressemblait à de l'eau de vaisselle et le pain était dur comme la pierre. Elle se força malgré tout à manger pour ne pas la vexer.

– Il est passé où le Parigot ? interrogea un sexagénaire maigrelet non loin d'elle.

– Parti à la première heure en expédition dans les environs. Pourvu qu'il se fasse attraper par cette bête du diable !

– Le Kerdaniel se chargera de l'accueillir comme il se doit, ricana un autre client.

– Mon Jacquot l'a prévenu de son arrivée. Pour sûr qu'il va pas sauter d'joie ! renchérit Eugénie derrière le comptoir qu'elle astiquait. Déjà que quand il est allé à Morlaix pour dire aux autorités qu'il ne voulait pas de ce fouille-merde ici, on l'a envoyé promener… Paraît que ce type est missionné par des grosses huiles de la capitale.

– Grosses huiles ou pas, il ne trouvera rien. La bête ne se laissera pas prendre. Elle partira quand elle aura fini ce qu'elle a à faire et ce n'est pas un peigne-cul de bourgeois qui y changera quoi que ce soit.

Celui qui venait de parler était un homme à l'air sombre, avec une longue balafre sur la joue. La cinquantaine passée, il présentait un visage asymétrique des plus étranges, un nez sans doute brisé à plusieurs reprises et des épaules larges, voûtées par l'âge. Sa déclaration jeta un froid sur l'assemblée. Chacun replongea en silence dans son godet ou son assiette. Rose se hâta d'avaler quelques bouchées de plus, puis quitta l'établissement en faisant profil bas.

Malgré l'heure avancée, la brume ne s'était pas encore levée. Rose gravit deux à deux les marches qui montaient à l'église. Sur le parvis, elle fut attirée par une voix mélodieuse qui s'échappait de la porte entrouverte. L'adolescente jeta un coup d'œil à l'intérieur : Grégoire chantait tout en s'affairant à ranger l'autel. Lorsqu'il s'aperçut de sa présence, il lui décocha un sourire sincère et lui fit signe d'approcher.

– Bien dormi, mon garçon ? demanda-t-il en calant ses deux mains jointes sous sa joue pour mimer le sommeil.

Rose acquiesça. Mains sur les hanches, Grégoire la considéra un instant avec embarras.

– Ton maître est parti en vadrouille, mais il ne m'a pas dit quoi faire de toi et encore moins comment communiquer. Je dois t'avouer que j'admire ta patience. Comment peux-tu supporter cet énergumène au quotidien ? J'ai rarement vu plus obstiné et pourtant Dieu sait qu'il y a des types butés dans la région. Enfin… Il m'a l'air de savoir ce qu'il fait et de prendre soin de toi.

Rose resta muette, le regard fixé sur le prêtre, qui soupira :

– Très bien. Puisque tu es là, autant te rendre utile.

Il lui tendit le chiffon et lui désigna l'autel. Rose obtempéra de bonne grâce.

Pendant qu'ils travaillaient, l'ecclésiastique jetait régulièrement des coups d'œil perplexes à son assistant. Une étrange impression s'était emparée de lui ; il finit par suspendre son ouvrage pour mieux observer le garçon. Il était grimpé sur une chaise pour dépoussiérer la tête de la Vierge nichée dans une alcôve. Soudain, la chaise oscilla et il manqua de tomber, mais rétablit de justesse son équilibre. Ce fut à cet instant précis, en notant ces gestes réflexes, que Grégoire mit le doigt sur ce qui le taraudait. Puis Rose se mit sur la pointe des pieds avec la grâce d'une danseuse, et le doute ne fut plus permis.

– Mais quel imbécile, ce Voltz, pesta-t-il. Et toi, descends de là !

Le cœur de Rose rata un battement mais elle n'interrompit pas sa tâche, espérant encore qu'il ne s'adressait pas à elle.

– Cesse de me prendre pour un idiot ! Tu es aussi sourde que ton maître est sain d'esprit ! Descends de cette chaise !

Rose se figea. À tous les coups, l'immortel allait piquer une colère monumentale ; elle n'avait même pas tenu vingt-quatre heures... Elle se retourna : le prêtre était occupé à verrouiller la porte. Puis il revint vers elle au pas de charge.

– J'attends vos explications, jeune fille !

La ferme de la première victime se trouvait à une lieue du centre du village. Cela ne faisait que trois mois qu'elle était inhabitée. Pourtant, en découvrant les lieux, Voltz eut l'étrange sensation que le temps s'était arrêté des décennies plus tôt. Marie Maubert était une veuve de vingt-quatre ans dont le mari avait disparu en mer. Malgré son travail de cuisinière au manoir des Le Kerdaniel, elle était seule et sans le sou, et n'avait pas pu entretenir la propriété. Les bâtiments étaient dans un état lamentable : des ardoises étaient tombées de la toiture et du matériel agricole rouillait dans la cour envahie par des broussailles.

D'après Grégoire, la créature s'était aventurée jusque dans l'enceinte de la ferme pour attaquer Marie alors qu'elle tirait de l'eau du puits. Voltz renonça à franchir la barrière de ronces qui avait poussé autour du lieu du crime. De toute manière, le temps en avait effacé les traces. Il décida de concentrer ses recherches sur l'intérieur de la maison et força sans difficulté la porte d'entrée. Dès le seuil, il fut assailli par une odeur de pourriture. Une marmite avait répandu son contenu dans l'âtre. Tout était dans un triste état, rongé par l'humidité qui filtrait du toit. Les rares meubles et la vaisselle étaient renversés au sol, comme si une tempête avait traversé la maison et tout ravagé sur son passage.

Après une rapide et vaine inspection, Gabriel redressa une chaise et s'y assit.

– Ma chère Marie, j'aimerais que vous m'expliquiez deux ou trois choses, commença-t-il, comme si la défunte pouvait l'entendre.

Alma aurait trouvé la chose fort probable, mais aucun esprit n'était jamais entré en contact avec Voltz. En revanche, il aimait à penser qu'un jour une de ces âmes arrachées trop tôt à la vie lui viendrait en aide s'il prenait la peine de demander gentiment.

– Je ne comprends pas pourquoi votre maison a été saccagée. Si vous êtes bien morte dehors, j'imagine mal un lycanthrope entrer sans fracasser la porte et s'attarder sur les lieux pour tout mettre à sac. Cela ne colle pas au profil de ces bestioles.

Il se pencha en avant, posa les coudes sur ses genoux.

– À moins que l'on soit venu chercher quelque chose après votre décès. Mais dans ce cas, qui est venu ? Et pour chercher quoi ? Qu'est-ce qu'une jeune femme sans le sou comme vous pouvait bien posséder pour attirer ici un voleur quelconque ?

Il attendit quelques secondes, mais aucune réponse ne lui parvint, aucun souffle de vent ne fit virevolter d'indice jusqu'à ses pieds, aucun faisceau de lumière divine n'éclaira sa lanterne. Parfois, Voltz se disait que les choses étaient vraiment mal faites. Si tout avait une raison, s'il était bien devenu immortel pour combattre les Égarés, on aurait au moins pu lui donner les moyens de deviner au premier coup d'œil à quelle espèce il avait affaire, et surtout dans quelle enveloppe de chair ils se dissimulaient. Car c'était bien là le nœud du problème : après avoir identifié la créature, il fallait encore démasquer l'humain qui se cachait derrière.

Gabriel traversa une dernière fois la pièce en redressant les meubles renversés. Dehors, le brouillard se dissipait peu à peu ; le soleil pointait à travers les fenêtres. Une bourrasque s'engouffra dans le conduit de cheminée, produisant un sifflement aigu. Des cendres volèrent et attirèrent son attention sur la substance brunâtre répandue dans l'âtre. Il s'approcha. Dans la mixture subsistaient quelques gouttes d'une couleur différente. Un sourire retroussa ses lèvres.

– Vous êtes bien aimable, Marie…

✣

Si Gabriel n'était pas mécontent de ses trouvailles de la matinée, sa bonne humeur s'envola dès qu'il mit un pied dans l'église.

– Vous n'êtes qu'un sombre idiot doublé d'un inconscient ! lui cria Grégoire.

Assis sur un banc avec Rose, le prêtre s'était levé d'un bond pour aller à sa rencontre. Voltz jeta un coup d'œil à la tête de coupable de sa protégée.

– Vous pensiez vraiment que ce numéro ferait illusion très longtemps ?

– En tout cas, j'espérais mieux qu'une douzaine d'heures…

– Que comptez-vous faire d'elle exactement ?

– La question est de savoir ce que *vous* projetez de faire, rétorqua Voltz. Parce que si vous envisagez de la dénoncer, nous allons avoir un sérieux problème, vous et moi.

– Si j'ai quitté la Sainte-Vehme, ce n'est pas pour leur livrer une enfant et la soumettre à ce qu'ils appellent la justice ! Mais vous, vous mériteriez…

– Quoi, mon père ? s'écria Gabriel. À quel châtiment me destinez-vous ?

Rose se tassa sur son siège. Elle était penaude d'être la cause de la dispute, mais surtout elle avait peur que Voltz décide que coller son poing dans la figure d'un homme d'Église était une solution raisonnable. Devait-elle intervenir ? Avant qu'elle ne s'y résolve, Grégoire la prit de court en balançant une droite redoutable à l'immortel. Gabriel fut projeté dans les bancs.

Vexé d'avoir été pris au dépourvu, il se remit promptement sur ses pieds et se jeta sur Grégoire. Les deux hommes roulèrent sur le sol.

Rose leva les yeux au ciel pour implorer une aide divine, mais le Tout-Puissant resta muet. Elle décida alors de faire entendre sa propre voix :

– Arrêtez ! Je vous rappelle que vous êtes censés me montrer l'exemple ! Comment un type âgé d'un siècle et un curé qui prêche pour qu'on tende l'autre joue peuvent-ils se conduire ainsi ?

Le reproche claqua comme une gifle. Gabriel lâcha prise et Grégoire se releva péniblement.

– Je suis morte de peur et vous ne trouvez rien de mieux à faire que de vous battre ! Vous n'êtes que deux... deux... nodocéphales !

C'était encore une insulte qu'elle avait empruntée à Voltz mais dont elle ignorait le sens. Prise d'une furieuse envie de pleurer, elle enfonça son béret sur ses oreilles et fila vers la sortie.

– Où vas-tu ? l'interpella Gabriel.

– Loin de vous deux !

Et elle claqua la porte à en faire trembler les pans du portail. Sans se préoccuper du prêtre, Voltz jeta un coup d'œil dehors. Rose, en furie, se dirigeait vers l'auberge. Rassuré, il se tourna vers son adversaire occupé à contenir son saignement de nez.

– Il faut qu'on parle.

8

– Vous voulez vous installer au confessionnal ? ironisa Grégoire.

– Je pensais à quelque chose de moins protocolaire : vous noyer dans le bénitier, par exemple. Malheureusement, c'est à exclure, car votre mort ne m'attirerait que des problèmes.

Ils s'installèrent à bonne distance l'un de l'autre sur un banc face à l'autel. Gabriel jeta un bref regard vers le Christ au fond du chœur. Cela faisait plusieurs décennies que le martyr sur sa croix et lui n'étaient plus amis intimes. Il avait vu trop d'horreurs commises au nom de Dieu pour garder la foi.

– Que vous a-t-elle raconté ? demanda-t-il à Grégoire qui se pinçait le nez pour s'assurer que sa cloison nasale n'était pas brisée.

– Ce qui s'est passé à Saint-Malo et comment vous l'avez prise sous votre aile ces trois derniers mois. Ce que je ne m'explique pas, c'est pourquoi. Vous auriez dû la confier à d'autres. Barnabas Varga n'est pas le genre d'homme à transiger quand le secret de la Confrérie est menacé.

Gabriel laissa échapper un ricanement mauvais.

– Je sais mieux que personne ce dont ils sont capables, mon père. Vous n'avez pas à me faire la leçon.

– Rose n'a pas cessé de vous encenser. D'après elle, vous êtes un oiseau pris au piège de la Confrérie.

L'immortel haussa un sourcil.

– Ce sont vraiment ses mots ?

Un sourire étira la lèvre fendue du prêtre. Il en grimaça de douleur.

– J'ai reformulé. En réalité, elle a parlé de « drôle d'oiseau volage, le cul assis sur un tas de fumier ».

Une lueur de tendresse illumina le regard de Gabriel.

– J'ai l'impression que son affection est réciproque, je me trompe ? s'enquit Grégoire.

– Pas de méprise sur la nature de cet attachement, mon père. Il me reste encore quelques principes.

– N'y voyez aucun sous-entendu. Mais qu'allez-vous faire d'elle, maintenant ? Elle risque d'être démasquée à tout moment, et ne comptez pas sur les habitants de ce village pour garder le secret s'ils apprennent que vous vous baladez avec une jeune fille travestie.

– Je le sais bien ! Cette idée absurde vient d'elle et j'ai été pris de court. Varga se doute de quelque chose ; je ne pouvais pas la laisser seule à Paris.

– Je peux me renseigner et voir si une famille bourgeoise de la région ne chercherait pas une domestique…

– Non ! Je l'ai engagée à mon service en attendant de trouver une solution, mais ce n'était pas une fin en soi. Son instruction est rudimentaire… Toutefois, elle sait lire, elle est maligne, comprend et mémorise tout ce que je lui explique. Je voudrais qu'elle bénéficie d'une véritable éducation. Je paierai ce qu'il faut pour cela.

– Le couvent de Bonne-Espérance à Morlaix est dirigé par une amie. Je pourrais peut-être la convaincre d'accueillir Rose.

– Un couvent ? s'esclaffa Gabriel. Vous vous moquez de moi ?

– C'est le dernier endroit où Varga ira la chercher. Sœur

Rolande connaît l'existence de la Sainte-Vehme et la hait encore plus sûrement que moi. Elle la protégera, soyez-en certain. De plus, je ne serai pas loin en cas de problème.

– Elle n'acceptera jamais.

– Tant qu'elle aura le sentiment qu'elle peut rester à vos côtés, elle s'obstinera, c'est sûr. Mettez un terme à cela. Mieux vaut qu'elle ait le cœur brisé que les reins ou la tête sous les coups de Varga. Elle aura un toit, recevra une éducation et, à sa majorité, elle pourra choisir une autre voie. Je peux envoyer un courrier à sœur Rolande dès aujourd'hui.

Gabriel considéra la proposition. Si l'idée de voir Rose habillée en religieuse le révulsait, il ne pouvait nier que cette solution réglerait pas mal de problèmes. Surprotégée par sa famille, la jeune fille était encore très immature pour son âge. Il ne l'imaginait pas se prendre en charge seule.

– Très bien. Écrivez au couvent. Je vais tâcher de la convaincre.

– Parfait. Revenons à notre affaire. Vous avez trouvé quelque chose chez Marie ?

– Oui, la quasi-certitude qu'elle n'a pas été tuée à l'extérieur de sa maison, comme on me l'a affirmé. Il y avait des traces de sang près de la cheminée que l'on a tenté de dissimuler. De plus, la ferme a été fouillée.

– Des rôdeurs ?

– Peut-être. La mise en scène du meurtre n'est pas le fait d'un lycanthrope.

– La mort de Marie serait l'œuvre d'un humain ?

– Je n'ai pas dit cela. Je n'ai pas encore assez d'éléments pour l'affirmer. Tout ce que je sais, c'est qu'on laisse rarement entrer un lycan lorsqu'il se présente à notre porte. Aucun accès n'a été forcé. Je pense que Marie a invité son agresseur à entrer.

– Est-il possible qu'il soit venu avant la tombée de la nuit, puis que la métamorphose ait eu lieu une fois sur place ?

– La transformation des thérianthropes est longue et douloureuse. Je n'imagine pas cette jeune femme attendre sagement la fin du processus. Elle aurait eu le temps de fuir et on l'aurait retrouvée bien plus loin. Qui s'est occupé d'autopsier le corps?

– Personne. Le docteur Leguern a simplement constaté la mort et a conclu à l'attaque de loups.

– Le docteur Leguern... La victime suivante, donc. Vous m'avez dit qu'il avait été attaqué en revenant d'un dîner chez Charles Le Kerdaniel?

Grégoire hocha la tête.

– Le Kerdaniel employait également Marie, reprit Gabriel. Il est peut-être temps d'aller rendre une petite visite à votre maire.

– Laissez-moi quelques minutes pour me changer, je vous accompagne. Depuis la mort de son fils, il n'est plus très accueillant. Il est préférable que vous soyez introduit chez lui par quelqu'un en qui il a confiance. Charles est très soucieux de sa réputation, et il peut se montrer hostile s'il se sent accusé.

– Très bien. Rejoignez-moi à l'auberge quand vous serez prêt. Je dois annoncer à Rose qu'elle devra bientôt porter un autre type de déguisement.

Cela allait mal se passer. Forcément. Gabriel aurait préféré combattre un thérianthrope déchaîné à mains nues que d'avoir cette conversation, mais le prêtre avait raison : c'était pour le bien de Rose. Le pas lourd, il traversa la place déserte. La salle de l'auberge était également vide; l'heure du déjeuner était passée. Dans leur chambre, Rose, assise en tailleur sur le lit, ne bougea pas quand il entra et ne chercha pas non plus à dissimuler le journal de bord de son maître, qu'elle feuilletait sans sa permission. Plus intrigué qu'en colère, Voltz s'installa face à elle. Il fouilla dans la poche de sa redingote et en sortit une clé qu'il colla sous le nez de l'adolescente.

– Comment as-tu fait pour ouvrir le tiroir de la commode sans ça ?

– Mon père cachait dans une armoire l'argent qu'il gagnait au jeu. C'est maman qui m'a montré comment forcer la serrure… en cas de besoin. Papa ne s'est jamais rendu compte de rien.

Le souvenir la fit sourire tristement.

– Qu'est-ce que c'est qu'un cocy… – elle reprit le carnet de bord posé sur l'édredon pour déchiffrer le mot – cocatrix ?

– On dit une cocatrix, et c'est une chimère, répondit l'immortel en lui arrachant le journal des mains. Tu ne devrais pas lire ce genre de choses !

– Vous savez quoi ? J'ai bien réfléchi…

– Seigneur, pourquoi ai-je le pressentiment qu'il n'en est rien sorti de bon ?

– J'avais raison, les gens sont bien plus bavards devant un gamin sourd. Un type, ce matin, un balafré avec une tête à faire peur, a dit que la bête ne partirait que quand elle aurait terminé ce qu'elle a à faire ici. C'est bizarre comme réflexion, non ? Peut-être qu'il sait quelque chose. Ah ! Et puis, la patronne et un autre ont parlé du maire. Il paraît qu'il s'est rendu à Morlaix pour empêcher votre venue. C'est curieux, ça aussi, non ? S'il n'avait rien à se reprocher, il…

– Rose, ça suffit ! la coupa Gabriel. Tu aurais mieux fait de réfléchir à ton déguisement ! Cette mascarade n'apporte rien de bon.

– Je me suis fait surprendre par le père Anselme, mais ça ne se reproduira pas. Je vais corriger ma façon de faire…

– Non !

Le refus résonna dans l'auberge silencieuse. Excédé, Gabriel saisit sans douceur le menton de l'adolescente. Grégoire avait raison : s'il ne mettait pas lui-même un terme à cette histoire, elle ne renoncerait jamais.

– Je travaille seul ! insista-t-il en appuyant sur ce dernier mot. Il est hors de question que je me trimballe en permanence une gamine insupportable et fouineuse. Demain, le père Anselme enverra un courrier au couvent de Bonne-Espérance à Morlaix pour que tu y sois admise…

– Non! s'écria Rose en sautant hors du lit. Vous n'avez pas le droit!

Ils parlaient beaucoup trop fort. Gabriel espéra que les deux aubergistes soient trop occupés à d'autres commérages en bas pour s'intéresser à leur querelle.

– J'aurais dû te tuer, souffla-t-il. Tu es toujours en vie parce que je l'ai décidé. Je pourrais très bien revenir sur ma décision!

– Foutaises!

Elle le défiait ouvertement du regard. Et pour cause. Les menaces de l'immortel n'étaient pas plus crédibles que s'il avait annoncé vouloir faire vœu de chasteté.

Gabriel soupira. Difficile de convaincre quelqu'un de quelque chose auquel on ne croit pas soi-même. Il fallait faire ce que le prêtre lui avait conseillé : briser d'un coup net la confiance aveugle qu'elle lui portait.

Voltz gifla la jeune fille à toute volée. Abasourdie, elle porta une main à sa joue et le dévisagea comme si elle ne le reconnaissait pas.

– Je ne te demande pas ton avis, ajouta-t-il. Dès que tout sera en ordre, tu partiras pour Morlaix et je ne veux plus jamais te revoir.

Pour Rose, ces derniers mots furent plus rudes que le coup. Elle ne chercha pas à contenir ses larmes. Gabriel n'était pas fier de lui. C'était la première fois qu'il portait la main sur une femme – sauf s'il comptait les sorcières, harpies et autres goules. Comme la veille, il trouva son salut dans la fuite. Il sortit en verrouillant la porte de la chambre, et en priant pour que la mère de Rose ne lui ait pas appris, en plus, à crocheter les serrures plus imposantes.

9

Depuis le chemin longeant le rivage, on devinait les tours du manoir des Le Kerdaniel. À une demi-lieue du village, leurs pierres grises se détachaient à peine sur l'horizon chargé de nuages menaçants. Afin de ne pas être surpris par la nuit, Grégoire et Gabriel marchaient d'un bon pas à travers les rafales et l'air glacé.

– Vous en faites une tête ! Ça s'est mal passé avec Rose ?

Le prêtre avait haussé la voix pour couvrir le vacarme des vagues qui faisaient rouler les galets sur la grève. Tout en ôtant son haut-de-forme qui menaçait de s'envoler, Gabriel éluda la question.

– Parlez-moi davantage de Charles Le Kerdaniel.

– C'est un homme secret, il n'aime pas qu'on s'approche de trop près de sa famille. Il a perdu sa seconde épouse l'été dernier. Il ne lui reste plus qu'une fille de son premier mariage, Agathe, qui a à peu près l'âge de Rose. Quoi d'autre ? Il est maire depuis quatre ans, mais il a l'ambition d'obtenir ensuite des mandats politiques plus prestigieux.

– Comment sa femme est-elle morte ?

– Constance ne sortait jamais du manoir. Je l'ai peu vue, et personne n'en parlait ouvertement, mais j'ai compris qu'elle souffrait de troubles mentaux. Elle a mis fin à ses jours en sautant du haut de la falaise, un soir de marée haute.

Grégoire pointa un rocher situé à une centaine de mètres de la demeure.

– La petite Agathe en a été très affectée. C'est une jeune fille mutique et repliée sur elle-même. Les quelques précepteurs auxquels Charles a fait appel ont vite renoncé à la sortir de son monde.

– Une famille de boute-en-train en somme, railla Gabriel.

– Vous pourriez au moins faire l'effort de compatir!

– Je n'aime pas faire semblant. De plus, s'il y a une chose que j'ai apprise avec le temps, c'est de me méfier des apparences. Les pires démons se cachent souvent derrière des visages d'ange à qui un curé naïf donnerait le bon Dieu sans confession.

– Une famille accablée n'est pas pour autant coupable.

– J'en conviens. Contrairement à ce que vous semblez penser, je ne suis ni impulsif ni irresponsable. Je sais ce que j'ai à faire, et je sais comment le faire. Je vous prierai donc de me laisser travailler comme je l'entends, même si certains de mes propos heurtent votre morale bien polie.

Une vague s'écrasa sur les rochers non loin d'eux et couvrit la réplique cinglante du prêtre. Gabriel réprima un sourire. Ce curé lui plaisait bien, tout compte fait, même s'il se posait trop de questions. Il n'avait pas le profil de l'emploi : trop bon vivant et bagarreur pour se satisfaire du carcan de l'Église.

– Qu'avez-vous fait d'épouvantable pour être contraint d'entrer dans les ordres? lui demanda-t-il.

– Je viens d'une famille conservatrice et d'une fratrie de trois frères. Le premier a hérité de mon père une place au sein de la Confrérie; le deuxième est mort sur un champ de bataille. Moi, le plus jeune, j'étais fatalement destiné à l'Église.

– Vous n'avez jamais songé à quitter cette existence?

– J'apprécie mon rôle auprès de ces villageois. Mais vous ? La Sainte-Vehme vous effraie donc tellement que vous acceptez de lui servir de main armée ?

– Je préfère être à leur solde qu'en permanence sur le qui-vive, à me demander quand ils me tomberont dessus.

Grégoire s'arrêta sur un tronçon du sentier protégé par des rochers. Là, à l'abri des assauts du vent, ils n'avaient plus besoin de crier pour s'entendre.

– C'est la seule raison, vous êtes sûr ?

Le poing de Gabriel serra le pommeau de sa canne. Ce maudit prêtre était trop perspicace !

– Je cherche des réponses, mon père. Tant que je ne les aurai pas trouvées, je reste auprès de ceux qui sont les plus aptes à me les fournir.

– Vous parlez de votre immortalité ?

– Si vous le voulez bien, nous aurons cette conversation plus tard. J'ai laissé une adolescente furieuse enfermée dans ma chambre et j'aimerais bien la retrouver avant la nuit.

Il reprit sa route d'un pas rapide. Il n'avait aucune envie d'avouer au curé le moyen par lequel la Sainte-Vehme le tenait et l'empêchait de partir à l'autre bout du monde. Dépendre d'eux pour dompter sa nature était trop humiliant.

✠

Le domaine de Porte-Vent, fief de la famille Le Kerdaniel depuis des générations, était bien nommé : en s'engouffrant entre le manoir et ses dépendances, le vent marin émettait un chant lugubre. Les bourrasques assaillaient la maison austère et la cour qui la bordait. Un concert d'aboiements accueillit Grégoire et Gabriel – l'un des hangars abritait une meute de braques allemands à poil court.

– Le maire est un amateur de chasse ? s'enquit Gabriel.

Grégoire acquiesça. Le vacarme des chiens ne tarda pas à alerter les habitants du manoir de leur présence. La porte d'entrée s'ouvrit et un domestique s'avança sur le perron.

– Joseph ! Je vous souhaite le bonjour ! s'exclama Grégoire en allant à sa rencontre.

L'homme resta sans réaction. Malgré le couvre-chef qui cachait son regard sombre, Gabriel distinguait très nettement une large cicatrice sur sa joue droite. Rose avait parlé d'un balafré qu'elle avait trouvé étrange... Qu'avait-elle dit d'autre ? Il s'en voulut de ne pas avoir été plus attentif aux propos de la jeune fille.

En rejoignant les deux hommes sur le porche, il eut la sensation d'être observé et leva les yeux. Il scruta les fenêtres étroites. Personne. Son imagination avait dû lui jouer des tours.

– M. Le Kerdaniel est pas rentré ! grogna Joseph quand le prêtre eut expliqué le but de leur visite.

– Quand sera-t-il de retour ? répondit Grégoire. Pouvons-nous l'attendre ? Nous devons absolument nous entretenir avec lui. C'est au sujet de Marie.

Le prénom de la première victime troubla un très bref instant la mine austère du cerbère. Ce fut presque imperceptible, mais cela n'échappa pas à Gabriel. Marie Maubert avait travaillé là pendant quelques mois avant de mourir. La jeune veuve était-elle amie avec cet homme ? En tout cas, son nom leur servit de sésame. Joseph s'écarta.

– Vous pouvez l'attendre dans le petit salon, mais j'vous préviens, j'sais pas à quelle heure il va rentrer. Il est parti pour Morlaix.

Gabriel grimaça. La perspective de laisser Rose sans surveillance pendant plusieurs heures de plus ne l'enchantait pas. Il était sur le point de prendre congé et de reporter leur visite quand les chiens se remirent à hurler.

Rose était longtemps restée prostrée après le départ de Voltz. En une seconde, toutes ses certitudes s'étaient effondrées comme un château de cartes. Comment avait-elle pu se leurrer à ce point sur cet homme ? Comment avait-elle pu être si naïve ? D'un geste rageur, elle essuya ses larmes, puis se leva. Si cet idiot croyait pouvoir décider de son avenir, il se trompait ! Son regard se posa sur le sac de voyage de Voltz, contenant ses affaires de rechange, puis sur le poêle qui chauffait à peine, et elle eut une idée. Elle souleva la plaque de fonte qui le fermait et y enfourna pantalons, redingotes, gilets et chemises. Les vêtements s'embrasèrent instantanément.

Mais sa colère ne retomba pas pour autant. Il était hors de question de rester là à attendre sagement le retour de Voltz ! Une des fenêtres de la chambre donnait sur une ruelle si étroite qu'en tendant le bras Rose pouvait presque toucher le toit de chaume de la maison d'en face. Le clocher de l'église venait de sonner dix-sept heures ; la nuit allait bientôt tomber. Elle n'avait plus une minute à perdre.

Elle se pencha sur le rebord de fenêtre pour inspecter la façade d'en face. Son visage s'illumina lorsqu'elle vit une gouttière d'aspect solide à portée de main. Sans plus attendre, elle rassembla ses affaires éparpillées, enfila son manteau et enjamba le parapet. Son bagage fit un bruit sourd en s'écrasant sur les pavés trois mètres plus bas. Avec des gestes prudents, elle s'agrippa à la gouttière et se laissa glisser à sa suite.

Rose courut jusqu'à la sortie du village sans croiser personne. Le hameau sombrait sous le poids d'un ciel toujours plus menaçant. Aux rafales violentes vinrent s'ajouter les premières gouttes de pluie et, arrivée à l'orée du bois, elle fut prise d'un doute. Son plan ne tenait pas debout : la ville la plus proche se trouvait à des lieues de Primel-Trégastel et un brouillard épais enveloppait la campagne comme un linceul mortuaire. Si elle faisait demi-tour maintenant, son escapade pourrait encore passer inaperçue. En revanche, il serait difficile de cacher les vêtements calcinés de Voltz et, après la gifle qu'il lui avait administrée, elle n'était plus sûre qu'il ne s'en prendrait pas à elle. Bon, elle ne pouvait plus faire machine arrière. Elle accéléra le pas et s'engouffra dans les bois. Le soir tombait, et elle y voyait de moins en moins ; elle se pressa pour rejoindre la route principale.

Après quelques minutes, un craquement brisa le calme feutré des bois. Rose s'arrêta net, haletante. Un autre craquement retentit, plus proche encore. Quelqu'un, ou quelque chose, avançait dans les fourrés en écrasant des branchages sous son poids. La panique la saisit. La bête l'avait repérée ! Lâchant son sac, elle réunit ce qui lui restait de forces et courut à en perdre haleine vers le village.

Elle n'avait fait que quelques mètres quand un grognement sourd retentit derrière elle. Un violent coup de griffes entre les omoplates la fit tomber. La douleur fut si vive qu'elle lui coupa le souffle. Étendue à plat ventre, elle ferma les yeux, tétanisée. L'Égaré la contournait à pas lourds. Son souffle fétide frôla sa nuque et Rose réprima un hurlement. La créature flaira ses cheveux et les lacérations que ses griffes avaient laissées dans son dos. Rose ressentit une légère pression sur ses blessures, presque une caresse, puis la bête rugit. La jeune fille leva les bras pour protéger son visage en gémissant de terreur. Elle s'attendait à recevoir le coup fatal... Mais rien ne vint. Quand elle releva la tête, l'animal avait disparu.

Rose resta immobile de longues secondes. Était-il possible que la créature l'ait épargnée ? Qu'elle soit, tout simplement... partie ? Non, elle allait sûrement revenir, et Rose ne pourrait pas lui échapper. Le sang de sa blessure détrempait sa chemise ; une torpeur l'envahit. Face au néant, au froid et à la douleur, la dernière once de courage de la jeune fille disparut. Elle sanglota en silence, la joue meurtrie par le sol dur. Puis elle perdit connaissance.

10

La comtoise des Le Kerdaniel sonnait les dix-sept heures lorsque Joseph sortit voir ce qui causait l'agitation des chiens. Restés dans le salon, Gabriel et Grégoire l'entendirent hurler aux bêtes de se taire. Puis, après quelques vaines injonctions, sa voix ne leur parvint plus. Intrigué, Voltz se leva pour observer par la fenêtre l'intendant qui se tenait devant le portail de la cour. Ses vêtements battant au vent, il guettait le chemin qui conduisait au manoir. Après de longues secondes, il revint vers la maison de sa démarche boiteuse mais agile. Une bourrasque fit claquer la porte derrière lui. Alors que Grégoire et Gabriel le rejoignaient dans le vestibule, il s'empara d'un fusil de chasse accroché au mur et le chargea.

– Que se passe-t-il, Joseph ? demanda Grégoire.

– Les chiens ont reniflé quelque chose.

Sans donner plus d'explications, il sortit, les visiteurs sur ses talons. Les braques allemands hurlèrent de plus belle. Les moins téméraires étaient recroquevillés au fond du chenil, la queue entre les pattes et les oreilles basses, tandis que les meneurs s'agitaient nerveusement.

– C'est sans doute un animal qui rôde, dit Grégoire.

Gabriel l'ignora. Les sens aux aguets, l'immortel scrutait

l'entrée de la propriété. Joseph avait disparu de son champ de vision.

– Restez là !

Il tira la lame de sa canne tout en dévalant les marches. Au milieu de la cour, il eut à nouveau cette impression désagréable d'être observé et leva les yeux vers les étages de la demeure. Cette fois, une ombre apparut à la fenêtre puis s'évanouit presque aussitôt.

Un coup de feu retentit. Les chiens devinrent comme fous. Gabriel se mit à courir mais dut s'arrêter à la limite de la propriété, surpris par le brouillard qui avait englouti le chemin. Il ne voyait Joseph nulle part.

– Il y a quelque chose ? le pressa Grégoire qui l'avait suivi.

– Retournez à l'intérieur !

– Vous croyez qu'il s'agit de la créature ? Je pensais qu'elle ne pouvait se manifester qu'à la nuit tombée…

Un deuxième coup de feu, puis un troisième, coupèrent court à la conversation. Gabriel se précipita dans la direction des détonations. Joseph était sorti du sentier pour s'approcher du bord de la falaise. En contrebas, la marée montante s'abattait contre des rochers. Fouetté par le vent marin, l'immortel dut hurler pour se faire entendre.

– Joseph !

Une silhouette marchait vers lui. Sur le qui-vive, il brandit son arme ; impossible de déterminer s'il s'agissait bien d'un humain. Il fut rapidement rassuré en reconnaissant la démarche de Joseph, à bout de souffle.

– Foutu démon ! Il m'a échappé de peu ! grommela-t-il.

– Vous l'avez réellement vu ?

– Ce n'est pas la première fois qu'il rôde par ici. Il doit vous avoir à l'œil.

– Rentrons ! Je pense que vous avez beaucoup à me dire, Joseph !

En quelques minutes, un brouillard épais s'était levé sur la pointe de Primel-Trégastel et avait englouti le manoir. Le retour au village, de l'autre côté de la baie, s'annonçait difficile. Surtout avec cette bête dans les parages.

Dans le vestibule, le domestique reposa son arme sur son support. Trempé jusqu'aux os, il s'excusa et disparut pour aller se changer.

– Qui est cet homme, au juste? demanda Gabriel, une fois seul avec Grégoire.

– Il travaille pour les Le Kerdaniel depuis des années comme intendant. Vous avez vu quelque chose dehors?

– Lui, oui, répondit-il en s'accroupissant devant l'âtre pour se réchauffer les mains.

Les températures déjà basses avaient chuté drastiquement. Rose devait être morte de froid dans le tombeau glacial où ils séjournaient. Voltz pesta. Une créature s'était aventurée à quelques mètres de ce manoir et tout ce dont il se préoccupait, c'était de savoir si cette fichue gamine était bien au chaud.

– Que se passe-t-il? s'enquit Grégoire.

Gabriel chassa la question d'un revers de la main en voyant Joseph revenir. Il ressemblait plus à un employé de ferme qu'à un intendant, avec sa chemise froissée et son pantalon de tissu grossier. En le voyant se vautrer dans un fauteuil, l'immortel se demanda quel genre d'employeur pouvait bien être Charles Le Kerdaniel pour laisser ses domestiques se comporter de la sorte.

– Qu'avez-vous vu? l'interrogea-t-il.

Joseph renifla et passa une main dans ses cheveux humides plaqués sur son crâne. Son visage ainsi dégagé n'en paraissait que plus étrange. Les bords de sa balafre étaient boursouflés; une légère asymétrie causée par sa paupière tombante complétait le tableau.

– Une chose de plus d'une toise qui s'est mise à galoper quand je l'ai prise en chasse.

Gabriel haussa un sourcil.

– Elle s'est enfuie ?

– Faut croire qu'elle n'est pas si téméraire qu'on le dit. Ou alors elle savait à qui elle avait affaire.

Il se redressa sur son siège et posa les bras sur ses accoudoirs, ce qui fit légèrement remonter les manches de sa chemise. Un détail attira aussitôt l'attention de Gabriel : trois lettres tatouées au creux de son poignet.

– Avec ce brouillard, comment pouvez-vous être sûr de ne pas avoir tiré sur un villageois ?

– Je sais ce que j'ai vu ! Ça n'a rien d'humain. C'est un gigantesque loup au pelage hirsute et noir comme du charbon. Il était tout près ! J'ai vu ses yeux jaunes et sa gueule grande ouverte.

– Pas assez près pour que vous parveniez à l'abattre, de toute évidence, remarqua Gabriel.

Piqué dans son orgueil, Joseph se remit debout. Il était grand, mais l'immortel l'était plus encore, et Joseph dut lever les yeux.

– Je ne suis plus tout jeune et j'y vois moins clair, mais si cette créature du diable ne s'était pas faufilée entre les rochers, je ne l'aurais pas loupée !

– Vous avez sans doute l'œil plus alerte qu'il n'y paraît. Veuillez m'excuser d'avoir douté.

C'était de la provocation. Le visage de Joseph se ferma.

– Il est tard, intervint Grégoire en se glissant entre les deux hommes. Vu le temps, je pense que M. le maire aura décidé de rester à Morlaix. Nous allons partir avant qu'il ne fasse nuit noire, Joseph.

– Vous seriez bien aimable de nous faire préparer deux chevaux pour faciliter notre retour, ajouta Gabriel.

Grégoire l'aurait volontiers frappé. La situation était déjà tendue, et voilà que Voltz en rajoutait en exigeant des montures.

– Bien sûr… Je ne voudrais pas qu'il arrive quelque chose

au père Anselme, grinça Joseph. Dommage que vous ne soyez pas seul, j'aurais prié pour que la bête vous coince et teste vos réflexes de grand enquêteur !

Sur ces mots, il sortit en traînant la jambe. Il donnait le change, mais sa poursuite de la bête l'avait clairement fait souffrir.

– Vous avez l'art et la manière de vous faire apprécier, constata Grégoire quand ils furent seuls.

– C'est un don que je cultive au quotidien.

– Pourquoi vous êtes-vous conduit de cette manière avec Joseph ?

– Je n'aime pas qu'on me mente et encore moins qu'on me prenne pour un imbécile.

– Je ne comprends pas.

– Avez-vous remarqué les lettres LPN tatouées sur son poignet ?

– J'avoue que non.

– LPN pour *Legio patria nostra.* « La légion est notre patrie. » Votre Joseph est un ancien légionnaire. Certains réflexes ne se perdent pas : s'il était assez près pour voir les prunelles de la bête, comme il le prétend, je doute qu'elle ait pu lui échapper.

– Quand bien même aurait-il fait un passage dans l'armée, Joseph a plus de cinquante ans ! Il n'est plus aussi vaillant qu'il voudrait nous le faire croire.

– Il n'a pourtant pas hésité une seconde à sortir et à la traquer. S'il s'agissait bien de la bête…

– Comment ça ?

– Je ne connais aucun lycanthrope qui se transforme avant le lever de la lune. Donc, soit Joseph nous a pris pour des imbéciles et a poursuivi un simple animal, soit il s'agit bien d'un Égaré et, dans ce cas, l'affaire va se corser, car je n'ai aucune idée de la créature que ça peut être. Notre voyage de retour s'annonce périlleux.

Grégoire frissonna malgré le feu qui crépitait dans son dos. Il n'était pas peureux, et pourtant... Le village n'était pas loin mais cela n'avait pas sauvé le docteur Leguern, attaqué sur ce même chemin. Gabriel aussi avait conscience du risque qu'ils prenaient à partir dans ces conditions, mais il était hors de question de laisser Rose seule plus longtemps. Il rajusta le col de son manteau et reprit sa canne posée en travers des accoudoirs du fauteuil.

– Allons-nous-en. Cette maison est sinistre.

✣

Malgré le brouillard, Gabriel et Grégoire ne ralentirent l'allure de leurs montures qu'en pénétrant dans le village. Devant l'auberge, Voltz descendit prestement de cheval et attacha les rênes à l'anneau fixé à la façade. Il entra sans attendre son comparse empêtré dans sa robe de curé. À l'intérieur, quelques rares clients étaient attablés près de l'âtre et d'autres accoudés au comptoir derrière lequel se tenait Jacques Le Bihan. L'arrivée de Voltz mit fin aux conversations. Peu soucieux de l'image qu'il donnait, il traversa la salle au pas de course et grimpa les marches quatre à quatre.

Un mauvais pressentiment s'était emparé de lui depuis leur départ. Il se confirma dès qu'il entra dans la chambre : un courant d'air glacial l'accueillit en faisant claquer les battants de la fenêtre ouverte. Son sac de voyage était posé devant le poêle et une manche de chemise noircie dépassait de la porte en fonte. Sur le moment, Gabriel ne sut pas s'il devait se mettre en colère ou se laisser envahir par l'angoisse. Il choisit la colère – c'était l'émotion qui le rendrait le plus efficace.

Au rez-de-chaussée, Le Bihan fut le premier à faire les frais de son humeur. Il barra le chemin de Gabriel pour réclamer le paiement de la nuit suivante; ce dernier le plaqua contre une table. Les clients qui y étaient assis se relevèrent d'un bond et s'écartèrent.

– Où est le gamin ? hurla Voltz.

– Je... Je n'en sais rien...

– Gabriel ! Lâchez-le ! s'écria Grégoire.

Voltz libéra l'aubergiste. Sans se préoccuper des spectateurs effarés qu'il bousculait sur son passage, il se précipita dehors, le prêtre à sa suite.

– Rentrez chez vous ! lui lança-t-il en dénouant les rênes de son cheval.

– Que se passe-t-il ?

– Rose s'est enfuie !

– Par tous les saints... Je viens avec vous !

– Sûrement pas ! Je n'ai pas le temps de m'occuper de vous !

Et sans attendre la réponse de Grégoire, il lança son cheval au galop vers le bois.

11

Le cheval de Voltz refusait obstinément de s'approcher du bois. Il se cabrait, piétinant le sol gelé. Ne parvenant pas à raisonner sa monture, Gabriel descendit, attacha les rênes à une clôture et continua à pied dans la pénombre. Au risque d'attirer la bête qui rôdait, il cria plusieurs fois le nom de Rose. Mais sa voix ne reçut qu'un écho étouffé – aucune réponse. D'un geste nerveux, il tourna le pommeau de sa canne pour en tirer la lame qui y était dissimulée.

Il s'engagea dans les bois, tous ses sens aux aguets. Mais très vite, il la trouva : le corps inerte de l'adolescente gisait au milieu du chemin sinueux. Son sang ne fit qu'un tour. Il se précipita et tomba à genoux à son côté, écartant les mèches de cheveux trempés du visage de la jeune fille. Son teint était livide, ses mains et son visage glacés… mais elle respirait encore. Découvrant les profondes lacérations dans son dos, Gabriel jura. Il maudit la gamine, la créature qui l'avait attaquée, Dieu qui avait laissé faire et surtout lui-même, pour toutes ses imprudences. Le plus doucement possible, il la souleva. Malgré ses précautions, une plainte échappa à la blessée.

– Je t'interdis de mourir… Si quelqu'un doit te tuer, ce sera moi !

Quand il sortit du bois, Rose dans les bras, Voltz eut la désagréable surprise de constater que son cheval s'était enfui. La barrière n'avait pas résisté aux ruades de l'animal effrayé. Serrant Rose contre lui, il se pressa vers le presbytère, craignant une nouvelle attaque de la bête.

Mais, étrangement, il parvint jusqu'à la place du village sans encombre. Grégoire faisait les cent pas sur le parvis de l'église.

– Seigneur tout-puissant ! Est-ce qu'elle est… ?

– Non, mais elle est blessée. Il lui faut des soins ! ordonna Voltz en déposant la jeune fille dans les bras du prêtre.

Puis il dévala les marches et traversa la place au pas de course. Le cheval qu'avait emprunté Grégoire pour revenir du manoir tentait de se protéger de la tempête sous l'appentis de chaume de l'auberge. Voltz l'enfourcha et disparut au galop. Ébahi, Grégoire se reprit rapidement ; il fallait soigner Rose. Il la porta jusqu'à sa chambre où il la déposa sur son lit.

Elle grelottait dans ses vêtements trempés. Armé de ciseaux, il découpa la chemise et le bandeau qui comprimait la poitrine de l'adolescente. Celui-ci ne l'avait pas protégée des griffes acérées de la bête. En découvrant les quatre plaies qui barraient toute la largeur de son dos, le prêtre se signa.

✣

Gabriel revint au bout d'une demi-heure et trouva Grégoire au bord de la crise de nerfs.

– Où étiez-vous passé ?

– Je suis allé prendre des onguents chez Annwenn, répondit-il en le bousculant pour entrer dans la chambre. On doit nettoyer ses plaies avant qu'elles ne s'infectent.

– Elle n'est pas venue avec vous ?

– La maison était vide.

Grégoire s'était déjà occupé des premiers soins. Le linge qu'il avait appliqué sur les blessures était gorgé de sang. Gabriel sortit de ses poches des fioles dérobées chez la guérisseuse et versa quelques gouttes du liquide qu'elles contenaient sur une compresse propre.

– Qu'est-ce que c'est ? s'enquit Grégoire.

– Mille-feuille et millepertuis. Ils arrêteront les saignements et désinfecteront les plaies. Quant à celui-ci, ajouta-t-il en montrant un troisième flacon, elle doit le boire. Ça calmera les douleurs.

Le prêtre remplit un verre d'eau et laissa l'immortel doser la mixture. Voltz nettoya le dos meurtri avec des gestes assurés. Mais lorsque l'adolescente hurla, il en fut aussi ébranlé que Grégoire, qui s'agrippait à la tête du lit. La souffrance réveilla Rose. Elle enfouit son visage dans l'oreiller pour crier puis, quand Gabriel cessa de désinfecter ses plaies, elle tenta sans y parvenir de se redresser.

– Reste tranquille, lui intima Voltz d'un ton sec qui contrastait avec la douceur de ses gestes.

Elle tremblait de froid. L'immortel recouvrit les compresses d'un linge propre et remonta la couverture sur ses épaules dénudées.

– Je suis désolée pour vos vêtements, chuchota-t-elle.

Gabriel la considéra, sidéré.

– Tu... es désolée pour mes vêtements... Elle est désolée pour mes vêtements. Tu as failli te faire déchiqueter et tu es désolée pour mes vêtements ! Espèce d'inconsciente ! Quel mot n'as-tu pas compris dans « attention, créature démoniaque en liberté, pas de promenade nocturne dans les bois » ?

Le visage pâle moucheté de taches de rousseur disparut de nouveau dans les plis de l'oreiller. Il suffit d'un sanglot pour calmer Gabriel.

– Est-ce que je suis contaminée ? demanda-t-elle entre deux

hoquets. Est-ce que je vais me transformer en cette chose, maintenant ?

– Eh bien, si c'est le cas, ça ne changera pas grand-chose, fit Gabriel d'un ton rageur. Tu es déjà une créature des Enfers venue m'empoisonner l'existence !

Sur ce, il jeta le linge qu'il tenait et quitta la chambre comme un diable.

– Certains hommes sont incapables d'exprimer ce qu'ils ressentent vraiment, dit doucement Grégoire en venant s'asseoir près de Rose. En vérité, il n'est pas en colère : il a juste eu très peur.

Mais Rose continua à pleurer.

– Je suis fatiguée et j'ai envie de rester seule, dit-elle d'une petite voix.

Le prêtre n'insista pas. Avant de sortir, il choisit dans son armoire une tenue de ville pour l'immortel. Dans la cuisine, il le retrouva assis devant l'âtre, la tête dans les mains. Grégoire déposa les vêtements sur son accoudoir.

– J'ai eu pitié de vous, je vous ai épargné la soutane, le taquina-t-il en s'installant sur un tabouret à côté de lui.

Gabriel inspecta la tenue.

– Cette peste a brûlé toutes mes affaires…

Grégoire ne put s'empêcher de rire devant la mine déconfite de l'immortel.

– Au temps pour moi, Gabriel, je l'ai sous-estimée. Elle a de la suite dans les idées. Mais ce qui s'est passé ce soir illustre parfaitement ce que nous disions ce matin. Votre monde est trop dangereux pour elle.

– Elle ne se serait pas enfuie si je n'avais pas suivi vos conseils !

– Je vais mettre votre mauvaise foi sur le compte de cette journée calamiteuse.

Pour couper court à la dispute, Grégoire disparut dans la remise en quête de son tord-boyaux – l'alcool calmerait les nerfs à vif de l'immortel. En sortant de la réserve, le prêtre se figea. Voltz avait ôté sa chemise. Son buste n'était plus qu'un lacis de cicatrices et de brûlures. Mais ça, ce n'était rien ; Grégoire était trop familier avec les méthodes de la Sainte-Vehme pour s'indigner de ces blessures. Non, voici ce qui le choqua le plus : sur l'épaule droite de Gabriel, on avait marqué l'emblème de l'Ordre au fer rouge. Comme si l'immortel n'était qu'un vulgaire animal. Un animal qui appartenait à la Sainte-Vehme.

– Vous êtes un personnage singulier, Gabriel Voltz, dit Grégoire en leur servant deux verres d'eau-de-vie. J'ai beaucoup de mal à vous cerner.

– Ce n'est pas comme si nous étions des amis de longue date.

– Effectivement. Mais en toute sincérité, j'espère que ce sera le cas un jour. Ce que vous faites pour cette jeune fille en dit beaucoup sur vous.

– À savoir ?

– Vous êtes un homme bien, même si vous tentez désespérément de le cacher.

Gabriel ricana.

– Rose ne craint rien, n'est-ce pas ? demanda Grégoire.

– Je ne crois pas qu'elle soit contaminée, si c'est ce que vous voulez dire. La thérianthropie ne peut se transmettre que par morsure ou être provoquée par une malédiction. En revanche, vu les plaies, elle n'est pas à l'abri d'une infection.

– Prions pour que cela n'arrive pas.

– Je vous laisse faire. J'ai davantage foi en les mixtures de votre mystérieuse guérisseuse.

– Pourquoi mystérieuse ?

– Cette femme m'intrigue. Elle n'était pas chez elle ce soir.

– On l'aura appelée en urgence. Je vous rappelle qu'il n'y a plus de médecin dans le village.

« Grégoire a probablement raison », pensa Voltz en se

mordant les lèvres. Il était difficile de la suspecter, étant donné que le prêtre lui-même témoignait de sa présence à ses côtés la nuit de l'attaque contre le docteur Leguern. Toutefois, elle cachait quelque chose. L'aconit au milieu de ses fioles l'attestait.

– J'irai la voir demain matin, enchaîna Grégoire. Elle saura sûrement mieux que nous ce qu'il faut faire pour soulager Rose.

Il interpréta le silence de son interlocuteur comme un accord tacite.

– Vous devriez vous reposer, ajouta-t-il. Vous êtes épuisé. Je veillerai sur elle.

Gabriel but son verre d'un trait et refusa la proposition d'un geste de la tête.

– Merci pour tout ce que vous faites pour nous, mon père. Vous arrivez presque à me réconcilier avec l'Église.

Il sortit dans le couloir froid, étonné par ce « nous » saugrenu qui lui avait échappé. Il aurait dû dire « Merci pour tout ce que vous faites pour elle », ou bien à la limite « pour moi ». Mais pas « pour nous ». Ce « nous » ne devait pas exister. Il traduisait son incapacité à prendre une décision sensée concernant Rose, à l'éloigner du danger. « Nous », cela signifiait que, pour la première fois depuis longtemps, il se sentait utile. Il comptait pour quelqu'un.

Au cours de ces derniers mois où il aurait dû lui trouver un foyer, il s'était habitué à Rose. Choyée pendant seize ans, l'adolescente cherchait par tous les moyens à recréer un cocon familial rassurant. Il l'avait laissée faire, retranché derrière une mauvaise humeur de façade. En vérité, il avait apprécié chacune de ses intrusions dans son bureau, chacune de ses fantaisies. Un sourire lui échappa au souvenir d'une de ces soirées où elle l'avait harcelé pendant deux heures au sujet de Madeleine, la gouvernante, qu'elle suspectait d'être une goule. Son seul but était, évidemment, de l'empêcher de sortir tous les soirs, comme il en avait l'habitude. Cette nuit-là, et pour la première fois depuis longtemps, il était resté à l'appartement.

Dans la chambre, Rose semblait assoupie. Il s'assit sur le bord du lit et souleva la couverture. Les compresses étaient rouges, mais les plaies ne saignaient plus. Du bout des doigts, il ôta les cataplasmes. Il essayait d'être le plus doux possible, mais la jeune fille se réveilla quand le tissu se décolla des blessures à vif.

– Tu as mal ?

– Ça brûle, mais c'est supportable.

Elle mentait. La moindre respiration la faisait souffrir.

– Je suis vraiment désolée… J'ai eu peur, expliqua-t-elle. Je ne veux pas aller au couvent !

– Pourtant, tu y seras en sécurité… et tu recevras une bonne éducation.

– Ça m'est égal ! Je veux rester avec vous !

Gabriel soupira.

– La Sainte-Vehme a des espions partout, y compris sur ma trace. C'est trop dangereux, Rose ! C'est déjà un miracle d'avoir déjoué leur vigilance ces trois derniers mois. Je t'en prie, essaie de comprendre !

– Non ! Je ne peux pas retourner à une vie normale en sachant ce qui se cache dans l'ombre !

La détermination qui se lisait dans ses yeux gris désarçonna Gabriel.

– Nous en reparlerons quand tu seras guérie, décréta-t-il. Dis-moi plutôt ce que tu as vu cette nuit. À quoi ressemble la bête qui t'a attaquée ?

– Je ne sais pas… il faisait noir. Elle m'a clouée au sol et je pense qu'elle m'a…

Rose hésita. Avec le recul, ses souvenirs lui semblaient étranges.

– Elle m'a reniflée et je crois qu'elle m'a léchée.

Gabriel haussa les sourcils.

– Je te demande pardon ?

– Elle a léché mes blessures. Mais je dois avoir mauvais goût parce qu'elle n'a pas eu l'air d'apprécier. Et puis elle s'est enfuie.

– Elle a dû m'entendre arriver. Heureusement pour toi, d'ailleurs.

Il n'était pas plus avancé. La créature était apparue deux fois au cours de la même nuit et il n'avait toujours pas la moindre description fiable.

– Il vaut mieux que tu restes chez Grégoire le temps que cette affaire soit résolue. Une femme à demi nue dans son lit doit être une première pour lui, il ne verra sûrement pas d'objection à ce que l'expérience se prolonge quelques jours.

Un sourire se dessina sur les lèvres pâles de la jeune fille. Pas grâce à la plaisanterie douteuse, mais parce que l'immortel avait retrouvé sa gouaille habituelle, signe qu'il ne lui en voulait pas. Il approcha un siège du lit.

– Dors, maintenant, dit-il en s'installant à son chevet.

12

Le soleil n'était pas encore levé quand les gémissements de Rose réveillèrent Gabriel. La flamme mourante de la lampe éclairait à peine son visage. Elle était pâle et tremblante, le visage en sueur. Gabriel jura; les plaies s'étaient infectées, comme il le craignait. Grégoire, alerté par son exclamation, ouvrit la porte de la chambre. À la vue des blessures à vif, il se figea sur le seuil.

– Mon Dieu...

– Allez chercher votre guérisseuse! s'écria Voltz.

Grégoire fila. Penché sur sa protégée, Gabriel s'efforçait de retirer les compresses collées aux plaies, arrachant des plaintes déchirantes à Rose. Il serra les dents en s'attaquant à la blessure la plus profonde, entre les deux omoplates. Elle étouffa son cri dans l'oreiller.

Grégoire revint une demi-heure plus tard avec Annwenn. Sa nervosité contrastait avec le calme de la guérisseuse. Malgré l'invitation du prêtre, celle-ci hésita avant de s'avancer dans la pièce. Quand elle se décida enfin à entrer, elle resta à bonne distance du lit, ébahie par l'état de l'adolescente.

– Je vous en prie, Annwenn, faites quelque chose, la supplia Grégoire.

La jeune femme coula un regard froid en direction de Gabriel.

– C'est vous qui avez forcé ma porte, cette nuit ?

– Comme vous pouvez le constater, j'avais une excellente raison de le faire.

Il se retint de lui demander où elle avait passé la soirée pendant que tout le village se calfeutrait à la nuit tombée.

– Qui est-ce ? l'interrogea-t-elle en désignant Rose du menton.

– Ce ne sont pas vos affaires !

– Ce n'est encore qu'une enfant, intervint Grégoire. Si vous ne faites rien, elle ne survivra pas.

Annwenn dévisagea tour à tour Gabriel et Rose. Enfin, elle s'approcha du lit et laissa tomber sa sacoche sur la table de nuit, manquant de renverser la lampe.

– Sachez, monsieur Voltz, que je n'apprécie pas vos manières, dit-elle en enlevant son manteau. Ma maison n'est pas un hall de gare où chacun passe à sa guise.

– Vous m'en voyez navré. Je tâcherai d'aller me confesser dès que vous aurez remis cette jeune fille sur pied.

– Qu'est-ce que vous croyez ? Que je soigne ce genre de chose tous les jours ? Je ne suis pas magicienne !

Elle sortit son nécessaire de secours de sa besace. Dans l'urgence, le prêtre ne lui avait rien caché de l'attaque. Annwenn étudia les blessures avec attention, sans toutefois toucher Rose, s'asseoir à son chevet, ou même l'effleurer. La longueur de l'examen agaça Gabriel.

– Qu'attendez-vous au juste ? Que la terre dégèle pour qu'on aille creuser sa tombe ?

– J'attends que vous sortiez ! répliqua-t-elle.

– Certainement pas !

– Si vous ne me faites pas confiance, pourquoi m'avoir appelée ?

Voltz ricana, ne sachant que répondre. Avait-il vraiment eu le choix ? D'un geste, il encouragea la guérisseuse à reprendre.

– Je vais préparer une décoction qui fera tomber la fièvre et l'aidera à combattre l'infection. Vous, appliquez-lui cet onguent.

Elle lui lança un flacon contenant un liquide épais. Après avoir retiré le bouchon de liège, l'immortel fronça le nez.

– Qu'est-ce que c'est ?

– Pas le temps de vous faire un cours. Faites ce que je vous dis ! répliqua la guérisseuse en sortant de la chambre pour se rendre dans la cuisine.

Gabriel faillit répliquer, mais Rose reprit soudain conscience. Elle parla d'une voix si faible qu'il mit un moment à comprendre ce qu'elle disait.

– Gabriel…

L'immortel en fut foudroyé. C'était la première fois qu'elle l'appelait par son prénom. Il s'accroupit à son chevet et écarta les boucles collées à son front.

– Tout va bien se passer. Tu seras bientôt guérie, lui souffla-t-il tout en enduisant ses doigts d'onguent.

Il se mit à l'appliquer sur les plaies. Le corps de Rose se tendit sous la douleur. Gabriel continua à masser ses blessures, tandis que Grégoire récitait toutes les prières de son répertoire à voix basse. Annwenn revint, avec à la main un godet qui répandait une odeur infecte.

– Elle doit la prendre en entier, dit-elle en tendant la mixture à Gabriel.

Il tenta de redresser la jeune fille pour la faire boire, mais elle cria de douleur. Il se résolut alors à la laisser étendue et à porter le gobelet à ses lèvres. Rose s'étrangla à la première gorgée ; une quinte de toux secoua son corps meurtri. Elle refusa alors de boire, accusant la guérisseuse de vouloir l'empoisonner. Gabriel prit les choses avec autorité et, une main ferme sur la nuque de Rose, il la força à avaler la mixture gorgée par gorgée. Quand enfin la dernière goutte fut avalée, elle s'effondra en pleurs, puis s'endormit en sanglotant. Voltz lui caressa les cheveux.

– Elle va dormir un bon bout de temps. Son corps a besoin de repos pour se régénérer, expliqua Annwenn.

– Je... je dois me préparer pour l'office du matin, annonça Grégoire, ébranlé. Tâchez de ne pas vous étriper d'ici mon retour !

Le prêtre parti et l'adolescente endormie, Gabriel considéra la guérisseuse. C'était une femme charmante, mais il n'avait aucune envie de la séduire ; sa présence lui donnait plutôt des envies de meurtre. Pourtant, faire du charme aux témoins récalcitrants était une de ses bottes secrètes. Très souvent, il avait pu ainsi soutirer des informations importantes. Avec Annwenn, il sentait que c'était peine perdue. Autant se jeter nu dans un buisson d'orties.

Aussi, il décida d'être direct.

– Pourquoi avez-vous de l'aconit étiqueté sous un faux nom sur vos étagères ?

Annwenn lui adressa un regard impénétrable.

– Si je n'en avais pas eu sous la main, votre... amie n'aurait eu que quelques heures à vivre.

Gabriel regarda Rose. Bien que sa respiration fût encore irrégulière, elle dormait paisiblement.

– L'aconit est un poison pour l'homme, réagit-il enfin. S'il lui arrive quoi que ce soit...

– Ne vous emportez pas. La plante a été mélangée à un autre ingrédient de mon cru. La combinaison des deux devrait venir à bout de l'infection. Elle n'a pas été mordue, heureusement.

– Comment connaissez-vous l'existence de ces créatures ?

– Et vous ?

– C'est moi qui pose les questions !

Annwenn le jaugea d'un air dédaigneux.

– Eh bien, posez-en autant que vous voulez, monsieur Voltz.

Quant aux réponses, vous pouvez vous asseoir dessus. En attendant que votre protégée se réveille, je crois que je préfère encore les sermons du père Anselme à votre compagnie.

Elle se dirigea vers la porte. Gabriel ne comptait pas la retenir mais, au moment où elle s'apprêtait à franchir le seuil, une question lui traversa l'esprit.

– Annwenn ? Vous ne voulez pas savoir s'il y a eu d'autres victimes ?

✣

Lorsque Grégoire revint en fin de matinée, il trouva Gabriel vautré dans le fauteuil devant l'âtre de sa cuisine. Seul… si l'on exceptait la bouteille bien entamée qu'il avait eu le malheur de lui laisser.

– Où est Annwenn ? demanda-t-il en s'approchant pour profiter de la chaleur du feu.

– Partie assister à votre messe…

Grégoire ricana.

– Il y a autant de chances qu'Annwenn s'aventure dans une église que de vous voir entrer un jour dans les ordres. Que lui avez-vous dit pour qu'elle s'en aille ?

– Absolument rien !

L'alcool ne rendait pas ses mensonges plus crédibles, réalisa Gabriel. En soupirant, il vida son verre d'un trait et grimaça quand l'eau-de-vie lui brûla l'œsophage.

– Inutile de culpabiliser pour Rose, dit Grégoire. Vous n'êtes pas responsable.

D'un geste rageur, l'immortel lança son verre vide dans les flammes. Il éclata en percutant les chenets.

– Qui est responsable, mon père, si ce n'est moi ?

Il se leva d'un bond, fébrile. Puis changea brusquement de sujet :

– Votre guérisseuse cache quelque chose. Vous pouvez m'assurer qu'elle était bien avec vous la nuit où le docteur Leguern est mort ?

Grégoire se laissa tomber dans un fauteuil. La nuit avait été courte, et les sautes d'humeur de Gabriel le fatiguaient.

– Ce soir-là, il était minuit environ quand Leguern s'est fait surprendre par la bête en revenant du manoir des Le Kerdaniel. Annwenn était à mes côtés au chevet du petit Louis Le Bihan. Elle ne s'est absentée à aucun moment. Par conséquent, à moins d'avoir dans vos registres une créature capable d'agir à distance, vous pouvez la rayer définitivement de votre liste des suspects.

– Justement. Elle était éveillée cette nuit-là ?

– Pardon ?

– Je vous demande si, à l'heure de la mort du médecin, Annwenn était consciente.

Pas certain de comprendre la question, Grégoire ouvrit la bouche sans répondre. La nuit où le jeune fils des aubergistes avait succombé à son mal avait été éprouvante pour tout le monde. Il avait fallu gérer les crises de larmes de la mère et empêcher le père d'étrangler Annwenn chaque fois qu'elle s'approchait trop près de l'enfant ; Jacques Le Bihan avait le sentiment de trahir son amitié de longue date avec le médecin. Pourtant, aucun des remèdes prescrits par le docteur Leguern n'avait fait effet.

La présence d'Annwenn, cette nuit-là, avait été souhaitée par Eugénie Le Bihan. Louis n'avait plus rien à perdre de toute manière. Grégoire et Annwenn avaient commencé par veiller l'enfant ensemble. Lorsque les quintes de toux s'étaient apaisées, ils avaient alterné les tours de garde. Le prêtre se souvenait d'avoir quitté la chambre à plusieurs reprises pour réconforter les parents. Il ne pouvait pas affirmer que la guérisseuse ne s'était pas assoupie un moment.

– Mon passage à la Sainte-Vehme n'a pas été assez long pour que je mémorise tous les types d'Égarés existants. À quoi pensez-vous exactement ?

– Il existe une créature métamorphe que l'on appelle galipote, dont la transformation n'est pas influencée par les cycles lunaires. Elle est extrêmement rare. Je n'en ai moi-même jamais croisé. Selon les traditions, le processus de métamorphose varie. Certaines prétendent que l'âme de l'être maudit pourrait se détacher de son enveloppe charnelle pour venir s'incarner dans celui d'un animal. Pendant ce transfert, l'humain reste plongé dans une sorte de sommeil. D'autres les disent capables de se dédoubler et d'habiter en même temps un corps humain et un corps animal.

– Annwenn s'est installée au village depuis presque un an, mais les premières attaques ne remontent qu'à trois mois. Si elle était ce que vous prétendez, nous aurions eu d'autres morts bien avant. Pourquoi ne se manifesterait-elle que maintenant ?

À peine Grégoire eut-il posé cette question qu'il agita les bras devant lui, comme pour la chasser.

– De toute façon, ça ne tient pas debout. Cette jeune femme est une tête de mule, mais elle n'est pas un assassin. Le fils du maire et elle étaient d'ailleurs amis. Elle ne lui aurait jamais fait de mal !

Gabriel tiqua sur cette dernière information. Lors de leur première rencontre, il avait lui aussi remarqué la familiarité avec laquelle la guérisseuse avait parlé de Julien Le Kerdaniel.

– Amis jusqu'à quel point ?

– Je ne suis pas un colporteur de rumeurs, Gabriel !

– Il y a donc eu des rumeurs…

– Écoutez, si vous voulez des réponses, vous devriez vous adresser directement à la principale concernée. Mais un conseil : changez de tactique.

Gabriel, poings sur les hanches, médita un instant la recommandation. Effectivement, il avait raté son coup avec la guérisseuse. Elle n'avait pas été impressionnée une seule seconde face à ses questions directes et elle s'était braquée.

– Rose devrait dormir une bonne partie de la journée, dit-il. Je vais aller inspecter les lieux où elle a été attaquée, au cas où la bête aurait laissé des traces.

En fait, il comptait aller chez Annwenn, mais se voyait mal s'y rendre tant que les effets du tord-boyaux de Grégoire ne se seraient pas évaporés. Une petite promenade en solitaire l'aiderait à remettre ses idées en ordre.

13

Une heure après le départ de Gabriel, Rose émergea d'un sommeil agité, peuplé de cauchemars. Ce n'était pas la bête aux griffes acérées des bois qu'elle y avait rencontrée, mais le vampire qui avait attaqué sa famille trois mois plus tôt. Les images la hantaient. Elle se revoyait en haut de l'escalier de l'auberge familiale... Le corps de son père gisait en bas des marches, celui de sa mère quelques pas plus loin. Brusquement, leur assassin était apparu devant elle, son visage monstrueux à quelques centimètres seulement du sien. Elle n'avait pas crié, elle ne s'était pas enfuie, elle ne s'était pas défendue... Elle était restée paralysée jusqu'à ce que Gabriel arrive. Comme la veille au soir. C'était sans doute pourquoi elle avait fait le lien entre ces deux affreux moments et que ce cauchemar lui était revenu.

Rose n'osait pas bouger de peur de réveiller la douleur. Quand elle se décida finalement à se lever, elle parvint, avec d'infinies précautions, à sortir du lit sans trop souffrir. Elle se couvrit d'une couverture et s'aventura dans le couloir glacial. Le presbytère était silencieux, mais une agréable odeur émanait de la cuisine. Rose traversa le corridor pour s'y rendre. Son entrée surprit Grégoire au point qu'il manqua de lâcher la marmite qu'il ôtait du poêle.

– Mais qu'est-ce que tu fais debout ? s'écria-t-il en cherchant désespérément un endroit libre pour poser son fardeau brûlant.

Il le tenait à bout de bras pour ne pas être aveuglé par la vapeur qui s'en échappait. Rose sourit et le rassura :

– Je me sens beaucoup mieux.

– Rose, je t'en prie... Annwenn est très douée, mais elle ne fait pas de miracles. Retourne te coucher avant que tes plaies ne se remettent à saigner !

Grégoire posa enfin sa marmite et vint coller une main sur le front de Rose pour s'assurer que la fièvre avait bien baissé. La peau de la jeune fille était fraîche. Il cligna des yeux, étonné, et la dévisagea. Elle était encore un peu pâle, mais son regard avait retrouvé sa vivacité.

– Tu permets que je regarde ? demanda-t-il d'une voix douce.

Rose hocha la tête et s'assit sur un banc. Elle laissa glisser la couverture qu'elle portait. Grégoire dénoua ses bandages. Il avait les mains froides ; elle frissonna.

– C'est... stupéfiant, souffla-t-il au bout de longues secondes d'examen.

– Pas beau à voir, c'est ça ? demanda Rose.

– Les plaies sont encore à vif, mais en quelques heures seulement l'infection s'est résorbée. Soit tu guéris extrêmement vite, soit Annwenn est réellement capable de miracles.

Rose fronça le nez.

– J'ai plutôt l'impression qu'elle s'est délectée à me faire souffrir !

– Pourquoi réagis-tu de cette manière avec elle ? s'étonna le prêtre en remettant les bandages en place. Tu ne la connais même pas.

– Je ne l'aime pas, c'est tout.

– Ce n'est pas très charitable de...

Un cliquetis résonna dans le couloir. Quelqu'un venait d'ouvrir la porte d'entrée.

– Gabriel ? appela Rose.

Mais Grégoire lui intima aussitôt le silence en plaquant son index sur ses lèvres.

– Père Anselme ? Vous êtes là ? héla une voix grave.

C'était le maire ! Les yeux bruns de Grégoire s'écarquillèrent. Son regard se posa sur Rose ; elle n'était plus du tout déguisée. On entendait le bruit des bottes de Charles Le Kerdaniel qui s'approchait de la cuisine. Paniqué, le prêtre prit sans ménagement le bras de l'adolescente et l'entraîna vers la remise. D'un doigt autoritaire, il indiqua une trappe sur le sol. Rose l'ouvrit ; elle menait à la cave du presbytère. Grégoire lui colla une lanterne dans la main et la poussa pour qu'elle descende, ce qui réveilla ses douleurs. Elle ravala une plainte et descendit en vitesse les premières marches de l'escalier.

Quand le prêtre rabattit la trappe, elle eut la sensation d'être enterrée vivante. Elle resta quelques instants en haut des marches, tendant l'oreille dans l'espoir de saisir quelques bribes de conversation. Mais les voix étaient déformées. Grégoire avait refermé la porte de la remise et les deux hommes avaient dû s'éloigner pour discuter devant la chaleur de l'âtre. En prenant garde à ne pas glisser dans l'escalier de pierre froide et humide, Rose descendit dans les entrailles du presbytère. La cave était parcourue de courants d'air glaciaux et il y régnait une forte odeur d'alcool et d'humidité. Rose frissonnait, faisant trembler la lampe qu'elle tendait devant elle.

Ce qu'elle découvrit arrivée en bas la fit sourire malgré elle. « Distillerie locale », avait dit le prêtre à Gabriel en parlant de son eau-de-vie. « Distillerie maison » aurait été plus juste. La lueur de la lanterne dansa sur la surface cuivrée d'un alambic qui occupait presque tout l'espace. Rose admira avec nostalgie la chaudière, les tuyaux tordus et les cuves ; son père en avait un identique dans l'auberge familiale. C'était bien la dernière chose qu'elle s'attendait à trouver dans un presbytère.

Au fond de la pièce, elle découvrit une grille aux barreaux épais. C'était de là que provenaient les courants d'air. De l'autre côté du battant, on devinait dans la pénombre un long corridor qui menait sous l'église. La porte était fermée à clé.

✣

À l'étage, Grégoire tâchait de ne rien laisser paraître devant le maire. Le fait qu'il se soit introduit chez lui de manière aussi cavalière était agaçant… et surtout très inhabituel pour un homme si soucieux des convenances.

– Joseph m'a informé de votre visite d'hier, commença Le Kerdaniel en réchauffant ses mains à la chaleur de l'âtre. Il m'a également parlé de votre invité.

– Je n'irais pas jusqu'à dire que M. Voltz est mon invité…

– Il est pourtant ici à votre demande.

Grégoire ne voyait pas le visage du maire, tourné vers la cheminée.

– Pourquoi ne pas m'avoir averti avant ?

Grégoire le dévisagea. Il détestait qu'on lui parle de manière aussi autoritaire, surtout un politicien à qui il ne devait rien. Mais en détaillant ses traits tirés et émaciés, il se radoucit. Charles paraissait épuisé. Lorsqu'il l'avait rencontré un an auparavant, le maire était un homme fringant qui en imposait tant par ses manières que par son physique avantageux. La cinquantaine passée, il était doté d'un charisme dont il usait et abusait pour attirer de futurs électeurs et négocier avec ses détracteurs.

Depuis la mort de sa seconde femme, Constance, il avait bien changé. L'élégance était toujours là, mais ses cheveux étaient dorénavant striés de fils d'argent, plus nombreux de semaine en semaine. Son regard ambré autrefois rieur et pétillant s'était éteint.

– J'ai évoqué les meurtres dans une lettre privée à l'intention de mon frère qui est commissaire de police, répondit Grégoire. Je ne pensais pas qu'il dépêcherait quelqu'un de Paris.

C'était un pieux mensonge. Grégoire avait seulement écrit à Varga. Mais il avait bien fallu justifier l'enquête de Voltz et il était plus vraisemblable d'avertir un membre de la police qu'un prêtre dans pareil cas. En tant que commissaire de police, les activités de Philippe de Beaumont au sein de l'Ordre se cantonnaient aux humains qui passaient entre les mailles de la justice, elles ne concernaient pas les créatures surnaturelles. De plus, cela faisait bien longtemps qu'il n'avait pas eu de contact avec ce frère aîné.

– Ne voulez-vous pas savoir qui s'en est pris à votre fils ? insista-t-il.

– Mon fils ? Mais cette théorie d'assassin battant la campagne est grotesque ! s'écria Le Kerdaniel. Ce sont les loups les responsables !

Grégoire soupira. Ce n'était pas la première fois qu'ils avaient cette conversation, et il trouvait l'entêtement du maire à nier l'évidence irresponsable. Il était évidemment hors de question de révéler la vérité sur l'Égaré, mais il fallait tout de même que la population soit sur ses gardes. Ce n'était pas une simple meute à laquelle ils avaient affaire.

– Vous avez organisé plusieurs battues dans les environs. Il n'y a pas de loups dans cette région, admettez-le, Charles !

– Ou des chiens errants, peu importe !

– Qu'est-ce qui vous inquiète, au juste ?

Le Kerdaniel le considéra soudain avec une expression sévère.

– Marie travaillait pour moi… Thomas Leguern était mon ami et revenait de chez moi. Et Julien…

Il s'interrompit, visiblement ému à l'évocation de son fils disparu.

– Mais Jeanne n'avait aucun lien avec vous, tenta Grégoire qui commençait à comprendre l'anxiété du maire.

Le visage de Charles se décomposa.

– Charles... Ne me dites pas que vous et la femme du pharmacien... vous...

– Par pitié, mon père, pas de sermon ! La situation est déjà suffisamment gênante ! Vous comprenez maintenant pourquoi je ne tiens pas à ce que votre enquêteur fourre son nez dans ma vie !

Grégoire ravala un sourire.

– Croyez-moi, il en faudra plus pour choquer M. Voltz.

– Je me contrefiche de cet homme ! Je ne veux pas que cette histoire s'ébruite. Il est hors de question de salir la mémoire de Jeanne.

« Et votre propre réputation », pensa Grégoire.

– Si je vous donne ma parole que cette information restera secrète, consentirez-vous à coopérer à l'enquête de Voltz ?

Le Kerdaniel, les lèvres pincées, dévisagea un long moment l'ecclésiastique avant de répondre :

– Amenez-le-moi demain midi pour déjeuner.

Alors qu'il raccompagnait son visiteur à la porte, le prêtre tenta de se remémorer les quelques fois où il avait vu Jeanne Courtois et Charles dans son église. Ce dernier n'était pas son paroissien le plus zélé. Les rares fois où il était venu à la messe, les deux amants avaient été suffisamment discrets pour ne pas éveiller les soupçons. Il n'y avait d'ailleurs eu aucune rumeur à leur sujet, ce qui dans ce village était un véritable exploit.

Grégoire le regarda s'éloigner. Quand il fut certain qu'il ne ferait pas demi-tour, il s'empressa de refermer la porte d'entrée à clé. La gamine devait être frigorifiée ! Et terrorisée, sans aucun doute. Il se précipita à la cuisine pour ouvrir la trappe. À sa surprise, elle ne l'attendait pas en haut des marches. Il descendit à la hâte en se tenant au mur pour ne pas se prendre les pieds dans sa robe. En bas, la grille était grande ouverte. Grégoire s'arrêta un instant, médusé, avant d'appeler :

– Rose ?

Sa voix se perdit dans le tunnel qui menait à la crypte de l'église. Comment diable avait-elle pu ouvrir cette porte ? Il s'y engouffra à son tour. L'adolescente était quelques mètres plus loin.

– Tu ne peux pas rester tranquille ? s'emporta-t-il. Juste cinq minutes ?

– On dirait Gabriel, se moqua-t-elle. Qu'y a-t-il derrière la grande porte là-bas au fond ?

– La crypte. Mais comment as-tu réussi à trouver la clé de la grille ?

– Je ne l'ai pas trouvée, je l'ai forcée avec ça, dit-elle en lui montrant une lame de couteau.

Cet aplomb ! Grégoire n'en revenait pas. Lorsqu'ils revinrent à la lumière, il remarqua à quel point elle était pâle. L'inquiétude prit alors le pas sur son exaspération. Il écarta les pans de la couverture pour observer son dos. Les bandages étaient maculés de sang : les plaies s'étaient rouvertes.

– Ça me fait mal, dit Rose, un peu penaude.

– Remontons, on va s'occuper de cela. Et je t'interdis de sortir du lit, tu m'entends ?

Elle se laissa faire. Elle avait épuisé le peu de forces dont elle disposait.

Au pied de l'escalier qui menait à la trappe, le prêtre la retint par le bras.

– Rose... Si un jour tu dois te cacher, viens te réfugier ici. Les clés de la grille et de la porte de la crypte sont derrière les bouteilles. Tu y seras en sécurité.

– Pourquoi devrais-je me cacher ?

– C'est juste au cas où…

Son ton se voulait rassurant mais ne parvint pas à calmer l'angoisse de Rose.

– Et où est Gabriel ? demanda-t-elle.

Grégoire réfléchit un moment avant de répondre :

– En train de faire amende honorable, j'espère…

14

Rien.

Gabriel n'avait trouvé aucune trace de la présence de la bête sur les lieux de l'attaque. Pas la moindre empreinte, pas un seul poil du lycanthrope. Ses recherches l'avaient éloigné du village. Depuis l'orée des bois, il avait une vue dégagée sur les toits de chaume au-dessus desquels flottait la fumée des cheminées. Son regard erra jusqu'à la plage, cherchant sur le rivage l'étrange maison d'Annwenn. On la distinguait à peine, coincée entre deux masses rocheuses.

Il n'avait pas hâte de se confronter à la guérisseuse. Mais les effets de l'alcool s'étaient dissipés et la nuit allait tomber, il n'avait plus d'excuse pour retarder l'échéance. « Changez de tactique », lui avait recommandé le prêtre. Facile à dire. Quelque chose le dérangeait chez cette femme. Pourtant, sa froideur était compréhensible, vu les rumeurs dont elle était victime. Certes, on ne brûlait plus les guérisseuses pour sorcellerie, mais certaines d'entre elles finissaient au cachot pour pratique illégale de la médecine... Et celles-là étaient chanceuses ; il arrivait encore qu'on lynche une guérisseuse gênante. Rarement, mais ça arrivait.

Toutefois, l'instinct de Voltz le trompait rarement et il était persuadé que l'hostilité de la jeune femme avait une autre raison. Elle n'était peut-être pas impliquée dans cette affaire, mais elle cachait quelque chose.

En arrivant devant chez Annwenn, il inspira profondément l'air du large et épousseta les manches de son manteau. Il s'apprêtait à frapper avec le pommeau de sa canne lorsque la porte s'ouvrit en grand. La jeune femme l'accueillit, une main sur la hanche, l'autre tenant le battant. Un sourire ironique erra un instant sur ses lèvres, puis s'évanouit.

– Je me demandais quand vous alliez revenir me casser les pieds.

Pris au dépourvu, Voltz la dévisagea. Soit elle avait l'ouïe fine, soit il était plus prévisible qu'il ne le croyait.

– Entrez, ordonna-t-elle en lui tournant le dos.

Sur le seuil, il fut assailli par une odeur aromatique : un onguent mijotait dans l'âtre. Annwenn mélangeait la mixture avec soin. Voltz s'approcha.

– Je suis venu m'excuser pour la manière dont je vous ai parlé cette nuit. J'étais inquiet pour Rose, mais je n'aurais pas dû vous manquer de respect.

Voilà, c'était fait. Ça devait suffire pour calmer le jeu. Après tout, les femmes sont toujours sensibles aux hommes qui s'inquiètent pour les enfants, non ?

– Foutaises... Vous n'êtes absolument pas désolé.

Raté.

– En revanche, je veux bien croire que vous avez à cœur la santé de cette jeune fille, concéda-t-elle en posant la cuillère en bois sur le manteau de la cheminée.

Elle s'essuya les mains sur son tablier et puis se tourna vers son invité. Voltz ne pouvait pas s'empêcher d'être plutôt amusé par la situation. De toute évidence, la guérisseuse était un adversaire de taille. Elle le toisa, les poings sur les hanches et le menton haut. Une attitude de défi. Défi que Gabriel avait envie de relever.

– D'accord... Je ne suis pas du tout désolé. Vous m'agacez prodigieusement, même si j'avoue que je commence à trouver nos piquants échanges plutôt stimulants.

La jeune femme cligna des yeux, surprise, puis se reprit. Elle croisa les bras et un sourire angélique illumina son visage d'ordinaire fermé.

– Rassurez-moi, monsieur Voltz, vous ne comptez pas me séduire pour me soutirer des informations, n'est-ce pas ? Ce serait une insulte à mon intelligence ; je me verrais dans l'obligation de vous jeter dehors.

Elle souriait toujours mais Gabriel la savait prête à le faire. Il éclata d'un rire franc et posa sa canne en travers de la table. Un geste de paix, même s'il n'avait nullement l'intention de se servir de l'arme qu'elle cachait. Annwenn l'invita enfin à s'asseoir et prit place face à lui.

– Dites-moi au moins pourquoi une jeune femme de votre condition vit dans un endroit aussi peu accueillant.

Car si Gabriel avait bien une certitude à son sujet, c'était celle-ci : tout dans sa manière d'être et de s'exprimer trahissait des origines sociales élevées.

– Je n'étais pas faite pour le carcan de la bonne bourgeoisie rennaise. Quand j'ai eu dix-huit ans, mon père, un banquier, m'a donné le choix entre un mariage arrangé avec un de ses clients ou le couvent. J'ai choisi la fuite.

– Et vos connaissances sur les plantes ?

– Je me suis retrouvée sans le sou et à la rue. Comme je ne voulais pas que ma famille me retrouve, j'ai quitté Rennes. Dès les premiers froids, je suis tombée malade. Je serais morte à l'heure qu'il est si quelqu'un ne m'avait pas trouvée effondrée dans une ruelle et conduite chez une vieille guérisseuse. Elle m'a soignée et prise sous son aile. C'est elle qui m'a tout appris.

Elle hésita un instant avant de reprendre :

– Uria avait des dons... particuliers, disons.

– C'est-à-dire ?

– Cela va vous paraître absurde.

– Je vous rappelle qu'il y a quelques heures nous parlions de loup-garou au chevet de Rose. Nous savons très bien, vous et moi, que ce qui rôde aux abords de ce village n'a rien d'un simple animal. Ce que j'ignore, en revanche, c'est à quoi nous avons affaire exactement. Et je ne vous ai pas encore exclue de la liste des suspects.

– Je n'ai rien à voir avec ces meurtres !

– Dans ce cas, dites-moi tout avant qu'il n'y ait d'autres victimes !

Annwenn soupira, puis parut prendre une décision.

– Uria était une personne merveilleuse, mais je sentais qu'elle me cachait quelque chose. Alors un soir, j'ai écouté la conversation qu'elle avait avec l'un de ses patients, un paysan du village. J'ai ainsi appris que c'était un lycan. Chaque mois, à la pleine lune, elle lui administrait une potion qui empêchait sa métamorphose. Il ne faisait de mal à personne ; j'ai donc farouchement gardé leur secret. Mais un jour, il y a eu des rumeurs… Un groupe d'hommes a fait irruption chez Uria. Je venais juste de la quitter quand ils ont forcé sa porte et l'ont fait sortir dans la cour de sa ferme. Elle était âgée, elle s'est effondrée au sol et ils l'ont… – Annwenn reprit difficilement sa respiration – … aspergée d'alcool et immolée. Puis ils sont partis tuer le lycan. J'étais cachée, je n'ai rien pu faire pour la sauver des flammes…

Elle s'arrêta, incapable de poursuivre. Les larmes faisaient briller ses yeux sombres. Gabriel tâcha de rester impassible, tout en maudissant cette Confrérie de malheur qui n'hésitait pas à sacrifier des hommes et des femmes innocents. Beaucoup d'Égarés n'étaient que des victimes, ils subissaient leur condition en s'accrochant désespérément à leur part d'humanité. Mais Varga et ses vautours ne faisaient pas de distinction entre eux et les véritables monstres.

– Je suis désolé, souffla-t-il. Mais la chose qui s'en prend aux villageois n'a rien d'un pauvre paysan inoffensif. Dites-moi ce que vous savez.

Annwenn fuyait le regard de l'immortel. Il insista :

– Étiez-vous l'amante de Julien Le Kerdaniel ?

Elle hocha doucement la tête.

– Il sortait de chez moi lorsqu'il s'est fait attaquer.

– Vous pouvez me retracer les événements de cette soirée ?

– Il est arrivé vers dix-huit heures. Nous n'avions pas prévu de nous voir ce jour-là car j'avais peur qu'on nous découvre. Les choses étaient assez compliquées comme ça avec les accusations que Leguern avait lancées contre moi, les rumeurs et la position de son père… C'est pourquoi j'ai été très étonnée de le trouver devant ma porte en plein jour. N'importe qui aurait pu le surprendre ! C'était d'habitude un homme très calme et posé, mais ce soir-là il ne tenait pas en place. Il s'était disputé avec son père au sujet de Marie.

– Marie ? Marie Maubert, la première victime ?

Annwenn acquiesça.

– Julien avait découvert que Marie faisait chanter Charles.

Piqué par la curiosité, Gabriel s'accouda à la table, les mains croisées devant lui.

– À quel sujet ?

– Jeanne Courtois. Marie travaillait depuis peu pour les Le Kerdaniel. Elle croulait sous les dettes laissées par son mari. Quand elle a compris que notre très honorable maire entretenait une relation avec une femme mariée – épouse d'un ami à lui, qui plus est –, elle a sauté sur l'occasion. Charles ne pouvait pas se permettre qu'un tel scandale entache sa réputation à quelques mois de la nomination du futur préfet de la région.

– Vous m'en direz tant…

– Charles Le Kerdaniel est une belle ordure, mais rien ne prouve qu'il ait tué Marie, le défendit Annwenn.

– Tuer, peut-être pas, mais fait tuer, c'est tout à fait possible. Il a un ancien légionnaire à son service.

– Il n'aurait pas été jusqu'à assassiner son propre fils ! Et puis, j'ai vu le corps de Julien…

Prise par l'émotion, Annwenn baissa la tête. Des mèches blondes échappées de son chignon lui tombèrent sur le front.

– Les blessures de Rose sont des égratignures à côté. Il était méconnaissable… Ce n'est pas un humain qui a pu faire ça, ni même un animal. Et Charles ne peut pas être un lycan, les Le Kerdaniel vivent ici depuis des décennies et il n'y a jamais eu d'attaques de ce genre.

– Vous venez de me raconter qu'Uria avait mis au point une sorte d'antidote contre les transformations. Qui vous dit que Le Kerdaniel n'en a pas sous la main aussi ? D'autant qu'à un kilomètre de chez lui se trouve une herboriste qui cache de l'aconit sur ses étagères. Aconit qui, à mon avis, doit faire partie de la liste des ingrédients…

– Vous n'allez pas recommencer ! s'énerva-t-elle en tapant du poing sur la table. Pourquoi vous raconterais-je tout ça si j'étais de mèche avec Le Kerdaniel ?

– Pour vous couvrir, parce que vous vous sentez coupable… Les raisons ne manquent pas…

– Je ne vous permets pas !

Elle s'empara de la canne posée entre eux. Avant que Gabriel ait pu réagir, il se trouva nez à nez avec la lame.

– Vous êtes trop rapide pour être honnête, Annwenn, dit-il en louchant sur la pointe.

Doucement, il se remit debout. Elle l'imita.

– Pour la dernière fois, monsieur Voltz : je n'ai rien à voir avec ces meurtres !

Et elle lâcha l'arme qui retomba sur la table avec un bruit sourd. La guérisseuse et l'immortel s'affrontèrent un long moment du regard. Gabriel était partagé entre l'envie de la croire et son scepticisme naturel. Soudain, il la vit tressaillir et son attention se fixer sur la porte derrière lui. Il eut à peine le temps de se retourner que cette dernière vola en éclats.

⁂

Une créature gigantesque se tenait dans l'encadrement. En un siècle, Gabriel n'en avait jamais vu de semblable ; il avait combattu assez de loups-garous pour savoir que la chose n'en était pas un. Recouverte d'un pelage dru et noir, elle faisait plus de deux mètres de haut. Sa gueule était pleine de crocs énormes – bien plus grands que ceux des lycans qu'il connaissait. Mais en certains aspects, elle semblait presque humaine : son torse et ses bras ressemblaient à ceux d'un homme. Elle franchit le seuil d'un bond et se redressa sur ses deux pattes arrière. Ses griffes : de longues lames acérées. Comment Rose avait-elle pu en réchapper ? se demanda Gabriel. Sa seule arme, la lame cachée dans sa canne, ne faisait pas le poids.

La bête grogna puis se précipita sur Gabriel, qui ne put l'esquiver. Il reçut un revers de patte en pleine figure et se cogna brutalement contre un meuble. L'impact fut tel que le bois éclata, et Gabriel tomba au sol parmi les débris. Il n'avait jamais eu affaire à une créature aussi forte.

Mais celle-ci s'écartait déjà ; de toute évidence, il n'était pas sa cible. Elle se dirigeait vers Annwenn qui s'était réfugiée derrière une table. La bête gronda à nouveau et envoya valser la table d'un coup de patte.

Reprenant ses esprits, Gabriel se leva. Il fouilla les débris à la recherche d'une arme, quelque chose pour se défendre, n'importe quoi... D'un coup de pied, il brisa une latte à l'extrémité pointue. La créature n'était plus qu'à quelques centimètres d'Annwenn. Voltz cria pour attirer son attention. Elle se retourna, poussa un rugissement terrible et se jeta sur lui.

Gabriel était prêt : il planta son épieu dans le torse de la bête. Mais rien ne se passa ; son poitrail était solide comme un roc. Autant poignarder un mur.

– Annwenn... fuyez !

La bête empoigna Gabriel par le cou, enfonçant ses griffes dans sa chair. Très vite, le souffle manqua à l'immortel. À quelques centimètres de son visage, les babines de l'animal se retroussèrent, dévoilant ses crocs. Avec la latte qu'il avait gardée en main, Gabriel frappa l'œil droit. Dans le mille. La bête poussa un hurlement de douleur et chancela, desserrant suffisamment son étreinte pour que l'immortel puisse se dégager.

Voltz chercha Annwenn du regard. Elle ne s'était pas enfuie. Armée d'une bûche incandescente prise dans l'âtre, elle attaqua la bête à son tour. La fourrure s'enflamma comme un feu de paille.

– Sortez ! hurla Gabriel, en frappant à nouveau la bête, rendue folle par les flammes.

Cette fois, la guérisseuse obéit.

La bête s'effondra, étouffant les flammes dans sa chute. Son œil crevé semblait avoir déjà guéri. Heureusement, Gabriel avait eu le temps de se dégager. Il se précipita dehors.

Il faisait nuit noire. De lourds nuages masquaient la lumière de la lune. Il courut sur une centaine de mètres avant de jeter un regard derrière lui. Hormis la porte défoncée, rien ne laissait imaginer ce qui venait de se passer à l'intérieur. Il ne voyait la bête nulle part. Était-elle encore dans la maison ou s'était-elle enfuie ? Voltz n'avait aucune envie d'aller vérifier. Pas avant de savoir à quoi il avait réellement affaire.

Il rattrapa la guérisseuse juste avant qu'elle n'atteigne la route. Elle poussa un cri de surprise lorsqu'il l'agrippa par le coude.

– C'est moi, la rassura-t-il. Ne restons pas là, je l'ai perdue de vue !

Ils coururent jusqu'à la place du village. Les sens aux aguets, l'immortel s'attendait à ce que la bête surgisse de chaque coin sombre, de chaque croisement. Comme tous les soirs, les habitants s'étaient retranchés chez eux, portes et volets clos. Le presbytère ne faisait pas exception. Ils s'arrêtèrent devant l'entrée, à bout de souffle. Gabriel n'arrivait pas à croire qu'ils soient arrivés jusque-là sans encombre.

15

L'immortel tambourina au battant jusqu'à ce que le cliquetis de la clé se fasse entendre. Quand Grégoire ouvrit enfin, Annwenn et Gabriel manquèrent de le renverser en s'engouffrant dans le vestibule. Voltz referma le verrou, songeant avec angoisse que si la créature les avait suivis, ce serait une bien maigre défense. Il espérait qu'elle ne s'aventurerait pas au milieu du village, et encore moins dans un lieu saint. Même si aucun écrit ne le confirmait, il avait constaté que les Égarés fuyaient les églises.

– Seigneur, s'écria Grégoire, mais que s'est-il passé ?

– La bête nous a attaqués et…

Gabriel s'interrompit en entendant la porte de la chambre de Grégoire s'ouvrir. Leur arrivée fracassante avait alerté Rose. Enveloppée dans une couverture, les jambes tremblantes, elle traversait le couloir à leur rencontre.

– Où étiez-vous passé ? demanda-t-elle en se tenant au mur pour ne pas tomber.

Voltz se précipita vers elle, laissant Annwenn mettre le prêtre au courant des événements.

– Tu ne devrais pas être debout !

Il la souleva délicatement et entreprit de la ramener à la chambre. Rose remarqua les traces de sang sur son col de chemise.

– Elle vous a blessé ?

L'immortel la déposa sur le lit et la borda, ramenant les couvertures jusque sous son menton. Elle les repoussa aussitôt pour libérer ses bras, puis grimaça : elle avait bougé trop vite et la douleur de ses blessures s'était réveillée.

– Alors, vous avez trouvé ce monstre, oui ou non ?

– C'est plutôt lui qui nous a trouvés, répondit Gabriel en s'approchant de la fenêtre.

Par les volets entrouverts, il inspecta la place du village. Tout était désert. La bête s'était volatilisée aussi vite qu'elle était apparue. Son comportement rendait Gabriel de plus en plus perplexe. Elle aurait pu en finir avec Rose et les pourchasser jusqu'au presbytère, mais elle n'en avait rien fait. Pourquoi ?

Tandis qu'Annwenn s'occupait de sa blessure dans la cuisine, Grégoire les rejoignit dans la chambre.

– Savez-vous maintenant de quel genre de créature il s'agit ? demanda-t-il à l'immortel.

– Malheureusement, non. Compte tenu du temps écoulé entre chaque agression, j'étais déjà convaincu que ce n'était pas un loup-garou normal. Et, effectivement…

Sur le bureau de Grégoire, au milieu de la paperasse en désordre, il trouva une feuille vierge et de quoi dessiner. Il attrapa la bible posée sur la table de chevet pour l'utiliser comme support et s'assit au bord du lit. Grégoire approcha sa lampe de l'immortel pour voir par-dessus son épaule. Aux premiers coups de crayon, le prêtre se mit à ronchonner. D'un geste vif, il récupéra sa bible et la remplaça par un autre livre.

– De quoi avez-vous peur ? s'agaça Gabriel. Que j'abîme vos Saintes Écritures ou que mon croquis de bête maléfique s'incarne au milieu du récit de Noé et de son arche ?

Sa bible bien serrée contre sa poitrine, Grégoire se contenta de hausser les épaules. Rose les regardait avec amusement. C'était fou à quel point la présence de son protecteur redonnait aussitôt de l'éclat à la jeune fille. Tout l'après-midi, Grégoire avait bataillé pour qu'elle consente à rester tranquille. Persuadée que l'absence de Gabriel était trop longue et qu'il avait dû se passer quelque chose, elle l'avait tanné pour qu'il aille à sa recherche. Et Grégoire se souvenait également de la nervosité de Voltz, la veille au manoir. Lui aussi avait pressenti qu'elle était en danger. Décidément, un lien étrange les unissait.

Le rompre ne serait pas simple.

✣

– C'est très laid, commenta Rose en découvrant le dessin fini. Et ce n'est pas un loup-garou ?

Un frisson la parcourut en contemplant le monstre qui n'aurait fait d'elle qu'une bouchée si… Si quoi, d'ailleurs ? Elle ne comprenait toujours pas comment elle avait pu en réchapper et pourquoi l'Égaré s'était enfui.

– Non, morphologiquement, les lycans sont, à quelques détails près, des loups disproportionnés. Ils ne marchent pas sur deux pattes comme celui-ci et sont beaucoup moins grands.

Gabriel griffonna un autre croquis, d'un loup-garou cette fois, tel qu'il en avait traqué des dizaines. Rose se redressa péniblement pour suivre ses traits de crayon assurés. En fouillant dans ses carnets, elle avait déjà eu l'occasion d'admirer ses talents, mais c'était la première fois qu'elle le voyait à l'œuvre. Concentré, minutieux et sérieux : tout ce qu'il n'était pas en temps normal. Le portrait terminé, Voltz l'approcha de la lumière pour l'exposer aux regards des deux autres. Grâce à d'habiles jeux d'ombre, on devinait que le pelage de l'animal devait être aussi rugueux que du chanvre. Une épine dorsale hérissée parcourait l'échine. Sa mâchoire aux crocs menaçants n'avait rien à envier à celle de la bête qui les avait attaqués.

– La plupart du temps, les thérianthropes ne se souviennent pas de ce qu'ils ont fait sous leur forme maudite. J'ai l'impression que ce n'est pas le cas de cette chose. Elle a l'air de savoir où elle va. Elle nous surveille. J'ignore encore pourquoi, mais elle aurait pu nous tuer ce soir et elle n'en a rien fait. Sa taille dépasse largement celle des lycans que j'ai pu traquer. Elle a un corps d'homme avec des bras couverts de fourrure et une tête de loup. De plus, la métamorphose du loup-garou n'a lieu que sur une période extrêmement courte ; la pleine lune totale ne dure que quelques heures. C'est à ce moment-là qu'ils sont le plus dangereux, car on peut difficilement les blesser. Avant et après cet apogée, le lycan se transforme mais n'est plus invulnérable. Si ses blessures n'ont pas disparu au lever du jour, l'humain maudit en garde les séquelles. Cette nuit, nous étions au troisième jour de pleine lune, et pourtant la bête que nous avons combattue était au mieux de sa forme. Je n'ai jamais vu un Égaré se régénérer aussi vite.

– En un siècle, vous n'avez jamais eu affaire à ce genre de spécimen ? demanda Grégoire, effaré.

– Il faut que vous compreniez que ces créatures ne se classent pas aussi facilement que vos cantiques dans vos livres saints, mon père. Les malédictions des Occultes ne sont pas répertoriées. Ce sont des traditions orales qui se sont transmises, modifiées, améliorées ou qui ont dégénéré. Il suffit parfois d'une infime variation dans le sort pour que je me retrouve avec un loup-garou pourvu d'une généreuse poitrine et pouvant m'incendier d'un seul regard. J'exagère à peine.

– Comment fait-on pour le tuer, alors ? s'inquiéta Rose.

– Sous sa forme humaine, l'Égaré est vulnérable. Notre problème reste toujours le même : le trouver. M'est avis qu'il appartient sans aucun doute à l'entourage des Le Kerdaniel. Le maire est le lien entre toutes les victimes.

– Eh bien, vous aurez tout le loisir d'interroger le principal concerné, puisqu'il est venu nous inviter à déjeuner demain midi, annonça Grégoire.

– Parfait.

Gabriel se pencha alors vers Rose et lui attrapa le menton entre son pouce et son index.

– Quant à toi, si tu as le malheur de te lever de ce lit avant d'être totalement rétablie, je te tannerai le derrière jusqu'à ce que tes blessures te semblent douces à côté. On s'est bien compris ?

Doucement mais fermement, il la força à hocher la tête.

– J'adore quand nous sommes d'accord !

Puis il se tourna vers Grégoire.

– Où est Annwenn ?

– Dans la cuisine.

– Elle ne peut pas rentrer chez elle pour le moment. Je ne sais pas si la bête était là pour elle ou pour moi.

– Je n'ai pas beaucoup de place, mais nous nous débrouillerons.

Gabriel avait l'air de considérer que le problème était résolu, mais Grégoire remarqua l'expression maussade de Rose. Elle ne fit aucune remarque, mais le prêtre sentait qu'elle était mal à l'aise dès que l'on parlait de la guérisseuse. Rose ne la connaissait pas. Pourquoi l'avait-elle prise en grippe aussi rapidement ? Peut-être était-elle jalouse.

Voltz sortit de la pièce et Rose fixa la porte qu'il avait fermée derrière lui un long moment. Puis elle s'enroula dans ses couvertures et sembla s'assoupir, tournant le dos à Grégoire. Le prêtre s'installa à son bureau. Il avait de la paperasse à remplir… et il voulait veiller sur la jeune fille.

Gabriel retrouva Annwenn à la table de la cuisine, essayant à grand-peine de bander sa propre main. Sa paume était affreusement brûlée. Attaquer la bête à coups de bûche incandescente n'avait pas été une idée très judicieuse. Tout de même, l'immortel était impressionné; elle avait fait preuve d'un sacré cran. Il s'installa à côté d'elle et lui proposa son aide. Un peu surprise, elle lui tendit sa main blessée. Voltz avisa la brûlure : elle était badigeonnée de miel.

– Ça aide à la cicatrisation, expliqua Annwenn.

– Je sais.

Elle fit claquer sa langue, agacée.

– Vous n'êtes pas en train de vérifier si je me régénère comme notre agresseur, n'est-ce pas? Parce que si c'est le cas, je vais devoir vous demander comment vos propres blessures, infligées il n'y a même pas une heure, ont pu disparaître aussi vite.

Elle pencha la tête vers lui, l'observant avec sagacité.

– Je regardais seulement vos cicatrices plus anciennes, répondit Voltz en reculant, pour échapper à son regard.

Troublée, elle retira sa main et entreprit de terminer elle-même son pansement. Elle n'avait pas envie de raconter d'où venaient ses marques de brûlure. De toute façon, c'était inutile : Gabriel savait comment Uria, sa protectrice, était morte. La jeune femme avait dû tout tenter pour sauver la vieille femme immolée par Varga.

– Je tenais à m'excuser pour tout à l'heure, reprit-il pour changer de sujet. Je suis un…

– Un mufle arrogant, manipulateur et cynique? compléta-t-elle avec un sourire narquois.

– J'allais dire un homme méfiant.

L'expression vexée de l'immortel arracha à Annwenn un léger rire.

– Moi aussi, monsieur Voltz, je suis méfiante. Mais après ce soir, je pense qu'il va falloir que l'on apprenne à se faire confiance.

Il hocha la tête.

– Et vos blessures ? enchaîna-t-elle. Vous comptez m'expliquer ce prodige ?

– Croyez-moi, moins vous en saurez, mieux ce sera. Permettez-moi de garder sous silence ce qui pourrait vous mettre en danger.

– Ma parole… C'est que vous êtes capable de vous conduire en gentilhomme quand vous voulez. Vous m'en voyez ébahie !

L'immortel était trop préoccupé pour se laisser dérider. D'habitude, il n'entraînait jamais des mortels dans ses enquêtes… Et voilà qu'il avait sur les bras une adolescente de seize ans qui refusait de le quitter, un curé qui en savait beaucoup trop, une guérisseuse dont le charme troublant semblait cacher bien des secrets…

– Rose s'est littéralement effondrée de fatigue, annonça Grégoire en entrant dans la cuisine. Cette entêtée n'a pas arrêté de s'agiter depuis votre départ. Son état de faiblesse l'a finalement rattrapée.

Le prêtre servit à chacun une assiette fumante de ragoût puis s'assit.

– Très bien…, commença-t-il en attaquant le contenu de la sienne. Comment procède-t-on pour démasquer l'être maudit sans accuser ouvertement un homme influent comme Charles Le Kerdaniel ?

– Encore une fois, je ne pense pas que le maire soit derrière tout cela, insista Annwenn. À mon avis, on devrait se concentrer sur Joseph. Je n'ai jamais pu le sentir, celui-là.

Gabriel haussa un sourcil.

– Je croyais que vous ne désiriez pas être mêlée à tout cela ?

– C'était avant que cette bête sauvage ne mette ma maison à sac. Et que je rencontre un homme dont les blessures se soignent comme par magie.

– Vous ne me laisserez pas en paix tant que je ne vous aurai pas dit la vérité, n'est-ce pas ? s'agaça Gabriel.

– Effectivement. Si vous voulez que l'on travaille ensemble, il va falloir être honnête.

– Qui a parlé de travailler ensemble ? Je vous ai juste demandé de collaborer…

– Et de sauver votre protégée ! Et de vous raconter toute ma vie ! En plus, vous m'avez mise en danger en attirant cette créature chez moi !

– Qui vous dit qu'elle n'était pas venue pour vous ? Après tout, vous semblez en savoir beaucoup sur Julien Le Kerdaniel et sa famille.

– Ou alors la chose a reconnu en vous un de ses semblables…

– Je ne suis pas un thérianthrope ! s'insurgea Gabriel.

– Qui me le prouve ? Vous m'avez bien accusée d'en être un, répliqua la guérisseuse en agitant sa main blessée devant le nez de son interlocuteur.

– Ça suffit, tous les deux ! cria Grégoire. C'est un immortel, et il est chargé de poursuivre les créatures égarées de tout poil, comme celle qui vous a attaquée.

Annwenn et Gabriel lui lancèrent un regard effaré.

– Mais… Grégoire ! fit Voltz en tapant du poing sur la table. Vous ne voulez pas l'afficher au fronton de votre église, tant que vous y êtes ? Vous êtes inconscient ou vous avez bu ?

– Vous êtes un quoi ? demanda Annwenn.

Gabriel n'entendit même pas sa question, tant il était outré par la révélation de Grégoire.

– À quoi bon entretenir des secrets de Polichinelle ? lança le prêtre. Après ce qui s'est passé ce soir… Mieux vaut être transparents, cela évitera les malentendus et elle saura à quoi s'attendre si les choses tournent mal. Une femme avertie en vaut deux.

Voltz écarquilla les yeux pour lui signifier de se taire. Il voyait déjà le moment où le prêtre allait tout révéler au sujet de l'Ordre… Annwenn risquait de faire le lien avec les assassins d'Uria. Mais Grégoire était passé à autre chose.

– Je propose qu'on fasse le point sur ce que l'on sait avant la rencontre de demain. Marie, la première victime, est morte après la Toussaint et Jeanne il y a quinze jours. J'ai vérifié pendant votre absence, la lune n'était pas encore pleine à ces dates. Donc, soit les transformations de la créature ne dépendent pas des cycles lunaires, soit nous avons deux assassins.

– Il peut s'agir également d'un damné qui intervient sous sa forme humaine, ajouta Annwenn. Il suit un but bien précis, apparemment.

– Exact : toutes les victimes ont un lien avec le maire. Le Kerdaniel avait des raisons de vouloir la mort de Marie et de Jeanne. Mais quid du docteur Leguern et de Julien ? Thomas Leguern et Charles étaient amis depuis l'enfance. Quant à son fils, ils se disputaient parfois, mais Le Kerdaniel parlait toujours de lui avec fierté. Je le crois incapable de faire du mal à son propre sang. Et pour ce qui est de Joseph, il ne ferait jamais rien qui puisse contrarier Charles.

– Oui, mais il a ses intérêts à cœur. Marie et Jeanne étaient une menace pour sa future nomination en tant que préfet. Julien avait découvert le chantage de la veuve Maubert. Et le médecin en savait peut-être trop, compléta Annwenn en s'attaquant à son assiette.

– Personne n'est encore venu débarrasser la maison de Leguern ni son cabinet. Pendant que nous serons au manoir demain, Annwenn, pourriez-vous y jeter un œil ?

– Je veux bien vous aider, mais sans m'attirer d'ennuis ni l'attention.

– Bien sûr, je comprends, lui assura le prêtre. Qu'en dites-vous, Gabriel ?

Pendant tout l'exposé des faits et l'échange, l'immortel était resté curieusement silencieux. Avant de répondre, il se racla la gorge et s'accouda à la table.

– Juste une chose, s'il vous plaît, avant de continuer. Que

ceux, dans cette maison, qui ne peuvent pas mourir lèvent la main.

Joignant le geste à la parole, il leva le bras sous le regard des deux autres.

– Très bien… Auriez-vous donc l'obligeance de me laisser faire mon travail ? Je ne veux pas passer mon temps à m'inquiéter pour vous tous. Demain, j'irai seul au manoir. Vous, mon père, je vous serais extrêmement reconnaissant de continuer à veiller sur Rose. Quant à vous, Annwenn, j'ignore pourquoi vous vous sentez subitement concernée par toute cette histoire, mais je préférais quand vous ne vouliez pas y être mêlée. Restez là le temps que je trouve le responsable, c'est plus prudent, mais n'intervenez pas. Je m'en occupe.

– Vous avez l'air très sûr de vous, dit la guérisseuse d'un ton acide. Immortel ne signifie pas invincible, n'est-ce pas ? La créature aurait pu avoir le dessus tout à l'heure.

Gabriel se pencha vers la provocatrice.

– Elle aurait pu, oui… Comme la centaine d'autres que j'ai combattues depuis un siècle. Vous, en revanche, vous ne vous en sortirez pas à si bon compte la prochaine fois que vous vous retrouvez seule face à elle.

16

Gabriel se rendit seul au manoir de Porte-Vent le lendemain. À nouveau, il fut accueilli par les aboiements des chiens. Il faisait meilleur que les jours précédents : des éclaircies perçaient à travers les nuages poussés par le vent du large. Sous cet éclairage, la vieille bâtisse semblait moins sinistre. Certaines fenêtres étaient pourvues de vitraux, touche de couleurs bienvenues. Gabriel s'attarda un moment dans l'espoir de voir apparaître la mystérieuse silhouette derrière les fenêtres, mais les hurlements de la meute avaient alerté les habitants de la maison et la porte d'entrée s'ouvrit rapidement sur Joseph. À son expression bougonne, l'immortel devina que l'invitation de son employeur n'emballait pas l'ancien légionnaire. Dans le vestibule, l'homme proposa de le débarrasser d'un simple mouvement de menton puis, sans un mot, le conduisit au petit salon.

Debout devant une fenêtre, les mains dans les poches et fumant la pipe, Charles Le Kerdaniel continuait d'observer l'extérieur comme s'il ne s'était pas rendu compte de la présence de Voltz. Dehors, les chiens faisaient un raffut de tous les diables.

– Ils sont comme ça depuis des semaines, dit-il. C'est insupportable.

Il tira sur sa pipe et souffla la fumée en se tournant vers son visiteur. Lorsqu'elle se dissipa, Voltz put scruter les traits fatigués du maire.

– Je suis enchanté, monsieur Voltz, finit par dire Le Kerdaniel.

– De même, monsieur le maire.

– Le père Anselme ne vous a pas accompagné ?

– Une visite de dernière minute, mentit Gabriel. Les maux de l'âme avant les mondanités.

Le Kerdaniel hocha la tête d'un air convaincu. Voltz aurait juré que l'absence du prêtre l'arrangeait. Sans doute son hôte aurait-il moins de scrupules à le menacer en l'absence de témoin.

– Je me suis inquiété en voyant un des chevaux que Joseph vous avait préparés revenir seul.

– Nous avons eu un petit problème.

– Rien de grave, j'espère. Puis-je vous offrir quelque chose à boire ?

Avec une élégance aristocratique, il se dirigea vers une desserte garnie de carafes de cristal. Comme il lui tournait le dos, Gabriel entreprit une inspection discrète des lieux – il avait été trop préoccupé la dernière fois pour le faire. Sur les murs vermeils, des portraits semblaient le surveiller et accentuaient l'aspect étouffant de la pièce. L'un d'eux en particulier attira son attention. Plus grand que les autres, il trônait entre une tête de cerf et celle d'un sanglier. C'était le visage d'une très belle femme, aux traits fins, les cheveux dorés coiffés en un savant chignon. Gabriel s'en approcha.

– C'est mon épouse, Constance, expliqua Le Kerdaniel dans son dos. Elle nous a quittés l'été dernier.

Il lui tendit un verre rempli d'un liquide ambré.

– Vous êtes marié, monsieur Voltz ?

– Grand Dieu, non ! J'ai un amour immodéré pour ma liberté.

Charles ricana et porta l'alcool à ses lèvres.

– C'est ce que je me suis dit aussi après la mort de ma première femme, Sofia, il y a quinze ans. Et puis, on m'a présenté Constance. Cette vie, parfois... Une personne que vous n'attendiez pas fait irruption sans crier gare et toutes vos certitudes volent en éclats. Le père Anselme déclare souvent dans ses sermons que le hasard n'existe pas et que toutes les rencontres ne sont que des rendez-vous planifiés par Dieu. Qu'en pensez-vous ?

Voltz allait répondre que ce genre de discours le laissait froid, mais un visage parsemé de taches de rousseur s'imposa à son esprit. S'il y avait un grand dessein derrière sa rencontre avec Rose, il aurait été curieux de connaître lequel.

– Je me suis toujours méfié des gens dont je ne saisis pas l'humour, déclara Voltz. Et Dieu fait incontestablement partie de cette catégorie.

Cette fois, Charles rit franchement.

– Le père Anselme doit amèrement regretter de vous avoir invité !

Gabriel but une gorgée.

– J'estime beaucoup votre prêtre. Il est la tolérance incarnée.

– Et vous, monsieur Voltz ? Quel genre d'homme êtes-vous ? À part un fieffé hérétique nourrissant une aversion pour toute forme d'engagement, bien sûr.

– Je n'ai rien contre l'engagement, mais je ne supporte pas les faux-semblants et les mensonges. Je n'aurais jamais pu faire de politique.

Le Kerdaniel se rembrunit un instant, mais très vite son sourire de façade réapparut ; il avait des années d'expérience dans la politique et ne se laisserait pas désarçonner si facilement.

– Le repas est prêt, annonça-t-il, nous devrions passer à table. Par ici.

La salle à manger se trouvait de l'autre côté du vestibule. Par les fenêtres, ils avaient une vue imprenable sur la mer. La pièce était luxueuse : surchargée de meubles précieux et de dorures. La table était bien trop longue pour les trois couverts dressés à son extrémité. Dès qu'ils furent installés, une domestique apporta les premières assiettes. Elle se pencha pour murmurer à l'oreille de son employeur :

– Mlle Agathe refuse de descendre…

Elle lança un regard accusateur à Gabriel. Le Kerdaniel, l'air résigné, ordonna qu'on serve le repas de sa fille à l'étage.

– Je suis navré. Agathe est toujours très impressionnée par les inconnus. Elle est d'un naturel introverti et la mort de Constance n'a pas arrangé les choses.

– Le père Anselme m'a parlé de la disparition de votre femme, avoua Voltz. Vous m'en voyez navré.

Charles remplit leurs verres, les yeux baissés.

– Vous a-t-il également informé que Constance souffrait de… comment dire… quelques désordres mentaux ?

Gabriel confirma d'un mouvement de tête.

– Nous étions mariés depuis quatre ans quand, l'été dernier, les premiers symptômes se sont déclarés. Elle venait d'accoucher d'un enfant mort-né. Elle ne s'en est jamais remise. Son état n'a fait que se détériorer de semaine en semaine, alternant entre périodes d'euphorie et de désespoir total. Un jour, Agathe l'a surprise en train de baigner une de ses poupées et de lui chanter une berceuse. Nous avons consulté des spécialistes, essayé des traitements… Rien n'a fonctionné.

– C'est le docteur Leguern qui suivait votre épouse ?

– Oui, il s'occupe de toute la famille. Et pour anticiper vos prochaines questions : j'étais au manoir lorsque Thomas s'est fait attaquer et quand mon fils est mort. En revanche, pour Marie et Jeanne, j'étais en déplacement à Brest et à Morlaix. Vous pourrez vérifier auprès de la police.

– Et Joseph ? ajouta Gabriel, pas mécontent que son interlocuteur aborde lui-même le sujet.

Charles prit une expression outrée. Voltz tenta de se rattraper :

– Je cherche juste à retracer les emplois du temps de chacun.

– Joseph n'a pas quitté le village. Il veille sur Agathe lorsque je m'absente. J'ai une confiance absolue en cet homme.

Le ton était rude. Le maire faisait de moins en moins d'efforts pour paraître aimable. La domestique revint débarrasser les assiettes auxquelles ils avaient à peine touché. L'atmosphère était pesante. Pendant de longues minutes, on n'entendit plus que l'horloge qui égrenait les secondes et les aboiements des chiens dehors. Vraiment, songea Voltz, il comprenait que Constance soit devenue folle dans cette maison. Il y avait de quoi.

– Je vais être honnête avec vous, monsieur Voltz, reprit Le Kerdaniel. Je veux que la lumière sur ces meurtres soit faite, mais pas au détriment de ma famille ou de la tranquillité des habitants.

– Aucune raison que cela arrive si vous n'avez rien à vous reprocher.

– Ne soyez pas aussi naïf, je vous en prie. Je brigue une fonction importante et je ne suis pas le seul dans la région. La moindre rumeur, qu'elle soit justifiée ou non, peut compromettre ma nomination. Certains de mes détracteurs sont déjà allés jusqu'à utiliser la maladie de Constance pour remettre en cause ma capacité à remplir mes futures obligations.

– Le problème ne se pose plus maintenant, répliqua froidement Gabriel.

– Je ne vous permets pas. J'aimais ma femme !

Le Kerdaniel reposa son verre brusquement, renversant son contenu sur la nappe.

– Je tiens à mettre les choses au point, continua Gabriel sans ciller. Je ne suis pas ici pour faciliter votre ascension politique.

Je ne fermerai pas les yeux sur une vérité qui pourrait vous faire de l'ombre. En revanche, j'aime la discrétion tout autant que vous. Mon but n'est pas de claironner le nom du coupable à tout-va. Je veux avant toute chose qu'il n'y ait plus de victimes.

Les paroles de l'enquêteur semblèrent apaiser Charles. Il posa un regard incisif sur son invité.

– J'ai mené ma petite enquête, moi aussi, lâcha-t-il avec un demi-sourire. Comme vous êtes censé être envoyé par le commissaire Beaumont, j'ai pris la peine de le contacter pour avoir quelques informations sur vous.

Gabriel resta impassible. En tant que membre de la Confrérie, même s'il n'avait jamais eu affaire à lui, le frère aîné de Grégoire ne pouvait ignorer son nom, et son devoir était de protéger son identité.

– M. de Beaumont m'a confirmé qu'il faisait appel à vous dans certaines enquêtes délicates.

– Je peux vous aider et c'est tout ce qui devrait vous importer. Comme vous l'avez dit vous-même, les rumeurs courent vite. Vous avez admirablement manœuvré pour que ces morts ne soient pas ébruitées dans les journaux, mais vous ne pourrez pas éternellement prétendre que ces attaques sont le fait d'une meute de loups.

Gabriel aussi savait prêcher le faux pour connaître le vrai. Même s'il était convaincu de l'intervention du maire dans le silence qui entourait quatre meurtres, il n'en avait aucune preuve formelle. Le maire, touché dans son intégrité, s'apprêtait à répliquer lorsque les chiens se mirent à hurler à la mort. La domestique, suivie de près par une jeune fille frêle et pâle comme un fantôme, accoururent dans le vestibule. Puis la porte d'entrée s'ouvrit à toute volée et le palefrenier déboula à bout de souffle dans la salle à manger.

– Monsieur, venez vite..., haleta-t-il. C'est... Joseph...

17

Rose dormait à poings fermés, le visage enfoui dans le creux de son coude, quand Annwenn entra dans la chambre à pas de loup. C'était l'occasion d'approcher cette étrange jeune fille sans subir son animosité. La guérisseuse s'installa prudemment sur le bord du lit. Du bout des doigts, elle souleva la couverture. Le pansement de l'adolescente s'était relâché dans son sommeil. Annwenn souleva une bande afin d'observer les effets de son onguent. Rose jappa de douleur et s'enfonça un peu plus dans l'oreiller. La guérisseuse suspendit son geste pour éviter qu'elle ne se réveille, puis reprit son examen. La cicatrisation était déjà très avancée.

La lueur de la bougie d'Annwenn finit par réveiller Rose. Elle ouvrit les yeux sans bouger, de peur de se faire mal. Elle crut que c'était Grégoire qui se penchait sur elle, toujours prévenant et attentionné. Puis une angoisse inexplicable lui comprima la poitrine. En reconnaissant les traits de la guérisseuse, elle se redressa vivement. Une douleur aiguë lui transperça le dos. En gémissant, elle recula dans son lit pour mettre un maximum de distance entre elle et cette femme.

– Ne me touchez pas ! cria-t-elle d'une voix rauque.

– Je ne vais pas te faire de mal, voyons ! répondit Annwenn. Je voulais juste m'assurer que l'onguent faisait effet.

Alerté par le raffut, Grégoire accourut. Il arriva sur le seuil au moment où Rose criait à la guérisseuse de sortir. Annwenn n'insista pas. Elle déposa le bougeoir sur la table de chevet et s'en fut.

Grégoire dévisagea Rose, perplexe. Elle était tendue, le regard froid et les poings serrés sur ses draps – il commençait à se demander si la créature ne l'avait pas contaminée, d'une manière ou d'une autre. Mais dès que la porte se fut refermée sur Annwenn, l'adolescente se laissa retomber contre ses oreillers et fondit en larmes.

– Rose ? Que se passe-t-il ? demanda-t-il. Pourquoi la détestes-tu à ce point ?

La jeune fille se cacha le visage dans les mains. Il insista :

– C'est à cause de Gabriel ?

Elle écarta ses mains, dévoilant deux yeux gris pleins de désarroi. Puis soudain, elle éclata de rire. Un rire étrange, entre moquerie et sanglot. Elle essuya ses larmes du dos de la main et considéra le prêtre avec – il l'aurait juré – une pointe de pitié.

– Mon père... J'ai seize ans, il en a plus de cent et il ne peut pas mourir. Vous me croyez assez bête pour m'enticher de lui ?

– Pourquoi, dans ce cas, tiens-tu tant à rester à ses côtés ? Cette vie-là n'est pas pour toi, Rose...

– Et pourquoi pas ?

– C'est évident, non ? dit-t-il en désignant ses bandages. Ton obstination vous met en danger tous les deux. Ce n'est pas ce que tu veux, n'est-ce pas ?

Rose secoua doucement la tête. Sa gorge était trop nouée pour laisser passer un seul mot. Pourtant, ce n'était pas l'envie de protester qui lui manquait. Grégoire ne comprenait pas. Elle n'était pas sûre de comprendre elle-même. Le plus raisonnable aurait été d'accepter sa proposition de couvent, de profiter de cette occasion pour s'instruire, de vivre un temps dans la sécurité matérielle qu'on allait lui offrir et puis de fonder plus tard un foyer à elle.

Mais ce n'était pas ce genre de vie qu'elle voulait. Sa place était auprès de l'immortel, elle le savait d'instinct. Elle n'avait besoin d'aucun autre professeur, d'aucune autre famille.

– J'ai faim, annonça-t-elle pour couper court à la conversation.

Grégoire eut un sourire fatigué.

– Le repas est prêt. Je te l'apporte.

– Non. Je me sens mieux et je n'en peux plus d'être couchée.

– Gabriel a retrouvé ton sac dans les bois. Tes vêtements étaient trempés. Je les ai lavés.

Il lui désigna un tas de linge parfaitement plié sur le bureau. Alors qu'il quittait la chambre, elle l'interpella :

– Grégoire, je n'irai pas dans ce couvent.

Elle était si déterminée qu'elle s'était permis de l'appeler par son prénom. Il ne répliqua pas. Cette conversation attendrait.

Quand Rose le rejoignit dans la cuisine quelques minutes plus tard, elle avait revêtu ses vêtements de valet et discipliné ses boucles en les attachant à l'aide d'un ruban. Si quelqu'un entrait à nouveau à l'improviste dans le presbytère, elle ferait illusion. Son repas était servi. Grégoire, lui, était habillé, prêt à sortir.

– Je dois aller visiter des paroissiens. Je m'absente une heure ou deux, tout au plus. Annwenn a dû retourner chez elle. Tu n'ouvres, bien entendu, à personne !

– Gabriel est parti depuis combien de temps ?

– Il doit être arrivé au manoir à l'heure qu'il est. Je serai de retour avant lui, rassure-toi.

Rassurée, Rose ne l'était pas vraiment. Dès que Grégoire eut franchi la porte, elle se concentra sur le repas qu'il lui avait préparé pour tromper son angoisse.

D'habitude, un nombre réduit de suspects facilite une enquête. C'était ce que pensait Gabriel, mais cette conviction fut mise à mal quand ils retrouvèrent le cadavre de Joseph. Le maire, d'ordinaire si arrogant, tomba à genoux dans la boue pour pleurer sur le corps de son ami. Joseph était mort à une centaine de mètres seulement du manoir. Entre lui et le maire, ça faisait deux suspects de moins, et aucun autre pour les remplacer sur la liste.

Voltz était dépité.

Pour ne pas paraître insensible, il ne s'approcha pas pour examiner les blessures. Mais la mort n'était pas naturelle, c'était évident. Une large plaie barrait la gorge de l'intendant. Son visage n'avait pas été épargné : sa moitié droite semblait arrachée. À côté de lui se trouvait son arme, ou du moins ce qu'il en restait. Le canon était plié et la crosse avait été pulvérisée.

À cet endroit, la côte n'était que rochers abrupts, frappés par les vagues et le vent. Constance Le Kerdaniel s'était tuée en se jetant du plus haut d'entre eux. Triste ironie du sort pour le maire : c'était précisément au pied de celui-ci que gisait le corps de Joseph. Selon le palefrenier, l'ancien légionnaire était sorti quand les chiens avaient flairé la présence de la bête. Sa témérité lui avait coûté la vie.

Le palefrenier qui les avait alertés s'était emparé d'une hache pour se défendre. Voltz la lui prit des mains; elle n'était pas très grosse, mais il s'en contenterait. Il s'éloigna sur l'un des petits sentiers qui sillonnaient la lande. Il voulait comprendre comment la bête avait fait pour disparaître aussi vite. À marée haute, les bords de mer étaient impraticables, et les chemins alentour, du moins ceux qui n'étaient pas submergés, étaient à découvert. Seuls quelques blocs de roche pouvaient servir d'abri. Voltz concentra ses recherches sur ces endroits. Mais rien. La créature s'était volatilisée.

Il s'apprêtait à reprendre la direction du manoir quand il perçut un mouvement derrière lui. Il fit volte-face. Surgie de nulle part, la bête se tenait à une dizaine de mètres de lui, dressée de toute sa taille. Son cuir ne portait plus aucune trace des brûlures infligées par Annwenn. Son œil s'était régénéré également. Il n'avait jamais vu de telles capacités de guérison ; ça n'annonçait rien de bon. La bête gronda sourdement.

Gabriel jura ; sa hachette ne faisait pas le poids. Les Égarés de ce genre avaient toujours un point faible : l'aconit pour les loups-garous, le pain bénit pour les garaches, l'argent pour beaucoup d'autres thérianthropes... Mais il ne savait toujours pas à quelle espèce appartenait celle-ci ! Même en plein jour, il ne la reconnaissait pas. Comme si elle devinait qu'elle ne craignait rien, la créature prenait son temps pour s'avancer vers Voltz. Qu'il l'affronte avec son arme ridicule ou qu'il tente de fuir, l'immortel ne donnait pas cher de sa peau cette fois.

Pourtant, après quelques pas, elle s'immobilisa et leva le museau pour flairer l'air. Voltz allait en profiter pour l'attaquer quand un hurlement lugubre s'éleva derrière lui. Il se retourna vivement ; la surprise lui arracha un cri.

Une autre bête était apparue. Plus petite, et parfaitement identifiable : c'était une garache, un loup-garou femelle. Son arête dorsale était hérissée et ses prunelles jaunes contrastaient avec le noir de son pelage. Gabriel se souvint alors de la description de la créature que lui avait faite Joseph. « Les yeux jaunes », c'était bien ce qu'il avait dit. Il était complètement passé à côté de ce détail.

Voilà qu'il était cerné par deux Égarés.

Les deux bêtes se mirent à gronder. Voltz craignait qu'elles ne l'attaquent en même temps. Comment ces créatures avaient-elles pu se transformer en plein jour ? C'était normalement impossible ! Décidément, bon nombre d'éléments lui échappaient cette fois, et ça l'agaçait prodigieusement. Mais le pire, c'était l'arrivée de Charles Le Kerdaniel, armé d'un fusil de chasse.

Alors qu'il se trouvait à une cinquantaine de mètres, le maire mit en joue son arme et tira sur la plus grande des deux créatures, la plus proche de lui. La bête se redressa et poussa un rugissement terrible. Voltz n'aurait su dire si elle avait été touchée ou non : elle paraissait à peine incommodée, s'ébrouant comme pour chasser un insecte. Mais l'arrivée du maire la fit hésiter; elle regarda tour à tour le tireur, Voltz puis la garache. Ça confirmait ce que redoutait Gabriel : malgré sa transformation, la bête avait gardé ses capacités de raisonnement.

Au second coup de feu, la femelle s'élança en direction de Gabriel. Instinctivement, il brandit la hache. Il s'apprêtait à l'abattre sur la garache quand celle-ci s'écarta soudain pour l'éviter. Contre toute attente, elle se jeta sur le colosse. Ce dernier la cueillit au vol et, d'un revers de patte, l'éjecta à plusieurs mètres.

Mais la garache était coriace. Elle se releva d'un bond et repartit à l'attaque. Voltz regardait l'assaut, effaré, tandis que Le Kerdaniel, rendu fou par la colère, essayait de recharger son arme de ses mains tremblantes.

– Fichez le camp! lui hurla Gabriel.

Mais les rugissements des deux bêtes couvrirent son cri. Voltz se précipita vers Le Kerdaniel en priant pour ne pas essuyer une balle perdue. Il n'était plus qu'à une vingtaine de mètres quand le maire parvint enfin à armer son fusil.

Derrière Gabriel, les deux Égarés chargeaient de nouveau. Plus agile, la garache esquivait les coups de griffes. Leurs mouvements étaient si rapides que l'immortel peinait à suivre le combat. La femelle venait de s'effondrer quand Le Kerdaniel tira et fit mouche. Touchée en pleine tête, la plus grosse des deux vacilla et porta une patte à son front. Elle semblait étourdie, mais ne tomba pas. Reprenant soudain ses esprits, elle s'enfuit.

Le maire s'apprêtait à achever la garache vaincue quand Gabriel lui arracha l'arme des mains.

– Rendez-moi ça ! Il va s'enfuir ! s'écria Le Kerdaniel.

– Retournez au manoir, imbécile ! Vous croyez que vous pouvez l'éliminer d'une simple balle ? Vous voulez vous faire tuer comme Joseph ?

Le corps de la garache était parcouru de soubresauts. Voltz en avait traqué suffisamment pour savoir ce qui était en train de se produire : une fois blessées, ces créatures reprenaient forme humaine. Et il pensait savoir qui apparaîtrait sous la fourrure... Il fallait chasser le maire avant qu'il ne découvre la vérité. Gabriel changea de stratégie.

– Rejoignez votre fille. Elle doit être terrorisée. Je m'en occupe.

Le Kerdaniel céda. Son expression furieuse laissa place à un visage défait par le chagrin. Gabriel le regarda marcher jusqu'au manoir, les épaules voûtées, puis reporta son attention sur la créature. Son corps était secoué de violentes convulsions. Elle souffrait, mais il n'y avait rien à faire. Il assista impuissant à cette métamorphose douloureuse.

Le cuir de l'animal se déchira au niveau de l'arête dorsale. Voltz détourna le regard quand ce fut le tour de la gueule de se fendre avec un bruit écœurant. Il avait beau en avoir vu d'autres, la transformation des thérianthropes restait un spectacle insoutenable. L'humain devait émerger de sous la peau maudite, tel un serpent au cours de sa mue. Voltz recula, chassé par la puanteur qui se dégageait du corps. Peu à peu, les hurlements de l'animal se muèrent en plaintes humaines. De la carcasse fumante de la bête émergeait une silhouette ensanglantée aux courbes féminines. L'immortel s'accroupit près de l'Égarée inconsciente et la recouvrit de son manteau.

– Pauvre idiote…, murmura-t-il en sortant de sa poche un mouchoir de soie pour nettoyer son visage.

Elle ne se réveilla pas. Retrouver sa forme humaine l'avait vidée de ses dernières forces. Elle ne reprendrait conscience que lorsque ses blessures seraient refermées. En attendant, il était hors de question de la laisser là où n'importe qui pourrait la trouver. Voltz ne se voyait pas expliquer aux passants que leur guérisseuse était un loup-garou.

18

Un courrier donnant rendez-vous à Grégoire était arrivé la veille au presbytère. Quelques mots dans une écriture reconnaissable entre mille ; il avait remercié le ciel que Gabriel ne soit pas tombé dessus avant lui. La ferme où devait avoir lieu la rencontre était abandonnée et la végétation la protégeait des regards extérieurs. Sur le sentier envahi par les ronces, on devinait des traces de roues. Elles avaient aplati et brisé les branches jusqu'à un portail rongé par la rouille. Les deux battants, largement ouverts, ne tenaient plus que par miracle.

La cour était aussi délabrée que le reste et le luxueux carrosse qui y était stationné détonnait furieusement. Trois ecclésiastiques en manteau noir montaient la garde près du véhicule. L'un d'eux tenait un lévrier en laisse. Le chien jappa à la vue de Grégoire, mais les hommes se contentèrent de le suivre du regard jusqu'à ce qu'il franchisse le seuil de la maison.

À l'intérieur, une forte odeur d'humidité assaillit Grégoire. « Quelle pourriture », se dit-il amèrement, pensant autant à la vieille bâtisse qu'à celui qui l'y avait convié. L'homme en question était debout devant une fenêtre, les mains croisées dans le dos – il jouait machinalement avec sa chevalière frappée de la croix de l'Ordre et prit tout son temps pour se retourner vers son interlocuteur. Son mouvement fut élégant, presque théâtral. Parfaitement calculé.

Tout était toujours calculé chez Barnabas Varga.

– La campagne bretonne te réussit, Grégoire, tu as l'air en pleine forme.

Le jeune prêtre ne put ignorer la pointe d'ironie. Varga ajouta :

– Depuis combien de temps es-tu affecté ici ?

– Vous voulez dire : depuis combien de temps avez-vous fait en sorte que je sois affecté ici ? le corrigea-t-il.

Varga chassa la remarque d'un geste de la main.

– Estime-toi déjà heureux d'avoir pu partir sans plus de désagréments.

Grégoire serra les poings dans les manches de son manteau. « Sans plus de désagréments », c'était relatif. On ne quittait jamais la Sainte-Vehme sans dommage. Son salut, il ne le devait pas à l'odieux Varga mais à l'intervention de son frère, Philippe. Si sa famille n'avait pas été aussi influente, il n'en aurait pas réchappé.

– Sauf votre respect, la situation au village ne me permet pas de m'absenter trop longtemps. Pourquoi m'avoir fait venir ici ?

– Comment se comporte ce cher Gabriel ?

Grégoire ne fut pas surpris. Pendant le trajet, il s'était préparé aux questions que Varga pourrait lui poser sur l'immortel.

– Ses méthodes sont peu orthodoxes, mais l'enquête avance...

– Ce n'est pas ce que je te demande, l'interrompit sèchement l'autre. Je ne doute pas un seul instant de sa capacité à trouver le démon qui rôde autour de ce village.

Un léger tic relevait le coin droit de sa lèvre supérieure. Admettre l'efficacité de Voltz devait lui coûter ; la haine qu'il vouait à l'immortel n'était un secret pour personne au sein de la Confrérie. Au cours des mois passés sous ses ordres, Grégoire l'avait souvent entendu tempêter contre Voltz. C'était d'ailleurs pour ça qu'il avait accueilli Gabriel avec autant de sympathie. Quelqu'un qui énervait autant Varga méritait d'être connu.

– Que voulez-vous savoir au juste? demanda Grégoire.

– Est-il seul?

– Je ne comprends pas...

– Je te demande si Voltz est venu accompagné d'une... d'un garçon d'une quinzaine d'années environ.

Surpris, Grégoire retint sa respiration l'espace d'un instant, puis se reprit en priant pour que son interlocuteur ne s'en soit pas rendu compte. Il fallait réfléchir vite... Varga avait de toute évidence eu vent de la supercherie, mais comment? Les surveillait-il depuis leur arrivée? Avaient-ils été trahis?

– Il est effectivement arrivé avec un gamin d'à peu près cet âge, mais il est reparti le lendemain par la première diligence.

Pas question de nier complètement les faits. S'il venait à l'idée de Varga de fouiner dans le village et d'interroger les aubergistes, son mensonge serait aussitôt dévoilé. Mais personne ne savait que Rose logeait au presbytère depuis qu'elle avait quitté l'auberge.

Varga réfléchit à sa réponse. Il leva la tête vers les poutres vermoulues de la charpente, les lèvres pincées de contrariété.

– De qui s'agit-il? s'enquit Grégoire qui faisait de son mieux pour ne rien laisser paraître.

Le regard froid de son interlocuteur descendit de nouveau sur lui.

– J'ai bien peur que notre ami ait une fois de plus enfreint les règles et dévoilé nos secrets à des non-initiés. Cette jeune fille travaille pour lui depuis des mois...

– Fille? Vous m'avez parlé d'un garçon...

– Et qui plus est, il persiste à me prendre pour un idiot en prenant des Égarés à son service, continua Varga.

– Je ne saisis pas...

– Il a recueilli une orpheline qu'il a sauvée d'un vampire. Après son départ, je me suis rendu chez lui pour l'éliminer, mais elle avait disparu. Toutefois, j'ai fait une étonnante découverte au sujet de la gouvernante restée sur place. Cet imbécile a engagé une goule et je ne suis même pas certain qu'il s'en soit rendu compte.

– Une goule ? Pourquoi une telle créature prendrait-elle le risque de travailler pour lui ?

– Il faut croire que je ne suis pas le seul à surveiller ses faits et gestes, éluda Varga. Toujours est-il qu'elle m'a tout raconté au sujet de Voltz et de cette gamine. Je dois la retrouver ; elle est au courant de l'existence de la Confrérie, et elle sait probablement aussi que Voltz est immortel. Il est hors de question de la laisser filer !

– Je suis navré de ne pas pouvoir vous aider, père Barnabas, mais pour le moment je n'ai rien à redire sur le comportement de Voltz. Il ne fait que ce pour quoi il a été envoyé.

Cette nouvelle contraria Varga. Néanmoins, il semblait ne pas douter une seconde de la parole de Grégoire. Il lui faisait confiance, ce qui était un peu vexant. Avoir la confiance de Varga était aussi enviable que d'être infecté par la peste bubonique.

– Tu sais, reprit Varga sur un ton doucereux, je regrette que notre collaboration se soit terminée de cette manière. Tu étais un élève très doué.

– Traquer les Occultes et les Égarés pétris de mauvaises intentions est une chose, tuer des innocents en est une autre, répliqua le jeune ecclésiastique.

– Tu es trop sensible. Il n'existe pas d'Occultes ni d'Égarés innocents. Ce sont des hérétiques et des monstres. As-tu parlé à Voltz de notre collaboration passée ?

Comme un enfant pris en flagrant délit, Grégoire baissa les yeux.

– J'ai respecté votre demande : je ne lui ai rien dit. Je suppose que vous espériez qu'il se montrerait plus bavard, mais la seule chose personnelle qu'il m'ait confiée est son aversion pour vous. Je n'ai pas été très étonné.

La provocation arracha un rire mauvais à Varga.

– J'ignore pourquoi la Confrérie s'obstine à avoir recours à ce monstre et pourquoi le Comte couvre ses manquements. Mais sois sûr d'une chose, Grégoire : tôt ou tard, il commettra la faute de trop. Ce jour-là, je serai présent.

– Le Comte le protège peut-être parce que, sans lui, vous ne feriez pas le poids contre les Égarés… Celui qui sévit ici est une monstruosité, et les habitants réclament la vérité. Ce n'est que grâce au maire que j'ai pu étouffer cette affaire de meurtres. Il ne souhaite pas qu'elle s'étale dans la presse, et moi non plus. Sans vouloir vous manquer de respect, père Barnabas, laissez Gabriel mener à bien cette enquête avant de régler vos comptes avec lui. Ne compromettez pas tout à cause d'une gamine sans importance !

De sa vie, jamais Grégoire n'avait parlé à Varga de cette manière. Il disait tout cela surtout pour protéger Rose et Gabriel, mais ses paroles n'en étaient pas moins sensées. Pour les habitants du village, les Égarés devaient rester des superstitions, des créatures du folklore auxquelles on portait de moins en moins foi. Si leur existence venait à être exposée au grand jour, ce serait le chaos. Il y aurait des chasses aux démons, des sorcières au bûcher… Combien de sages-femmes ou de guérisseuses accusées de sorcellerie, dont le seul crime était d'avoir mieux connu la médecine que les hommes de leur village, avaient péri dans les flammes ? Combien de personnes souffrant de troubles mentaux avaient été tuées car on les croyait possédées ? Non, Grégoire ne laisserait pas son village retomber au Moyen Âge. D'autant que la réponse de la Sainte-Vehme à ce genre d'hystérie collective locale n'avait rien à envier aux actes barbares des habitants. Varga devait partir, et vite. Pour le bien de tous.

Mais pour l'heure, il semblait encore hésiter.

– Je vous tiendrai au courant de tous les faits et gestes de Voltz, je vous en donne ma parole, insista Grégoire.

Difficile de savoir si la proposition avait convaincu Varga. Il étudia l'offre en silence pendant quelques secondes.

– Je séjournerai chez l'abbé Juhel à Morlaix le temps que l'enquête se termine. Y a-t-il un téléphone dans ce trou perdu ?

– Le maire en a fait installer un dans l'épicerie.

– Parfait. Tiens-moi au courant du moindre changement.

– Je n'y manquerai pas, mentit Grégoire, profondément soulagé. Maintenant, si vous voulez bien m'excuser, je dois rentrer. Il n'est pas prudent d'errer seul loin du village.

Varga hocha la tête. Son regard se fit plus doux. D'expérience, Grégoire se méfia.

– Si tu le désires, je plaiderai pour ta réintégration au sein de l'Ordre. Je pourrais t'apprendre encore des tas de choses...

Le jeune prêtre se mordit la langue pour ne pas être tenté de rétorquer qu'il lui avait déjà trop appris. Certaines des leçons de Varga hantaient encore ses nuits.

– Je dois partir, répondit-il.

Il quitta la masure sans se retourner. Jamais le vent glacial ne lui avait paru aussi doux.

19

Il fallait toujours du temps à Annwenn pour reprendre connaissance après une transformation, et sa blessure n'arrangeait rien. Elle garda les yeux clos un moment, respirant le parfum familier des herbes et onguents de son atelier. Un feu crépitait dans la cheminée. D'instinct, elle porta la main à sa gorge lacérée, mais quelqu'un la devança et caressa la plaie avec un linge chaud, ce qui la fit sursauter. Elle cligna des yeux pour dissiper le brouillard. Le visage grave de Gabriel, assis à son chevet, se précisa. Prise d'un doute sur ses intentions, elle se redressa précipitamment. C'était une erreur : le drap glissa et dévoila sa poitrine, provoquant un sourire narquois chez Voltz. Elle entreprit maladroitement de se recouvrir. Il ne détourna pas le regard.

– Vous vous fatiguez pour rien. Je suis là depuis une heure, j'ai eu tout le temps d'admirer ce que vous tentez de cacher.

Pour s'épargner une explication, il jeta la serviette dans une bassine posée sur le marchepied du lit. Le tissu et l'eau avaient pris une teinte rouge.

– Vous m'avez… lavée, s'étonna-t-elle.

– Disons qu'il y a plus séduisant pour une femme que de sentir la garache. Et puis, je voulais m'assurer que vous n'aviez pas d'autre blessure sous cette couche de sang.

– J'imagine que vous ne vous êtes pas donné cette peine pour me tuer ensuite.

Son ton, qu'elle voulait assuré, s'enraya sur ces derniers mots. Épuisée, elle se laissa retomber sur son oreiller, serrant le drap contre elle, plus pour se raccrocher à quelque chose que pour protéger sa pudeur. Ses transformations forcées étaient exténuantes, bien pire que celles provoquées naturellement par les cycles de la lune.

Elle tourna la tête vers le mur et indiqua une alcôve creusée dans la pierre, fermée par une petite porte de bois.

– Dans la niche, là-bas, il y a un flacon étiqueté « Rosea ». Donnez-le-moi, s'il vous plaît.

Gabriel traversa la pièce dévastée, dénicha la bouteille parmi une dizaine d'autres flacons aux noms étranges et la tendit à Annwenn. Elle avala une bonne moitié de son contenu en grimaçant, puis s'affala à nouveau sur son lit. Le simple fait de se redresser l'avait laissée haletante.

– Qu'est-ce que c'est ? demanda Gabriel en désignant l'alcôve du menton.

– Des mixtures qui empêchent la transformation ou au contraire la provoquent... Celle-ci va me permettre de retrouver très vite des forces.

Gabriel lui reprit la bouteille des mains et la reboucha.

– Pourquoi ne pas m'avoir dit la vérité ?

Annwenn s'était attendue à des reproches virulents ; elle fut décontenancée par la douceur de sa voix.

– Quand aurais-je pu le faire ? Le jour où vous êtes venu ici pour m'accuser de meurtre ? Après l'agression de Rose ? Lorsque j'ai appris que vous éliminiez les créatures comme moi ?

Elle touchait juste. Gêné, Gabriel passa une main dans ses cheveux en bataille et fit mine de se concentrer sur la bouteille. Lui aussi aurait apprécié une potion énergisante pour remplacer celle qui étouffait ses capacités. Cela faisait longtemps qu'une mission n'avait pas été aussi éprouvante. Il devait se faire vieux : le manque de sommeil, l'inquiétude permanente pour ceux dont il avait la charge, les incertitudes et les mauvaises surprises… Tout cela l'éreintait.

– Vous allez me tuer ? demanda Annwenn.

Voltz releva la tête, surpris.

– Je n'ai pas pour habitude d'éliminer ceux ou celles qui me viennent en aide… même lorsque leur intervention ne brille pas par leur intelligence. Vous auriez pu vous faire massacrer tout à l'heure !

– Je traque cette chose depuis des semaines… depuis la mort de Julien. Je ne peux sentir sa présence que lorsqu'elle est sous sa forme animale.

– Si vous pouvez la sentir, ça signifie qu'elle le peut aussi ! la sermonna-t-il. C'est vous que Joseph a pris en chasse l'autre jour ?

La jeune femme opina.

– Mais ce n'est pas moi qui ai blessé Rose !

– Je sais.

Rassérénée, Annwenn entreprit de s'asseoir dans son lit. Elle frissonnait de froid.

– Bien que mon anatomie n'ait plus de secrets pour vous, auriez-vous la bonté de vous retourner pour que je puisse m'habiller ?

Un sourire complice s'étira sur les deux visages fatigués. Gabriel redressa une chaise et s'y assit, face à la porte. Du coin de l'œil, il la vit se lever et s'envelopper dans son drap. Il devina l'ouverture du coffre au pied du lit, le froissement d'une robe qu'on secouait, puis de l'eau versée dans une vasque.

– Dites-moi, s'enquit Annwenn tandis qu'elle savonnait ses cheveux, quel genre d'Égarée est Rose ?

Pris de court, Gabriel faillit se tourner vers elle, mais se retint.

– Qu'est-ce que vous me chantez ? Rose n'est pas une Égarée.

Un peu perdue, je ne dis pas, mais égarée, non. Qu'est-ce qui vous fait croire une chose pareille ?

– Sa réaction quand je m'approche d'elle. J'ai l'impression qu'elle sait ce que je suis.

– Je vois. Il n'y a rien de surnaturel à cela. Rose est une éponge, tout simplement. Si elle possède un don, c'est celui d'empathie. Vous étiez sur la défensive, et elle a fait de même, mais sans le filtre des convenances que les adultes s'imposent. Cet effet miroir est très déconcertant, même pour moi qui commence à la connaître… Surtout quand elle se comporte comme une idiote en réponse à ma propre bêtise !

Un léger rire secoua Annwenn.

– J'ai l'impression qu'elle révèle bien plus que cela. Le ton de votre voix devient plus chaleureux quand vous parlez d'elle. Je pense qu'elle vous renvoie une image de vous plus conforme à ce que vous êtes.

Gabriel se renfrogna. Il se leva trop brusquement, et sa chaise tomba derrière lui.

– Je ne voulais pas vous mettre mal à l'aise, s'excusa la jeune femme dans son dos.

Mais ce fut peine perdue. À nouveau, elle avait touché juste, et il était hors de question qu'il laisse une presque inconnue en deviner autant sur lui. Une image plus conforme à ce qu'il est… Qui était-il vraiment, tout d'abord ? Les seules créatures immortelles qu'il avait croisées en un siècle d'existence étaient des vampires. Et il n'en était pas un. Et puis, ce que Rose révélait de lui était incompatible avec sa fonction. On était censé le craindre, pas le prendre pour une nourrice bienveillante.

– Je dois repartir au manoir, annonça-t-il. Retournez chez Grégoire dès que vous serez prête. Ne restez pas là.

– Gabriel ? le héla-t-elle au moment où il franchissait le seuil. Vous ne m'avez pas demandé comment j'étais devenue ce que je suis.

Il risqua un coup d'œil par-dessus son épaule. Elle avait revêtu une chemise blanche trop légère pour dissimuler quoi que ce soit.

– C'est inutile. Vous saviez comment faire, vous vous sentiez vulnérable et vous vouliez venger la mort de votre amie. Trois bonnes raisons de faire quelque chose de stupide.

Cela faisait au moins cinquante fois que Rose traversait le couloir glacial qui reliait sa chambre à la cuisine pour aller y consulter la pendule. Plus de deux heures s'étaient écoulées depuis le départ de Grégoire. Jusque-là, elle avait tué le temps en fouillant dans sa bibliothèque, pestant contre les goûts ennuyeux du jeune homme en matière de littérature, mais son absence s'éternisait et elle n'était pas tranquille.

Vers quatorze heures, un brouhaha emplit la place du village. Rose n'y prit tout d'abord pas garde, se concentrant au mieux sur la langue difficile de saint Corentin, évêque de Cornouaille. Mais, derrière la fenêtre aux volets clos, le bruit ne faiblissait pas. Intriguée, elle finit par se glisser hors de son lit. Alors qu'elle s'approchait de la porte d'entrée, de violents coups portés contre le battant manquèrent de lui arracher un cri de surprise.

– Père Anselme ! Père Anselme ! Ouvrez ! hurlait un garçon. Vous devez venir au manoir de toute urgence !

Tétanisée, Rose resta à fixer la porte bien après que l'autre eut renoncé, faute de réponse. « Manoir », « urgence », « prêtre »... Une seule conclusion était possible : Gabriel avait des ennuis. Que se passait-il ? Elle tourna doucement la clé dans la serrure et entrouvrit la porte pour glisser son nez au-dehors.

Au bas des marches de l'église, la place était noire de monde.

L'annonce d'une nouvelle attaque de la bête s'était répandue comme une traînée de poudre. Des gens de tout âge, hommes et femmes, sortaient des ruelles et convergeaient vers le centre du village. De sa position, Rose avait une vue imprenable sur la cohue qui ne cessait de grossir. Le Bihan, l'aubergiste, toujours affublé de son tablier, fendait la foule pour atteindre les marches de l'église. Craignant qu'il ne la voie, Rose referma la porte et changea de poste d'observation.

La fenêtre de la chambre de Grégoire s'ouvrait également sur la place. Dissimulée derrière les volets, elle était aux premières loges pour écouter Jacques Le Bihan. Sûr de lui, sa bedaine en avant, l'aubergiste leva les bras pour demander le calme. Rose sondait la place du regard, cherchant désespérément une tête connue. Rien à faire : ni Grégoire ni Gabriel n'étaient là.

– Un peu de silence ! cria Le Bihan.

Il fallut plusieurs minutes pour qu'il l'obtienne. Lorsque enfin les villageois se turent, il reprit la parole :

– Vous le savez maintenant tous, la créature a encore frappé. Notre ami Joseph a été attaqué en plein jour à quelques mètres seulement du manoir.

Un murmure parcourut l'assemblée. Le Bihan ajouta, d'une voix tonitruante :

– M. le maire aura beau crier sur tous les toits qu'il s'agit de loups, nous savons très bien ce qu'il en est ! Combien devront encore mourir avant qu'on ne se décide à agir ?

– Qu'est-ce que tu veux qu'on fasse ? l'interpella un homme du premier rang. Y paraît que Joseph lui a tiré dessus et que la bestiole n'a pas moufté !

– On va pas attendre qu'elle nous tombe dessus ! répliqua l'aubergiste.

– Ouais ! cria quelqu'un depuis la foule. Le Kerdaniel fait tout pour pas que ça se sache. Y en a assez de plus pouvoir sortir sans risquer not' peau !

D'autres acquiescèrent et bientôt il fut impossible pour Le Bihan de se faire entendre.

– Et le type envoyé par Paris ? demanda un homme qui était monté, lui aussi, sur les marches de l'église.

La mention de l'immortel n'apaisa pas les habitants, au contraire : quelques noms d'oiseau fusèrent çà et là. La question eut cependant pour effet d'adoucir la clameur. On entendit la réponse du jeune palefrenier des Le Kerdaniel, venu avertir les villageois :

– Il a pris la bête en chasse… Il n'est pas revenu…

Ces mots atteignirent Rose en plein cœur. Les mains crispées sur sa poitrine, elle s'écarta de la fenêtre et fixa les volets clos, hébétée. Dehors, la cacophonie reprit, jusqu'à ce qu'une exclamation plus véhémente que les autres s'élève. Rose comprit vaguement que l'on parlait du maire et du manoir. Puis elle perçut un mouvement de foule. Elle s'approcha de nouveau de la fenêtre. La place se vidait.

Le rassemblement ne se dispersait pas, mais se dirigeait vers la demeure des Le Kerdaniel. L'écho des voix traîna un long moment dans l'air vif de l'après-midi. Quand elle fut certaine de ne plus risquer d'être vue, Rose sortit sur le pas de la porte et scruta les environs. Elle ne voyait plus personne : pas un seul villageois, ce qui était tant mieux, mais pas non plus l'ombre d'un curé ou d'un immortel.

– Qu'est-ce que je fais… ?

Partir à la recherche de Grégoire était exclu. Elle n'avait pas la moindre idée de l'endroit où il s'était rendu. Annwenn ? Elle ne savait pas où vivait la guérisseuse.

« Ne bouge pas de là ! » entendait-elle encore Gabriel lui intimer. Pourtant, il était en danger. Entre ses instructions et l'angoisse qu'il lui soit arrivé quelque chose, Rose n'eut pas de mal à choisir. Elle ouvrit la vieille armoire et fouilla dans les affaires du prêtre jusqu'à y trouver une cape pourvue de larges manches et une capuche qui la recouvrait entièrement. C'était parfait, jugea-t-elle en s'examinant dans le petit miroir suspendu au-dessus d'une vasque de porcelaine.

Elle rattrapa les villageois, mais resta prudemment à l'arrière de la délégation. Un silence pesant s'était abattu sur le cortège. Seuls quelques murmures s'élevèrent à l'approche du domaine de Porte-Vent. C'était la première fois que Rose s'y rendait ; tout semblait éteint dans cet endroit, comme mort. Elle resserra sa cape autour d'elle pour étouffer un frisson. Ce lieu était malsain. Elle n'aurait su dire pourquoi, mais cette sensation qui lui comprimait la poitrine la trompait rarement. Devant elle, les derniers villageois pénétraient dans la cour du manoir. Ils étaient si nombreux qu'il lui fallut jouer des coudes pour se frayer un passage. Les chiens du domaine aboyaient à en perdre la tête, enragés par l'intrusion d'un tel nombre d'inconnus.

Sans tout ce bruit, peut-être Rose aurait-elle entendu les pas dans son dos. Peut-être aurait-elle senti que quelqu'un s'était approché d'elle. Mais non, elle ne le remarqua pas. Elle ne put rien faire d'autre que de hurler contre la paume qui la bâillonna soudain.

20

Elle se sentit soulevée de terre et renonça immédiatement à se débattre ; elle aurait reconnu cette étreinte entre mille. La croyant docile, Gabriel cessa de la bâillonner mais ne la reposa pas. Il la porta à l'écart, à l'abri des regards, derrière les rochers. Là, il la lâcha. La chute arracha un grognement à Rose – ses blessures la faisaient toujours souffrir. Elle voulut s'éloigner mais l'immortel lui attrapa le bras, l'air furieux.

– Qu'est-ce que tu fiches ici ?

À quelques mètres en dessous d'eux, les vagues se brisaient avec violence. On entendait les galets rouler et s'entrechoquer sous leurs assauts. Le bruit était assourdissant, mais Voltz avait crié encore plus fort.

– Je... je les ai entendus dire que vous étiez parti à la poursuite de la chose et...

– Et quoi ? explosa-t-il. Que comptais-tu faire ? M'apporter ta précieuse aide ?

Le ton était tellement méprisant que Rose ne put s'empêcher de réagir. Elle se dégagea de sa poigne, ignorant la douleur qui irradiait son buste.

– Non ! Je venais identifier votre corps et proposer comme épitaphe sur votre tombe : « Ci-gît un sale mufle, ingrat, incapable de comprendre qu'on puisse s'inquiéter pour lui » !

Elle se retint de lui coller un coup de pied dans les tibias pour ponctuer sa réplique. Puis, très vite, sa colère s'apaisa. Le soulagement de le voir sain et sauf lui fit monter les larmes aux yeux. Voltz se radoucit aussitôt. À croire qu'elle le faisait exprès, uniquement pour l'amadouer… Mais ce n'était pas le genre de Rose. Ses yeux trahissaient une réelle angoisse à l'idée qu'il ait pu lui arriver quoi que ce soit. Il voulut lui dire qu'il n'avait pas l'habitude que l'on s'inquiète pour lui et qu'il était touché par le souci qu'elle s'était fait, mais n'y parvint pas. À la place, il demanda :

– Où est Grégoire ?

– Il a dû s'absenter pour une urgence, répondit-elle d'une voix étranglée en s'essuyant les yeux de sa manche. Annwenn aussi est partie… (L'adolescente retrouva son aplomb.) Je ne veux pas la dénoncer sans preuve, mais je trouve étrange que la bête ait de nouveau attaqué au moment où elle disparaît !

– Annwenn n'est pas l'assassin. J'étais avec elle…

– Ah, d'accord… Je vois ! Je suis morte d'inquiétude pour vous et, pendant ce temps-là, vous batifolez avec une femme qui, excusez-moi, est aussi claire qu'une fosse à purin ! Ce serait une Égarée que ça ne m'étonnerait qu'à moitié !

Gabriel ne cacha pas sa surprise.

– C'est effectivement le cas. Annwenn n'est pas la chose que l'on cherche, mais c'est une garache…

– Ah ! Je le savais ! s'exclama Rose en brandissant un doigt victorieux sous le nez de l'immortel.

Puis elle reprit, les sourcils froncés :

– Qu'est-ce que c'est qu'une garache ?

– Un loup-garou femelle. Mais là n'est pas la question. Comment l'as-tu deviné ?

Rose haussa les épaules.

– L'instinct, fanfaronna-t-elle, un sourire satisfait au coin des lèvres. C'est cette garce qui m'a attaquée ?

– Elle m'a certifié que non.

– Comment pouvez-vous être sûr qu'elle ne vous ment pas?

– L'expérience, répondit Gabriel en imitant l'expression orgueilleuse qu'elle avait affichée plus tôt.

– Je serais curieuse de savoir de quel genre d'expérience vous parlez. Vous êtes certain que c'est votre cerveau qui vous guide?

La tête penchée sur le côté, elle papillonna des cils. Elle n'était peut-être pas experte en la matière, mais elle connaissait assez l'énergumène pour deviner que la guérisseuse l'attirait.

Voltz eut un sourire narquois.

– Dois-je déceler derrière ton sarcasme comme une pointe de jalousie?

Rose s'empourpra. Elle s'apprêtait à l'envoyer paître quand des clameurs provenant de la cour du manoir les interrompirent.

– Ils sont venus demander des comptes au maire, expliqua Rose. Ils pensent qu'il veut étouffer l'affaire des meurtres.

Voltz jura entre ses dents. Ce genre de réaction était aussi prévisible qu'incontrôlable. Il était hors de question que Le Kerdaniel affronte seul une population effrayée et revancharde. Pas plus qu'il ne pouvait laisser Rose rentrer seule.

– Viens avec moi et ne t'éloigne sous aucun prétexte!

Tout d'abord surprise, Rose ne se le fit pas répéter deux fois. Elle emboîta son pas rapide et trottina pour se maintenir à sa hauteur.

– Qu'est-ce que vous allez faire?

– Essayer de calmer la meute…

– Et si ça ne fonctionne pas?

– Même conseil qu'à Paris quand on tombait sur un Égaré : tu cours. Et vite!

Ils parvinrent à se faufiler au milieu de la foule qui se pressait devant l'entrée du manoir. Sur les marches du perron, Charles Le Kerdaniel dominait la masse, mais pas la situation. Il agitait les bras dans un effort désespéré pour obtenir le silence.

La voix de Jacques Le Bihan supplantait celle des autres. Lorsque Gabriel arriva dans son dos, il prit un malin plaisir à le bousculer. Déséquilibré, l'aubergiste bougonna et s'apprêtait à répliquer quand il reconnut son client impulsif. Les deux hommes se dévisagèrent un moment – le regard de Le Bihan s'attarda sur les manches de chemise maculées de sang qui dépassaient de la redingote de Voltz. Il s'effaça pour laisser l'immortel gravir l'escalier.

Rose se glissa dans le vestibule du manoir. De là, elle avait une vue imprenable sur la foule et les deux hommes qui lui faisaient face. L'arrivée de Voltz sur le perron intrigua suffisamment pour imposer le silence. L'immortel avait l'expérience, comme il le disait. Il avait défait les premiers boutons de sa veste pour laisser voir sa chemise maculée de sang. C'était du Gabriel tout craché : pas subtil pour deux sous, mais efficace et charismatique.

– Je comprends vos craintes, commença-t-il d'une voix forte. Ayez la certitude que M. le maire et moi-même œuvrons pour mettre fin à la menace qui rôde autour de votre village…

– Vous l'avez vue ? l'interrompit un homme dans l'assemblée.

– C'est un loup-garou ou une autre créature du diable ? ajouta une femme, très vite suivie par une cacophonie d'approbations.

Voltz leva une main pour calmer le brouhaha.

– Je sais que beaucoup de bruits courent à ce sujet, mais vous ne devez pas céder à de stupides superstitions. Soyons sérieux… Le danger est réel, mais il n'a rien de fantastique. Les animaux qui sévissent depuis quelques mois dans les environs se sont échappés d'un cirque itinérant près de Morlaix. Les propriétaires n'ont déclaré la fuite de deux fauves que récemment. L'un d'eux ne causera plus aucun mal, je m'en suis chargé. Mais le second rôde toujours et je vous demande la plus grande prudence. Évitez de vous déplacer seuls et sans arme…

– Quel genre de fauve ? s'enquit l'aubergiste.

– Un lion adulte d'environ cinq cents livres. Il est affamé et dangereux.

Cachée derrière la porte vitrée, Rose secoua la tête, amusée. Ce n'était sans doute pas la première fois qu'il utilisait ce mensonge. Il n'y avait aucune hésitation dans sa voix. Des lions échappés d'un cirque… C'était improbable, mais moins que deux monstres parcourant la campagne. Les habitants avaient l'air d'y croire. Des questions fusèrent sur l'attitude à adopter en cas de rencontre avec le fauve. Gabriel était, en quelques minutes, devenu le chasseur professionnel à qui ils pouvaient se fier. Le Kerdaniel, pas mécontent de s'être fait voler la vedette, se contentait d'opiner de la tête comme si tout avait été convenu depuis longtemps avec le Parisien.

Rose se désintéressa rapidement des échanges. Le danger d'une émeute écarté, la tension qu'elle ressentait depuis son départ du presbytère s'apaisa. Curieuse de voir où elle avait mis les pieds, elle balaya le vestibule du regard. Il flottait dans cet endroit une atmosphère désagréable et étouffante qui ne lui plut pas du tout.

Elle allait ressortir quand son attention fut attirée par une plainte. Elle s'immobilisa devant la porte derrière laquelle semblaient provenir ces sanglots étouffés. Après quelques secondes d'hésitation, elle céda. À pas de loup, elle s'approcha des panneaux coulissants entrouverts. Le nez collé à l'embrasure, elle distingua dans la pénombre une jeune fille prostrée devant un portrait accroché au mur. Elle devait avoir le même âge qu'elle mais, par certains aspects, elle semblait bien plus jeune. Ses cheveux blonds étaient coiffés en anglaises qui encadraient un visage fin. Elle serrait farouchement une poupée contre sa poitrine, enfouissant ses lèvres dans ses cheveux. Une robe blanche trop courte lui donnait l'air d'un fantôme. Agathe Le Kerdaniel était pourtant bien vivante.

Pour mieux voir, Rose fit doucement coulisser une des portes. Ce mouvement la trahit et Agathe sortit de son recueillement. Aussi effrayée qu'un lapin dans la ligne de mire d'un chasseur, elle dévisagea l'intruse. Pour un peu, Rose faillit oublier son mutisme prétendu et lui présenter ses excuses. Elle se ravisa à temps et sortit de sa poche un mouchoir qu'elle lui tendit sans bouger du seuil.

– Qui êtes-vous ? demanda Agathe, sourcils froncés, serrant toujours contre elle sa poupée.

Sa voix surprit Rose autant que son apparence. Fluette et aiguë, elle aussi semblait appartenir à une enfant. L'adolescente avait de la peine à l'entendre, surtout avec le bruit de la foule au-dehors. Rose jeta un coup d'œil par la fenêtre. De toute évidence, Gabriel et le maire avaient réussi à calmer les esprits. La cour se vidait peu à peu. Concentrant de nouveau son attention sur Agathe, elle lui signifia par gestes qu'elle ne pouvait pas l'entendre ni lui répondre. La ride entre les deux sourcils quasiment invisibles de la fille Le Kerdaniel se creusa un peu plus.

Pourtant, elle ne semblait plus aussi effrayée et Rose en profita pour faire un pas dans le salon, un sourire bienveillant aux lèvres. Agathe la dévisageait toujours. Heureusement qu'il faisait sombre, pensa Rose. À la lumière du jour, son déguisement n'aurait pas fait illusion. Mais peu importait. La fille du maire était étrange mais quelque chose lui disait qu'elle n'avait rien à craindre d'elle. En tout cas, le sourire de Rose était communicatif, car les lèvres d'Agathe se retroussèrent.

Ce bref moment de complicité silencieuse fut soudain brisé par l'apparition de Gabriel. Aussitôt, la jeune fille se referma comme une huître et se précipita vers la porte, bousculant Rose sur son passage, et gravit les marches de l'escalier comme si elle avait la mort aux trousses.

– Agathe ? la héla son père du vestibule.

Mais il n'obtint aucune réponse. Abasourdie par sa réaction, Rose suivit des yeux la frêle silhouette qui disparut très vite dans les étages.

– Je suis désolé, s'excusa Gabriel en posant une main furieuse sur l'épaule de Rose. Mon jeune valet ne se rend pas toujours compte de l'inconvenance de ses actes.

Celle-ci le fusilla à son tour du regard et se dégagea. Quel culot !

– Tel maître, tel domestique…, répliqua le maire avec un sourire entendu. Agathe réagit de cette manière avec tout le monde, ne blâmez pas ce garçon. Quoi qu'il en soit, je vous suis reconnaissant pour votre intervention. Je n'aurais pas eu la force de les affronter seul.

– Je vous en prie. La journée a été éprouvante pour tout le monde. Je vous avoue que je ne serais pas contre un verre.

– Et moi donc !

Rasséréné par cette perspective, le maire s'exécuta aussitôt. Il leur servit deux larges rasades de cognac et s'empressa d'avaler la sienne.

– Qu'avez-vous fait du corps de Joseph ? demanda Gabriel en s'asseyant.

– Dans la glacière, derrière le manoir. Je dois faire toutes les démarches rapidement et me rendre à Plougasnou pour déclarer le décès.

– Je vous accompagnerai là-bas demain, il est trop tard pour aujourd'hui. La nuit va bientôt tomber. La créature en a clairement après vous. La question est : pourquoi ?

Accablé, Charles posa son verre sur le guéridon devant lui et se prit la tête dans les mains.

– Je n'en sais rien…

– Malversations, détournement d'argent, intimidations, expropriations et j'en passe. Les motifs, quand on est un homme politique, ne manquent pas…

Le Kerdaniel se redressa comme un diable.

– Je suis un ambitieux, monsieur Voltz, mais j'ai encore des valeurs auxquelles je tiens !

– Sans doute, mais quelqu'un tente de vous faire payer pour quelque chose en massacrant les personnes qui vous sont proches. Je vous conseille de faire un effort de mémoire avant que la créature ne s'en prenne à...

Ses propos furent interrompus par des coups violents donnés à la porte. Bien qu'elle ne fût pas censée les entendre, Rose sursauta. Instinctivement, elle avait reculé dans un angle pour laisser passer Voltz et Le Kerdaniel, levés de concert. Son talon heurta un objet au sol. Dans sa fuite, Agathe avait fait tomber sa poupée de porcelaine. Rose la ramassa machinalement, gardant les yeux rivés sur la porte que le maire venait d'ouvrir.

21

Le visiteur n'était pas une bête maudite, ni même un villageois en colère, c'était juste Grégoire. Rose put reprendre son souffle, soulagée, mais le prêtre la repéra tout de suite et la pointa du doigt, furieux.

– Alors toi ! Je vais te ficeler dans ma cave comme un gigot ! Espèce de tête de...

– Grégoire ! l'interrompit Gabriel, pour l'empêcher de les trahir. Notre jeune ami ne vous entend pas : il est inutile de vociférer de la sorte. Et puis, vous êtes dans une maison en deuil...

Le prêtre se reprit aussitôt et ravala sa colère. Une maison en deuil ? Son regard passa de Voltz au maire sans comprendre.

– Je serais curieux de savoir où vous étiez pour ne pas avoir eu vent de la nouvelle, reprit Gabriel. La bête a attaqué Joseph. Il est mort.

Grégoire blêmit.

– Seigneur... je suis désolé, Charles.

Ce dernier hocha la tête, le visage fermé, puis poussa la porte que le prêtre avait laissée ouverte.

– Monsieur le maire, la nuit ne va pas tarder à tomber. Nous permettez-vous de rester ici jusqu'à demain ? demanda soudain Gabriel.

Le maire ne cacha pas son soulagement : Joseph mort, il devrait passer la nuit sans protection. L'immortel serait un secours bienvenu en cas d'attaque.

– Ce sera avec plaisir. Le manoir possède suffisamment de chambres...

« Et sans doute un tas de fantômes », pensa Rose que l'idée n'enchantait pas. Sans y penser, elle serra la poupée d'Agathe contre sa poitrine. Ce n'était pas une attitude très crédible pour le jeune homme qu'elle était censée incarner, mais le maire ne prêtait aucune attention au gamin retranché dans un coin. Tout en caressant sa robe de soie, elle baissa les yeux pour examiner la poupée. Elle déglutit en découvrant son visage : deux orbites noires, où jadis se trouvaient les yeux de verre, la fixaient. « Charmant », songea-t-elle, puis elle eut la sensation d'être observée. Agathe l'épiait, depuis le palier du premier étage.

⁂

– Je vais faire préparer vos chambres, annonça Le Kerdaniel.

– Sans vouloir abuser de votre hospitalité, pourriez-vous installer mon domestique non loin de la mienne, que je puisse l'avoir à l'œil ?

Le maire consentit d'un mouvement de tête et sortit.

Une fois seuls, Gabriel invita ses deux complices à entrer dans le salon. Les portes fermées, il fit mine de remettre de l'ordre dans sa tenue pour s'accorder un temps de réflexion. Allait-il coller immédiatement son poing dans la figure du prêtre ou le laisserait-il d'abord exposer les brillantes raisons qui l'avaient conduit à abandonner Rose sans surveillance ?

– Je ne veux pas rester dans cet endroit ! chuchota-t-elle en jetant la poupée dans un fauteuil. Cette maison et ses habitants me donnent la chair de poule !

– Je suis assez d'accord, dit Grégoire.

– La chose rôde sûrement dans les parages. Si vous vous sentez encore assez de souffle pour courir la campagne jusqu'au village, je ne vous retiens pas, mon père, répliqua Gabriel.

Il s'avança dans sa direction en ajoutant :

– Et puis, où étiez-vous ? Je vous l'avais confiée !

Grégoire soutint son regard.

– Varga est venu ici. Il m'a donné rendez-vous pour me poser des questions sur vous… et sur Rose. Il sait que vous l'avez amenée avec vous.

Si Gabriel parvint à cacher l'effroi que lui causa cette nouvelle, Rose, elle, devint livide.

– Je n'ai pas pu faire autrement que de le lui confirmer, avoua le prêtre, mais je lui ai raconté que le gamin avec qui vous étiez venu était reparti le lendemain et que j'ignorais où. J'ai misé sur le fait que Rose était chez moi et que les villageois ne l'avaient pas revue. Mais maintenant, elle est sortie, et tout est fichu ! Si Varga vient les interroger, ils ne tiendront pas leur langue !

– On n'en serait pas là si vous aviez été plus honnête, s'écria Voltz, défendant Rose à la surprise de cette dernière. Quels sont vos liens avec Varga ?

– J'ai travaillé à ses côtés pendant un an. C'est d'ailleurs pour cette raison que j'ai quitté la Sainte-Vehme. Il n'y a pas un seul jour où les visages des victimes de l'Ordre ne reviennent pas me hanter. Je ne vous ai pas menti : je hais cet homme plus que tout. Cessez de lui donner des moyens de vous faire du mal ! Varga loge en ce moment à Morlaix, tout n'est donc pas perdu, mais Rose doit partir immédiatement !

– Elle n'ira nulle part !

– Ne vous entêtez pas ! Je la conduirai moi-même…

– Où, mon père ? Dans ce couvent à Morlaix ? Là où se trouve Varga actuellement ? Il en est hors de question !

– J'ai d'autres contacts. À Brest, par exemple…

– Rose est sous ma responsabilité, pas la vôtre !

Ses mots l'étonnèrent lui-même. Cela ne lui ressemblait pas d'être possessif. Pourtant, l'intervention du prêtre lui donnait l'impression qu'il empiétait sur un rôle qui lui appartenait, et qu'il n'osait pas qualifier.

– Je vous faisais confiance, Grégoire, et vous venez de me prouver que j'ai eu tort, ajouta-t-il avec une pointe de regret dans la voix.

– Comme vous voudrez… Mais ça me navre que vous puissiez penser que j'ai cherché à vous nuire d'une façon ou d'une autre.

À court d'arguments, Grégoire quitta le salon, la tête basse.

– Vous n'allez pas le laisser partir ! s'indigna Rose. Et s'il se faisait attaquer ? Vous auriez sa mort sur la conscience jusqu'à la fin des temps.

Voltz haussa les épaules.

– Ce ne serait pas la première…

La porte d'entrée claqua.

– Arrêtez vos beaux discours ! s'écria Rose, au risque d'être entendue. Je vous trouve sacrément culotté de lui reprocher d'avoir travaillé pour Varga. C'est le chaudron qui se fout du cul de la poêle ! Lui, au moins, il est parti quand il a découvert le vrai visage de votre maudite Confrérie !

– De quel droit te permets-tu de me juger ? se défendit Gabriel. Tu n'as aucune idée de ce que j'ai vécu !

– Non, tout ce que je sais c'est que vous n'y avez pas votre place et que vous ne devriez pas vous en prendre à Grégoire de cette manière. Rattrapez-le, ou c'est moi qui y vais !

Joignant le geste à la parole, Rose se dirigea vers la porte avec un air de défi. Gabriel fut obligé de céder, furieux de se faire dicter sa conduite par cette gamine. Il sortit de la maison en jurant.

Dehors, un ciel bas répandait sur la lande ses premiers flocons. Le prêtre s'éloignait du domaine. Gabriel courut pour le rattraper, mais Grégoire restait sourd à ses appels. Il accéléra le pas.

– Arrêtez-vous, bon Dieu ! s'agaça l'immortel.

L'ecclésiastique fit volte-face et le frappa au visage. Pas très fort. Gabriel porta une main à sa mâchoire, un sourire sarcastique aux lèvres.

– Vous m'avez habitué à mieux, mon père.

– J'ai nettement moins d'énergie après avoir cavalé toute la journée pour assurer vos arrières ! Vous n'êtes là que depuis quelques jours, que croyiez-vous ? Que j'allais vous déballer les aspects de ma vie qui me donnent envie de vomir chaque fois que j'y repense ? Je ne vous ai pas trahi !

Et il reprit sa marche.

– Comment Varga a-t-il su que Rose était avec moi ? l'interpella Gabriel.

Le prêtre s'arrêta de nouveau.

– Vous avez vraiment un don pour vous attirer les ennuis ! Embaucher une goule à votre service… Vous êtes complètement irresponsable ! Qu'est-ce qui vous a pris ?

Gabriel écarquilla les yeux. Une goule ? Comment ? Non, il devait avoir mal compris.

Le voyant incrédule, Grégoire répéta :

– Votre gouvernante à Paris. Varga l'a interrogée après votre départ. En usant des méthodes de la Confrérie, certainement. Il n'a pas été long à découvrir qu'elle était une Égarée. Une goule… Vous l'ignoriez ?

Effectivement, Gabriel ne l'avait jamais soupçonné. Ce n'était pas la première fois que des Égarés tentaient de se rapprocher de lui à son insu pour espionner ses faits et gestes. Ce n'était pas cela qui l'horrifiait.

Comment Rose, elle, l'avait-elle su ?

Il jeta un œil par-dessus l'épaule du prêtre. Les premières habitations du village étaient encore loin, mais les lueurs vacillantes des lanternes d'une patrouille de villageois s'approchaient d'eux. De toute évidence, ils avaient décidé de prendre en main la sécurité de leur bourg. Grégoire ne rentrerait donc pas seul chez lui. Rassuré, Gabriel le planta là.

– Gabriel ! Que se passe-t-il ? lui cria le prêtre.

– Rentrez chez vous et n'en sortez plus !

Rose avait suivi à contrecœur la domestique à l'étage. Les couloirs desservant les chambres étaient aussi lugubres que les caves du presbytère. La lumière du jour traversait à peine les vitraux colorés. Sur les murs tapissés de tentures verdâtres, des portraits de famille semblaient épier ses moindres mouvements. La vieille femme qui la précédait s'arrêta devant une porte et s'effaça pour la laisser passer. Rose respira enfin en découvrant sa chambre. Un imposant lit à baldaquin, orné de rideaux bleu roi, prenait quasiment toute la place. À son grand soulagement, aucun tableau ne décorait les murs.

Néanmoins, le malaise qu'elle ressentait depuis son arrivée ne cessait de croître. Pourquoi Gabriel tenait-il à ce qu'ils dorment ici ? Elle détestait cet endroit. Un feu venait d'être allumé dans la cheminée, mais ne parvenait pas à dissiper le froid et l'humidité de la chambre. Elle offrit un instant ses mains gelées à la timide chaleur puis s'approcha de la fenêtre. Elle espérait apercevoir les deux hommes, priant pour qu'ils ne soient pas encore en train de se battre. Mais les nombreux détours dans les corridors l'avaient trompée. Alors qu'elle pensait que la chambre donnerait sur la cour de la maison, elle fut surprise en voyant la grève frappée par les vagues en contrebas. Malgré le temps, la vue était stupéfiante. Son regard erra sur les monticules rocheux qui s'opposaient aux assauts de la marée montante.

Soudain, il fut attiré par un rocher plus élevé que les autres, à une centaine de mètres du manoir. Rose plissa les yeux. Elle crut d'abord à une illusion due à l'averse de neige qui voilait le paysage. Mais très vite, elle se rendit à l'évidence : au sommet, à la merci des éléments, se tenait bien une silhouette. Les flocons lui brouillaient la vue, mais elle était certaine que ce n'était pas un animal. Drapée de la tête aux pieds dans une longue cape, la silhouette était immobile. On aurait dit une statue.

Totalement absorbée par cette vision, la jeune fille n'entendit pas les pas derrière elle et sursauta lorsqu'une main se posa sur son épaule. C'était Gabriel. La domestique se tenait à la porte.

– Votre chambre est au bout du couloir, monsieur.

– Je vous remercie. Vous pouvez disposer.

Quand la vieille femme prit congé, Rose tira Gabriel par la manche.

– Regardez là-bas. Vous le voyez? chuchota-t-elle en désignant le rocher.

Il essuya d'un revers de main gantée la buée givrée sur le carreau et plissa les paupières.

– Là! Sur le rocher, il y a quelqu'un! insista-t-elle.

– Chut! Tu vas finir par te faire remarquer à force de jacasser en permanence. Je ne vois rien.

La chose était pourtant bien visible malgré la neige. Agacée, Rose ouvrit en grand la fenêtre. Une bourrasque glaciale s'engouffra dans la pièce. Elle se pencha au-dehors pour mieux lui montrer.

– Mais qu'est-ce que tu fabriques? s'énerva Gabriel en la retenant par la ceinture de son pantalon.

Il la tira sans ménagement en arrière et referma les deux battants.

– Il n'y a personne, Rose !

Les révélations de Grégoire avaient mis Gabriel sur les nerfs. Et si quelqu'un se trouvait effectivement sur ce rocher et qu'elle était la seule à le voir, comme elle avait perçu la véritable nature de Madeleine et d'Annwenn ? Il scruta avec attention le paysage enneigé. En vain. Mais une chose le frappa : le corps de Joseph avait été retrouvé au pied de ce rocher. Celui de Constance également.

– Il y avait quelqu'un, assura-t-elle. Il a disparu maintenant, mais il était bien là…

À peine la fenêtre refermée, elle s'était collée à la vitre pour continuer à regarder.

– Sans doute un animal…

– Non ! C'était une silhouette humaine enveloppée dans une cape…

– Debout sur le rocher avec le temps qu'il fait ?

Rose recula d'un pas sans quitter le rocher des yeux. Elle avait l'air si désemparée… Gabriel s'en voulut de douter d'elle alors qu'il n'était lui-même plus sûr de rien. Tout lui échappait, et il détestait ça.

– Viens par ici, il faut qu'on parle.

22

Il l'entraîna loin de la fenêtre qui l'obnubilait. Ils s'installèrent dans les fauteuils qui faisaient face à l'âtre. Gabriel dévisageait sa protégée, cherchant un moyen d'aborder la question. Rose se méprit sur les raisons de son silence.

– Il est arrivé quelque chose à Grégoire? balbutia-t-elle, paniquée.

– Non, Grégoire va bien. Ça n'a rien à voir.

Il se racla la gorge.

– Te souviens-tu de ce soir-là à Paris, quelque temps après notre arrivée, où tu as refusé de rester seule avec Madeleine parce que tu étais persuadée qu'elle était une goule?

Rose haussa les sourcils, surprise par cette question qui tombait de nulle part.

– Oui, bien sûr... Vous m'avez crié dessus, traitée de tête de grelots et envoyée dans ma chambre.

– Et tu es revenue à la charge...

– Et vous m'avez encore crié dessus et renvoyée dans ma chambre en me menaçant de me coller dans une pension dès le lendemain si je n'arrêtais pas de vous assommer avec mes sornettes.

Gabriel grimaça. Un jour, il faudrait qu'il apprenne à faire preuve de plus de tact.

– Pourquoi me parlez-vous de ça? le relança Rose. Il est arrivé quelque chose à Madeleine? C'est la Confrérie? Elle s'en est prise à elle?

Elle avait peur. Tout ce que Gabriel voulait éviter. Comment lui dire que ses intuitions étaient justes? Elle n'était pas prête à l'entendre. Et lui n'était pas prêt à répondre à toutes les questions qu'elle lui poserait, parce qu'il n'en savait pas plus qu'elle. Les Égarés eux-mêmes ne parvenaient pas à se reconnaître entre eux sous leur forme humaine. Comment diable cette gamine pouvait-elle le faire? Rose n'avait jamais croisé de goule. Les seules représentations qu'elle avait vues se trouvaient dans ses carnets qu'elle feuilletait en douce à la première occasion. Il prit les mains de la jeune fille dans les siennes; elles étaient glacées.

– Varga ne compromettra pas cette enquête en venant ici. Cela se retournerait contre lui. C'est la règle : là où j'interviens, il ne met pas les pieds.

– Et s'il est comme vous? S'il s'assoit sur le règlement quand ça l'arrange?

Gabriel esquissa un demi-sourire.

– Il ne le fera pas. Il craint beaucoup trop les représailles de la hiérarchie. En revanche, dès que la lumière sera faite sur cette affaire, il ne faudra pas traîner dans les parages.

– Je cours. Et vite. C'est ça?

– On court. Et vite, rectifia-t-il. C'est moi qui t'ai entraînée là-dedans. Je ne t'abandonnerai pas tant que tu ne seras pas en sécurité.

Et qu'il n'aurait pas compris ce qu'elle était, ajouta-t-il en son for intérieur. Cette promesse illumina les yeux gris de l'adolescente, mais rapidement l'inquiétude reprit le dessus.

– Je n'aime pas cette maison ni ses habitants.

– Que ressens-tu exactement?

– Je ne sais pas trop... J'ai l'impression d'être épiée et que ça sent la mort... C'est comme cette silhouette, dehors. Elle était bien là, je ne suis pas folle!

Elle frissonna et serra les mains de l'immortel.

– J'irai vérifier. Que penses-tu de cette famille?

Cette fois, Rose se méfia. Elle retira ses mains et se redressa sur son fauteuil.

– Vous me demandez mon avis sur ces gens? Pourquoi?

– Ton intuition t'a peut-être soufflé des informations...

– Ne vous moquez pas de moi! s'énerva-t-elle.

Voltz ne l'écoutait jamais, d'habitude. À quoi jouait-il?

– Mais non, je ne me moque pas. Je me disais que tu aurais pu voir quelque chose qui m'aurait échappé. Que s'est-il passé avec la fille Le Kerdaniel?

– Elle est cinglée. Voilà ce que j'en pense.

– Comment cela?

– Cette histoire l'a rendue folle. Elle a crevé les yeux de sa poupée.

Voltz se leva et se mit à faire les cent pas.

– Que faisait-elle dans le salon?

– Elle pleurait devant un portrait accroché au mur. Je suppose que c'est celui de sa mère.

– Sa belle-mère. Elle s'est suicidée l'été dernier en sautant de...

Il s'interrompit. Mais c'était trop tard.

– En sautant du rocher? De ce rocher où se tenait la silhouette que vous prétendez ne pas avoir vue? compléta la jeune fille, pâle comme un linge.

– Mais non... Enfin oui, mais cela ne signifie rien. Après tout, le corps de Joseph a également été retrouvé au pied de ce fichu rocher...

Il comprit son erreur à l'instant où il termina sa phrase. Le visage de Rose s'était décomposé.

– On ne peut pas voir les fantômes, n'est-ce pas? demanda-t-elle d'une toute petite voix.

– Tu as probablement vu l'un des hommes du village en train de faire une ronde. Ils n'ont pas suivi mes conseils et ont organisé la surveillance des environs. J'irai leur dire de ne pas s'aventurer aussi loin sans une bonne raison.

Devant le sourire moqueur de Voltz, Rose se laissa convaincre.

– Le maire m'attend en bas, conclut-il. Descendons.

L'adolescente accepta à contrecœur. Il s'était passé tant de choses en quelques heures… Elle rêvait de se blottir sous l'édredon du lit de Grégoire pour s'y cacher. Le besoin de chaleur la rendait téméraire : elle s'approcha d'un pas timide de l'immortel et enroula ses bras autour de son torse. Pris au dépourvu, Gabriel resta de longues secondes sans réagir. Finalement, il caressa doucement la tignasse de Rose, puis s'écarta.

La jeune fille remit de l'ordre dans sa tenue masculine avec des gestes qui avaient retrouvé leur vivacité.

– Dépêchons-nous de tirer les vers du nez du propriétaire. Je ne resterai pas une minute de trop dans ce tombeau !

✤

Dans le couloir, ils tombèrent sur la domestique.

– M. le maire a pensé que vous aimeriez vous changer, expliqua-t-elle en présentant une chemise blanche et une veste d'intérieur de velours noir à Gabriel.

– C'est très aimable de sa part, il est vrai que je ne suis pas riche en vêtements de rechange en ce moment.

Il coula un regard agacé en direction de l'adolescente. Celle-ci feignit de ne rien avoir entendu – n'était-elle pas supposée être sourde ?

– Ne bouge pas de là : j'en ai pour une minute, ordonna Voltz, une fois la domestique repartie.

Il se dirigea vers sa chambre, au bout du couloir. Elle était beaucoup trop loin, constata Rose. Cela la contraria ; elle n'avait pas envie d'être isolée dans cette maison sombre. Elle suivit l'immortel. Sentant sa présence, il se retourna, camouflant mal son amusement.

– Tu as un problème manifeste avec l'expression « ne pas bouger ». Il y a une raison ou tu veux juste me contrarier ?

– Je pense que c'est vous qui avez un problème de compréhension. Premièrement, je ne suis pas un chien. Et deuxièmement, vous n'avez pas remarqué que chaque fois que vous me dites de ne pas bouger, je finis toujours par faire une ânerie ? Vous devriez le savoir ! Alors pourquoi vous vous obstinez ?

C'était la logique de Rose dans toute sa splendeur. Gabriel leva les yeux au plafond.

Ses appartements étaient bien plus spacieux que ceux de Rose, mais sobres. Les meubles sombres contrastaient avec la blancheur des murs. Les seules touches de couleur étaient apportées par les tentures d'un rouge vermeil suspendues aux fenêtres et entourant le lit à baldaquin. Là aussi, un feu crépitait dans une cheminée au manteau de marbre. Après une brève inspection des lieux, Gabriel jeta les vêtements propres sur un fauteuil capitonné et déboutonna sa chemise.

Gênée, Rose se tourna vers les fenêtres. Finalement, elle aurait peut-être été plus à l'aise dans le couloir hanté, se dit-elle. La nuit était tombée rapidement. La chambre donnait sur une partie de la cour éclairée par des lanternes pendues aux poutres des dépendances qui délimitaient la propriété. La neige brouillait la vue de Rose, qui ne distinguait que ces halos lumineux chahutés par le vent. L'un d'eux se dirigeait vers eux, porté par une silhouette masculine. Sans doute l'un des domestiques, déduisit-elle en le voyant s'engouffrer à l'intérieur.

– La dernière victime, Joseph, dit Gabriel en versant de l'eau dans une vasque. Il me semble que tu l'as croisé à l'auberge le lendemain de notre arrivée. Un homme d'une cinquantaine d'années avec une balafre sur la joue. Te rappelles-tu ce qu'il a dit ce jour-là ?

– Oui. C'est celui qui a affirmé que la bête ne partirait que lorsqu'elle aurait fini ce qu'elle avait à faire ici. Et vous, vous vous souvenez de m'avoir envoyée promener quand je vous en ai parlé ? Pourquoi est-ce que subitement vous vous intéressez à ce que je dis ?

– Parce que je piétine dans cette affaire et que nous n'avons plus beaucoup de temps.

C'était la vérité, mais ce n'était pas la seule raison.

– À cause de Varga ? dit Rose en se tournant vers lui.

Elle le regretta aussitôt. Le dos de Gabriel était encore nu, dévoilant toute l'étendue des sévices infligés par la Confrérie. Elle sentit la nausée la gagner en remarquant la croix cerclée de l'Ordre imprimée au fer rouge sur son épaule droite. C'était donc cela les conséquences lorsqu'on défiait la Sainte-Vehme ? Ou bien n'était-ce qu'un aperçu ?

Quand Gabriel lui fit face, Rose se détourna et feignit de regarder encore par la fenêtre. Toutefois, elle ne put contrôler la brusque émotion qui la saisit. Elle se mordit la lèvre à s'en faire mal. Voltz termina sa toilette et enfila sa chemise.

– Les habitants ne vont pas se laisser berner aussi facilement. Ils croient pour l'instant à mon histoire de fauves, mais ils sont déjà en train d'organiser des rondes autour du village en dépit de mes mises en garde, finit-il par dire. Si les esprits s'échauffent, Varga aura toute légitimité pour intervenir. C'est son rôle.

Elle vit apparaître son reflet sur les vitres. Il posa ses mains sur ses épaules, et la fit se retourner. Le visage de l'immortel était si marqué par la fatigue et la lassitude qu'elle ravala toutes les questions qui lui brûlaient les lèvres au sujet de ses cicatrices. Mais, contre toute attente, ce fut lui qui prit l'initiative :

– Une tentative absurde d'approcher au plus près du cœur de la Confrérie pour obtenir des réponses sur mon passé, expliqua-t-il en passant doucement une main dans les boucles de l'adolescente. J'ignore où se trouve précisément leur siège, le lieu n'est connu que d'une poignée de membres. J'espérais que le fait de briser quelques règles me conduirait devant le Comte. Je me suis trompé. Je n'ai eu droit qu'à un tribunal de seconde zone et à quelques mois dans un cachot à bénéficier de leur programme de « remise sur le droit chemin ».

– Ce Comte sait ce que vous êtes ?

– Aucune idée. Quoi qu'il en soit, tu avais raison à propos de Joseph. J'étais persuadé qu'il en savait plus que ce qu'il voulait bien dire ; ce que tu as entendu me le confirme.

– Quelqu'un vient d'entrer dans les bâtiments en face.

De son pouce, elle désigna les dépendances par-dessus son épaule. Voltz acquiesça.

– On va jeter un coup d'œil.

Ils ne furent pas longs à retrouver leur hôte. Un tintement familier s'était échappé du salon. Le maire était en plein recueillement devant une carafe de cognac bien entamée. Il avala d'un trait le verre qu'il venait de se servir avant de s'apercevoir de la présence de son invité.

– Joignez-vous à moi, monsieur Voltz !

– Plus tard. J'aimerais inspecter les appartements de Joseph.

L'information mit un certain temps à se frayer un chemin dans le cerveau embrumé du maire. Il se resservit un verre puis l'avala en grimaçant.

– Faites comme chez vous. Ils se trouvent sous les combles en face.

De toute évidence, il n'était plus en état de réfléchir. C'était embêtant, Gabriel avait bon nombre de questions à lui poser.

Dehors, ils furent surpris par la violence de la tempête. En une heure à peine, la neige avait déjà tout recouvert et leurs bottes s'enfonçaient dans plusieurs centimètres de poudreuse. Gabriel et Rose se hâtèrent de traverser la cour pour rejoindre les appartements de l'intendant. L'endroit qu'ils découvrirent à la faible lueur de leur lanterne était l'exact opposé du manoir. L'ancien légionnaire n'avait pas perdu le goût de l'austérité militaire. Une simple paillasse surélevée sur des planches en guise de lit, un minuscule bureau et une malle étaient tout ce qui composait son intérieur.

– L'inspection va être rapide, constata Rose en grelottant.

La pièce n'était pas chauffée. La pente du toit était telle qu'on ne pouvait se tenir debout qu'au centre de la pièce. Gabriel posa sa lanterne sur le bureau et entreprit aussitôt la fouille minutieuse des tiroirs. Rose l'imita et inspecta le contenu d'une malle au pied du lit. Elle fronça le nez dès qu'elle en ouvrit le couvercle. Une odeur désagréable de linge sale mêlée à celle de l'humidité s'en échappait. En grimaçant, elle souleva du bout des doigts, une à une, les fripes du légionnaire.

Au bout d'un quart d'heure, il n'y avait plus rien à inspecter. Assise sur le lit, Rose regardait Gabriel faire les cent pas, les poings sur les hanches et l'air contrarié. La jeune fille soupira et bâilla à s'en décrocher les mâchoires. La journée avait été rude et elle ne rêvait que de quitter cette pièce glaciale pour un bon repas et un lit douillet. N'importe où sauf dans la maison des Le Kerdaniel.

– Et si on rentrait au village ? proposa-t-elle. On ne trouve rien et le maire est rond comme une queue de pelle. Vous n'en tirerez rien ce soir.

Gabriel stoppa ses allers-retours à deux pas d'elle et la regarda avec une douceur qui la surprit.

– Tu devrais être au fond d'un lit au lieu de me coller comme une sangsue. Comment va ton dos ?

Rose se redressa et constata que, non, elle n'avait presque plus mal. Elle roula des épaules. Cela tirait encore légèrement.

Deux jours plus tôt, elle était incapable de bouger sans hurler… C'était proprement miraculeux.

– Ça me tue de l'admettre, mais les onguents et les potions de votre sorcière sont diablement efficaces.

Gabriel eut un sourire crispé. Il espérait de toutes ses forces que ce soit la seule raison.

– Rentrons au chaud, décida-t-il. Il n'y a rien ici.

Pas mécontente de sortir de là, Rose se remit promptement sur ses pieds… et trébucha. Elle tomba au sol, le nez entre les bottes de Gabriel.

– Mais qu'est-ce que tu fabriques ? s'exclama-t-il en se penchant sur elle.

Mais Rose s'était déjà redressée. Comment avait-elle pu chuter ? Elle aurait juré que quelque chose… ou quelqu'un l'avait attrapée par la cheville. Elle inspecta le dessous du lit sous l'œil perplexe de Voltz. Il n'y avait rien, bien entendu. Cet endroit était en train de la rendre folle. S'ils ne le quittaient pas très vite, elle serait bientôt tentée de crever les yeux des poupées, comme la fille Le Kerdaniel.

Voltz l'aida à se relever. Elle accompagnait son mouvement quand la latte de parquet sous son pied droit céda. Le craquement résonna dans la pièce vide. Intrigué, Voltz s'accroupit et dégagea le morceau de bois brisé. Aucun clou ne maintenait la latte. Tandis qu'il approchait la lumière de la cavité sombre, Rose tressaillit. À nouveau, elle avait la sensation étrange d'être observée. Son regard se porta sur le lit duquel elle avait chuté sans raison, puis sur le coffret que Gabriel exhumait de sa cachette.

23

Quand Grégoire parvint aux abords du village, il faisait déjà noir et la neige tombait de plus en plus dru. À l'orée des premières habitations, deux individus armés vinrent à sa rencontre, leurs fusils pointés vers le sol. Malgré leurs épais manteaux et les écharpes qui dissimulaient à moitié leur visage, Grégoire identifia l'épicier et le maréchal-ferrant.

– Jean, Étienne, un problème ?

– Vous devriez rentrer, mon père, lui conseilla Étienne, le maréchal-ferrant.

– Les abords du village sont dangereux, renchérit l'autre.

Grégoire se retint de dire qu'ils risquaient la même chose que lui, à rester dehors ainsi.

– Peut-être pourriez-vous m'accompagner ? suggéra-t-il, espérant les attirer en lieu sûr.

Les deux hommes n'osèrent refuser ce service à leur curé, et ils cheminèrent tous trois vers le bourg. Ils n'étaient pas les seuls à s'être improvisés vigiles, constata Grégoire. Malgré le temps exécrable, les habitants bavardaient par petits groupes sur la place. Beaucoup convergeaient vers l'auberge de Jacques Le Bihan.

Le prêtre les suivit. Deux jeunes hommes, fils de fermiers du coin, montaient la garde à l'entrée. À leur mine embarrassée,

Grégoire devina qu'ils ne le laisseraient pas passer. Il s'approcha alors d'une des fenêtres pour observer ce qui se tramait à l'intérieur. Le propriétaire de l'auberge, debout sur les premières marches de l'escalier, surplombait une foule que la salle bien trop étroite ne pouvait accueillir confortablement. Le prêtre n'entendait rien de ce que Jacques Le Bihan racontait. En revanche, il voyait le carnet à la couverture de cuir que l'aubergiste brandissait pour appuyer ses propos.

– Père Anselme ? appela quelqu'un dans son dos.

Il se retourna. C'était Annwenn. Son arrivée avait coupé court aux discussions sur la place. Les villageois restés dehors les observaient à la dérobée.

– Auriez-vous quelques minutes à me consacrer... pour une confession ? demanda-t-elle.

Grégoire entra dans son jeu.

– Bien sûr.

Sur leur passage, les petits attroupements s'écartèrent. Grégoire n'aimait pas du tout l'atmosphère qui régnait à présent sur le village. Les habitants étaient suspicieux, et rien de bon ne pouvait en sortir.

✣

Une demi-heure plus tard, la confession était terminée. À travers la grille qui séparait les deux loges du confessionnal, Annwenn devinait la silhouette du prêtre.

– Mon père ? Dites quelque chose...

Révéler ce qu'elle était à cet homme avait été difficile, plus difficile qu'avec l'immortel. Malgré la bienveillance dont il avait toujours fait preuve à son égard, elle n'était pas certaine de sa réaction.

– Je suis désolé, Annwenn. Je... je ne m'attendais pas à votre aveu.

– Vous semblez pourtant au courant de l'existence des créatures de mon espèce.

Grégoire se redressa sur son siège pour s'éloigner de la grille. Le récit d'Annwenn l'avait bouleversé au-delà des mots. Il était étonné d'apprendre qu'elle était une Égarée, bien sûr, mais c'était surtout l'histoire d'Uria qui l'avait suffoqué. Et pour cause, il était aux premières loges ce jour-là. Chaque mot prononcé par Annwenn l'avait ramené dans ce petit village où Varga s'était rendu avec ses hommes pour éliminer un lycan. Arrivés sur place, leur informateur leur avait indiqué la demeure d'une guérisseuse qu'il soupçonnait d'être de mèche avec l'Égaré. Varga n'avait même pas pris la peine de vérifier. Une guérisseuse méritait toujours d'être punie, selon lui.

– Votre installation dans ce village n'est pas le fruit du hasard.

Ce n'était pas une question ; Grégoire ne croyait pas aux coïncidences.

– Vous avez été plus facile à trouver que les autres, lui confirma Annwenn. J'ai aperçu votre visage cette nuit-là et votre famille est connue.

– Pourquoi avoir attendu pour tout m'avouer ? Nous nous côtoyons depuis un an déjà !

– Je vous ai longuement observé, mon père. Nous avons été au chevet des mêmes mourants ; vous m'avez défendue quand on a mis en doute mon savoir-faire et qu'on m'a accusée de meurtre. Au début, je pensais que vous étiez venu dans ce village perdu pour vous cacher, que vous n'étiez qu'un lâche. Maintenant, je comprends mieux. Je veux venger la mort d'Uria, mais certainement pas m'en prendre à quelqu'un qui cherche à se racheter.

La gorge de Grégoire était nouée. Il ferma les yeux pour retenir ses larmes.

– Je suis sincèrement désolé...

– Vous êtes pardonné, mon père.

Elle avait insisté sur ce dernier mot. Un prêtre de l'Église catholique qui reçoit l'absolution d'une créature qu'il est censé combattre... Cela résumait tout le paradoxe de la Sainte-Vehme. En peu d'années, la Confrérie avait réussi à pervertir tous les principes de Grégoire. Il avait perdu tous ses repères. Où se trouvait la vérité, la frontière entre le bien et le mal ? Existait-elle seulement ?

– Gabriel travaille également pour eux, n'est-ce pas ? reprit Annwenn.

– Oui. Il est celui qu'on envoie combattre les Égarés les plus dangereux.

– Et Rose ?

– Rose ne devrait pas être là. Gabriel s'est complètement fourvoyé en la mêlant à toute cette histoire.

Un silence accueillit sa réponse. Grégoire se pencha à nouveau vers la grille. Annwenn n'avait pas tiré le rideau de la loge. À travers les interstices de la grille, il devinait son visage soucieux dans la pénombre.

– Elle est différente.

Grégoire ricana :

– C'est un sacré numéro, en effet...

– Non, vous ne comprenez pas. Les blessures de l'Égaré auraient dû la tuer. Je vous l'ai dit, je ne suis pas magicienne. Il est impossible qu'elle ait pu se rétablir aussi vite. Et puis, elle savait pour moi. Elle l'a senti dès que je suis entrée dans votre chambre. Elle refusait que je l'approche ; la seule fois où j'ai pu l'effleurer, c'est lorsqu'elle était endormie.

Grégoire se leva et sortit du confessionnal, imité par Annwenn. Ils s'installèrent sur les bancs de l'église. Le prêtre se remémora les événements des derniers jours, depuis l'attaque de la bête contre Rose jusqu'à l'intervention de la guérisseuse. Effectivement, celle-ci n'avait jamais touché la jeune fille. Dans la panique du moment, il ne l'avait pas remarqué.

– Comment expliquez-vous cela ?

– Je ne me l'explique pas, justement. J'avais le sentiment qu'il ne fallait pas que je la touche. Un peu comme lorsque vous approchez la main d'une flamme : vous savez que vous allez vous brûler si vous continuez.

– Vous croyez que cela a un lien avec le fait que vous êtes une garache ? Gabriel est un Égaré et il l'a soignée sans problème.

– Elle lui fait entièrement confiance, c'est là toute la différence. D'ailleurs, où sont-ils ?

– À Porte-Vent. Avec cette tempête, ils ne seront pas de retour de sitôt.

La jeune femme balaya l'église du regard, dissimulant mal son dégoût.

– Sortons d'ici, voulez-vous. J'ai assez abusé de la demeure du Seigneur pour ce soir.

Sur le parvis, ils furent accueillis par un tourbillon de neige soulevé par l'air marin. Seules les lueurs des fenêtres de l'auberge permettaient de se repérer dans les ténèbres qui avaient envahi la place. Grégoire devina quelques silhouettes qui sortaient de l'auberge. La réunion improvisée semblait toucher à sa fin.

✠

Tandis que Grégoire et Annwenn regagnaient le presbytère, les villageois quittaient l'auberge, engoncés dans leurs épais manteaux. Ils avaient été nombreux ce soir-là à répondre à l'appel de Jacques Le Bihan.

L'aubergiste salua ses derniers invités avec satisfaction. Il avait ouvert les yeux de ses voisins sur les mensonges de cet étranger. Il verrouilla la porte, sourit à sa femme Eugénie, puis sortit une bouteille de vin et servit trois verres.

– Vous pouvez venir, ils sont tous partis, dit-il en direction des cuisines.

Barnabas Varga, habillé en laïc, sortit de la cachette depuis laquelle il avait observé la réunion, un rictus aux lèvres.

Tout se déroulait comme prévu. C'était presque frustrant tant ces pauvres idiots étaient faciles à manipuler.

Jacques Le Bihan prit le carnet qu'il avait coincé dans la ceinture de son pantalon et le fit glisser vers l'ecclésiastique.

– Je ne fouille pas dans les affaires de mes clients en temps normal, se justifia-t-il, mais sans ce journal, on ne m'aurait pas cru. Ce type était sacrément convaincant tout à l'heure avec son histoire de lion.

Varga se saisit du carnet de bord de l'immortel pour le feuilleter.

– Comment saviez-vous que ce journal se trouvait dans les affaires de cet homme ? demanda l'aubergiste.

D'abord méfiant quand il l'avait vu entrer, Le Bihan avait rapidement été intrigué par cet étranger qui avait demandé à s'entretenir avec lui en privé pendant que sa salle s'emplissait de villageois impatients d'échanger sur les événements du manoir. À l'abri des oreilles indiscrètes, l'inconnu était resté vague sur son identité, mais était parvenu à le convaincre en quelques mots de lui accorder son attention. Le Parisien leur mentait, affirmait-il, ils étaient tous en danger et il pouvait le prouver.

La preuve, c'était le carnet. Varga le reposa devant lui.

– Pourquoi ne vouliez-vous pas vous montrer ? intervint Eugénie.

– Monsieur Voltz ne doit pas savoir que je suis ici. Je suis là pour l'arrêter. Il ne cherche qu'à protéger ces créatures.

– Et maintenant, qu'est-ce qu'on fait ? gémit Eugénie. On n'est pas armés pour se défendre, nous autres !

– Balivernes ! grommela Le Bihan. Il va voir de quel bois on se chauffe ici, le Parigot !

– Hors de question ! dit Varga. Nous étions d'accord : je m'occupe de Voltz et je vous laisse vous charger de la bête. Réfléchissez bien. Il y a forcément quelqu'un dans le village, arrivé récemment, qui pourrait en vouloir aux habitants.

L'aubergiste ricana :

– Y a bien le curé...

– Jacques ! protesta sa femme en se signant.

– Et puis, il y a cette traînée d'Annwenn. Je l'ai toujours soupçonnée d'avoir éliminé le médecin pour récupérer sa clientèle.

Intrigué, Varga croisa ses mains en épi.

– Comment cela, récupérer sa clientèle ?

– Annwenn est une guérisseuse, expliqua Eugénie. Elle a soigné notre garçon quand il était au plus mal...

– Elle l'a précipité dans la tombe, tu veux dire ! s'emporta son mari en tapant du poing sur la table.

Eugénie sursauta. Varga, lui, jubilait. Une guérisseuse... haïe par cet imbécile d'aubergiste, qui plus est. C'était vraiment trop facile.

– Eh bien, voilà une piste des plus intéressantes, mon cher Jacques. Ces femmes sont des manipulatrices-nées. Si j'étais vous, j'irais lui demander où elle se trouvait quand vos amis se faisaient massacrer. Mais ne l'affrontez pas seul, on ne sait jamais. Quant à moi, je garde un œil sur notre homme.

Quand Varga quitta l'établissement, Le Bihan était déterminé. Dès le lendemain, il s'occuperait de la guérisseuse.

24

– M. le maire vous présente ses excuses, il ne se sent pas très bien. Désirez-vous souper dans la salle à manger ou dans vos chambres ? demanda la domestique lorsque Gabriel et Rose revinrent au manoir.

La nouvelle n'étonna pas Voltz : Le Kerdaniel était déjà dans un état lamentable lorsqu'il l'avait laissé. Néanmoins, il était irrité.

– Dans ma chambre, ce sera très bien, répondit-il au grand soulagement de Rose.

Gabriel se rendait bien compte que cette maison la perturbait. Passer la nuit ici l'effrayait, et il ne comprenait pas pourquoi.

– Tout va bien, Rose ? demanda-t-il une fois qu'ils furent seuls dans ses appartements.

Elle hocha la tête, sans répondre, puis sortit de sous son ample cape le coffret trouvé dans l'antre de Joseph. Ils s'installèrent près de l'âtre pour l'examiner. Gabriel força sans mal la serrure. À l'intérieur, quelques babioles étaient entassées : des médailles et des décorations datant certainement de l'époque où l'intendant du manoir officiait pour la Légion étrangère. Voltz les renversa sur la petite table. Dissimulé sous les breloques se trouvait un carnet à la couverture de cuir rouge.

– On dirait votre journal, nota-t-elle tandis qu'il dénouait la lanière qui le maintenait fermé.

Les pages jaunies craquaient légèrement sous les doigts de Gabriel. C'était un journal de bord : des notes maladroites, presque illisibles et pleines de fautes sur le quotidien de Joseph au sein de son régiment. D'après les dates indiquées, le première classe Joseph Marchal avait alors une vingtaine d'années. Gabriel feuilleta ces pages rapidement ; elles n'avaient rien d'intéressant. Mais, aux trois quarts du carnet, il trouva un dessin sur lequel il s'arrêta. Et pour cause : même si les talents de dessinateur du légionnaire étaient loin d'égaler les siens, il ne pouvait pas s'y tromper.

– On dirait une de ces Marses qui nous a attaqués une fois à Paris, dit Rose, en examinant l'image.

On y voyait une vieille femme décharnée aux longs cheveux noirs.

– « 18 août 1856, comitat de Tolna, Hongrie, lut Gabriel. Je ne saurais expliquer ce qu'était cette chose qui a fui devant nous la nuit dernière. La plupart de mes camarades étaient saouls. Aucun ne s'en souvient. Peut-être est-ce moi qui perds l'esprit. Peut-être que cette vie d'exil permanent me rend fou. Pourtant, je suis certain de l'avoir vue. J'ai cru tout d'abord à une vieille mendiante, jusqu'à ce que la lumière d'un lampadaire éclaire sa face hideuse, à peine humaine. »

Le temps et l'humidité avaient rendu le bas de la page illisible. Il tourna les pages suivantes avec hâte, ne s'arrêtant que lorsqu'une phrase ou un mot attirait son attention. Soudain, sur une feuille volante, une autre illustration l'arrêta. Celle-ci était de bien meilleure qualité.

– C'est la chose que vous avez dessinée ! s'exclama Rose. Vous croyez que la bête suivait Joseph ? C'est peut-être lui, la cible de sa vengeance.

Gabriel fronça le nez, pas vraiment convaincu.

– « 3 octobre 1856, comitat de Braşov, Transylvanie. Nous ne sommes arrivés qu'hier et déjà l'hostilité de la population se fait sentir. On n'aime pas les étrangers par ici et encore moins les armées étrangères. Le village près duquel nous campons est isolé de tout. Mes camarades ne cessent de rire des superstitions de la région, mais depuis notre rencontre avec cette créature, je ne peux m'empêcher de m'interroger lorsque j'entends parler de loups-garous et de vampires. Alexeï, le seul habitant qui connaît notre langue, nous a raconté des histoires sur les "volkolaks" qui hanteraient la montagne. Ils paraissent humains, mais ils peuvent se transformer à volonté en gigantesques monstres mi-hommes, mi-loups, marchant sur deux pattes. D'après ce qu'on dit, ils auraient pactisé avec le démon pour assouvir une vengeance. J'ai demandé à Alexeï de m'en dessiner un. Les autres se sont moqués de moi, mais peu importe. Je sais ce que j'ai vu à Tolna. Je sais qu'il se promène parmi nous des créatures du diable. »

Gabriel feuilleta fébrilement le reste du carnet. D'autres dessins apparaissaient, moins réussis, accompagnés de quelques explications. Apparemment, Joseph n'avait pas croisé les Égarés en question. Il n'avait fait que récolter des informations auprès des populations locales.

– Comment diable un Égaré d'Europe de l'Est a-t-il pu atterrir dans un village perdu de Bretagne ? s'interrogea-t-il.

– L'air vivifiant du patelin a dû l'attirer, grommela Rose en réprimant un frisson de froid. Au moins, on a une piste. On peut supposer que l'humain vient de là-bas. M. le maire doit bien connaître les origines des habitants, non ? Ou Grégoire ?

De légers coups frappés à la porte la firent taire. Gabriel alla ouvrir à la domestique chargée d'un plateau-repas dont le fumet réjouit l'adolescente. Dès que la bonne disparut, elle se jeta dessus et se cala confortablement dans le fauteuil sous le regard attendri de Gabriel. Il y avait chez cette gamine une capacité de résilience étonnante, comme si elle sautait sur le moindre brin de bonheur et d'apaisement que la vie lui présentait pour panser ses plaies. Si seulement il parvenait à en faire autant…

– Je crois que quelque chose ou quelqu'un dans cette maison essaye de nous mettre sur la voie, déclara-t-elle soudain, la bouche pleine.

– Cela n'a pas l'air de t'effrayer, répondit Voltz, surpris.

– J'étais morte de trouille tout à l'heure quand on m'a fait tomber dans la chambre de Joseph ! Mais, de toute évidence, c'était pour qu'on trouve ce journal.

Gabriel blêmit.

– Qu'est-ce que tu racontes ?

– Quelqu'un m'a retenue par la cheville quand je me suis levée du lit et j'ai basculé en avant.

– Tu es juste maladroite…

– Les esprits existent, non ? s'agaça-t-elle. Alors pourquoi refusez-vous de me croire ?

– Les âmes égarées existent, oui. Mais elles n'apparaissent pas aux yeux des vivants, et elles sont incapables d'entrer en contact avec le monde matériel… Un esprit n'aurait pas pu t'attraper comme tu le décris.

Gabriel n'était pas fier. Il n'aimait pas lui mentir, et encore moins la faire douter d'elle-même. En réalité, c'était rare, mais certaines âmes égarées pouvaient agir sur le plan terrestre. Les voir était toutefois impossible pour le commun des mortels. Seuls les Occultes parvenaient à communiquer avec elles, mais, contrairement à Rose, ces derniers n'avaient pas le don de reconnaître les Égarés sous leur forme humaine. C'était de pire en pire ; il ignorait combien de temps il pourrait encore lui cacher la vérité. Depuis leur arrivée dans ce village, elle se découvrait des capacités qu'il était incapable d'expliquer. Il avait du mal à y croire, et pourtant les preuves étaient bien là.

Jamais il n'aurait trouvé ce carnet sans elle.

Bien qu'il fût encore tôt, le manoir sombra dans le silence. Emmitouflée dans les épaisses couvertures, Rose regardait l'immortel lire le journal de Joseph. Depuis quelques minutes déjà, il luttait pour ne pas s'endormir, piquait du nez avant de se redresser en sursaut. Ses cheveux noirs en bataille retombaient sur son visage éreinté.

Rose ne l'avait jamais vu aussi négligé. Ça lui faisait une drôle d'impression ; Gabriel paraissait plus humain, presque… normal. Il y a des gens dont la première image reste imprimée à vie et qu'on ne peut pas se représenter autrement. Pourtant, beaucoup de choses avaient changé en quelques jours chez lui. Son caractère bourru et cynique s'était mué en une tendresse maladroite. Plus les jours passaient, plus la perspective d'être confiée à un couvent paraissait s'éloigner pour Rose. Rassérénée, elle se blottit contre les oreillers moelleux, se retourna pour ne plus voir les lampes que Gabriel avait allumées, et ferma les yeux…

Avant de les rouvrir brusquement, affolée. Plus rien, elle ne sentait plus rien. Plus aucune douleur ne venait limiter ses gestes. Elle aurait dû en être soulagée, mais une vague d'angoisse lui comprima la poitrine. Comment avait-elle pu guérir aussi vite ? Elle était mourante deux jours plus tôt !

Rose sortit ses mains de sous la couverture. Toutes les égratignures qu'elle s'était faites en tombant dans la forêt avaient disparu. Désemparée, elle se redressa. Gabriel avait fini par sombrer, la tête appuyée sur le dossier. Rose hésita à le réveiller. Elle voulait l'entendre dire que les potions de la guérisseuse étaient miraculeuses et que tout était normal. Mais ç'aurait été un mensonge. Car elle n'était pas dupe, Gabriel lui mentait. Quelque chose clochait chez elle.

Sans bruit, elle sortit de la chambre, une chandelle à la main. Elle avait repéré un cabinet de toilette au bout du corridor. Là-bas, elle trouverait sans doute un miroir pour confirmer ses craintes. Elle trottina jusqu'à la salle de bains en évitant de croiser les regards fixes des portraits au mur. Le cabinet de toilette était une pièce sans fenêtre, rongée dans les coins par l'humidité. Elle entra, verrouilla derrière elle et posa son bougeoir au sol. Sans quitter des yeux son reflet dans la grande psyché, elle ôta avec précaution sa chemise et les bandages.

C'était absurde, elle aurait tout donné pour avoir mal. Mais ce ne fut pas le cas, elle ne sentait rien, aucune douleur. Quand l'ultime bande de tissu fut retirée, elle présenta son dos au miroir, et constata l'impossible : les marques étaient encore bien visibles, mais les plaies avaient complètement cicatrisé. Elle se contorsionna dans tous les sens, changeant le bougeoir de place pour être certaine de ne pas être trompée par sa lumière tremblante. Mais, quel que soit l'angle, il ne pouvait pas y avoir de doute. Elle avait guéri.

Obnubilée par le miroir, elle ne prit pas garde au courant d'air qui la frôla. La flamme de la bougie vacilla, projetant sur les murs de curieuses ombres dansantes. Ce ne fut que lorsqu'un doux parfum de jasmin envahit la pièce que Rose se figea. Un désagréable frisson lui parcourut la colonne vertébrale. Elle s'empressa de remettre sa chemise, sans prendre le temps de bander sa poitrine.

Quelqu'un soupira dans son dos, la faisant bondir. Elle se colla au mur le plus proche. Une grande femme blonde, vêtue d'un vêtement de nuit blanc, se tenait dans un angle de la pièce. C'était impossible, la porte était restée fermée. D'où venait-elle ? La respiration de Rose se bloqua dans sa gorge.

Pourtant, l'apparition qui l'observait n'avait rien de menaçant. Une étrange expression de surprise et de détresse mêlées lui faisait froncer les sourcils. Elle fit un pas dans la direction de Rose, qui crut s'évanouir. L'adolescente se jeta sur la porte et la déverrouilla, mais le battant resta bloqué, comme collé.

«*Attends... Ne pars pas.*»

Elle parlait. L'apparition parlait! Tant qu'elle n'avait rien dit, elle pouvait encore être une illusion, mais elle parlait! Terrifiée, Rose s'acharnait sur la poignée de la porte. Oubliant son déguisement, elle tambourina contre le battant et hurla à s'en briser les cordes vocales :

– Gabriel!

«*Je t'en prie, n'aie pas peur, je ne te veux aucun mal,* la supplia la femme. *Je dois te parler...*»

Mais Rose n'était pas en mesure d'écouter. Elle cria à nouveau. Dans le couloir, elle entendait Gabriel qui accourait, puis tentait à son tour d'actionner la poignée.

– Ouvre! lui intima-t-il.

À son arrivée, elle se calma un peu, suffisamment pour s'agacer de son attitude. Ouvrir la porte, c'était facile à dire! Pensait-il qu'elle serait en train de s'égosiller comme une damnée si elle le pouvait?

Elle allait répliquer quand la porte s'ouvrit brusquement, manquant de la faire tomber à la renverse. L'apparition était toujours là, dans un coin de la pièce, mais le regard de Voltz balaya l'endroit sans la voir. Puis le spectre disparut également aux yeux de Rose. L'adolescente éclata alors en sanglots; Voltz la prit dans ses bras, sans parvenir à l'apaiser.

– Il y avait une femme... Je ne suis pas folle..., hoqueta-t-elle.

Les cris de Rose n'étaient pas passés inaperçus. Bien qu'ivre, Charles Le Kerdaniel était venu voir ce qui se passait. Une lampe brandie devant lui, il observait la scène, incrédule. Agathe, elle aussi alertée par le bruit, se tenait derrière lui.

– Qu'est-ce que ça signifie ? s'indigna Le Kerdaniel.

– Pas maintenant ! grommela Gabriel en ôtant sa veste pour en couvrir Rose.

Il l'entraîna hors du cabinet de toilette, ignorant les regards interloqués du père et de la fille. Rose se laissait guider, assommée par les émotions. Dans la chambre, elle s'écroula sur le lit et s'enfouit sous les couvertures, comme si elles pouvaient la protéger de tout ce qui rôdait dans cette maison. Ne plus rien voir, ni ne rien entendre, retourner dans un endroit où elle s'était toujours sentie en sécurité... Sa chambre d'enfant... ou même celle de Paris...

Mais la voix inquiète de Gabriel l'empêcha de sombrer :

– Que s'est-il passé ?

Rose hésita. Allait-il encore l'accuser de fantasmer ? Ce serait insupportable. Elle avait besoin de son soutien, de ses connaissances, de son attention. Alors elle souleva sa chemise et lui présenta son dos. Elle se raidit et frissonna quand il effleura ses plaies guéries. Quand elle se retourna, elle découvrit alors un visage grave qui ne la rassura pas.

– Tu avais raison, pour Madeleine. Elle était bien une goule...

Rose ne sut pas très bien que faire de cette information. Bien sûr qu'elle était une goule, c'était tellement évident !

– Je l'ignorais, Rose, précisa Gabriel.

– Je... je pensais que vous me contredisiez pour que j'arrête de me mêler de vos affaires.

Gabriel secoua la tête.

– Comment... ? Comment as-tu deviné ? Que vois-tu exactement ?

– C'est difficile à expliquer. Pour Madeleine, la première fois que je m'en suis rendu compte, c'était un matin, quelques jours après mon arrivée. Je suis descendue très tôt. Elle était dans la cuisine en train de préparer le petit déjeuner. Elle ne m'a pas entendue arriver. Il faisait encore nuit, et j'ai cru d'abord que le manque de lumière m'avait joué des tours, mais quand elle s'est retournée, j'ai vu son visage décrépit et déformé.

– Et pour Annwenn ?

– Ce n'était pas aussi évident. C'était une sale impression, un peu comme quand on enfile des vêtements mouillés. Ça colle à la peau et ça fait frissonner…

– Et dans le cabinet de toilette ?

Rose pâlit et balaya la pièce du regard, comme pour vérifier que le fantôme n'y était pas.

– Si personne ne peut voir les âmes trépassées, pourquoi cette femme m'est-elle apparue ? Elle était bien là ! J'aurais pu la toucher… Je ne suis pas folle !

Son cœur s'emballait. Elle s'arrêta pour reprendre son souffle.

– Je te crois, dit-il simplement, l'air abattu.

– Ce qui m'arrive n'est pas lié aux blessures de la créature, n'est-ce pas ?

Gabriel fit non de la tête, tristement. Rose baissa les yeux.

– Qu'est-ce que c'est, alors ? Qu'est-ce que je suis ?

– Je ne sais pas. Mais si Dieu existe, il a vraiment un sacré sens de l'humour. On m'a donné l'immortalité et des capacités qui dépassent celles des mortels pour traquer les Égarés. Et qui place-t-on sur ma route ? Toi, Rose… Toi que j'ai stupidement mise en danger et qui ne devrais pas être là… Toi qui as ce don qui me fait cruellement défaut !

Gabriel se leva, incapable de maîtriser sa colère.

« Qu'est-ce que je suis ? » Lui aussi se posait la question. Ça faisait un siècle. Et voilà maintenant que se trouvait devant lui quelqu'un qui détenait la réponse. Mais, éreintée et perdue, Rose s'était remise à sangloter. Comment l'interroger dans un tel moment ?

25

Rose sombra rapidement dans un sommeil agité. Une fois sûr qu'elle ne se réveillerait pas, l'immortel desserra un à un les doigts qu'elle avait crispés sur sa chemise et se glissa hors du lit. Il s'assura que les lampes ne s'éteindraient pas durant son absence, puis sortit sans bruit.

Au bout du couloir, il s'arrêta pour inspecter le cabinet de toilette. Il était vide. La poignée et la serrure fonctionnaient parfaitement. Tout était normal. Du moins, autant que les choses pouvaient l'être dans cette maison, se dit-il en pensant à Le Kerdaniel. Le maire, justement, venait à sa rencontre.

– J'attends vos explications, Voltz, exigea-t-il. Qui est cette petite ?

Son ton était plein de sous-entendus.

– Rose est une jeune fille que j'ai recueillie, répliqua Gabriel, ulcéré. Elle n'est pas censée me suivre sur mes enquêtes pour des raisons évidentes et je l'ai donc déguisée. Inutile d'en faire toute une histoire.

Sa réponse était tranchante ; il n'avait ni l'intention de se justifier devant cet homme ni de lui donner des informations susceptibles d'éveiller sa curiosité.

– En revanche, je constate que vous semblez plus alerte,

continua-t-il. Nous pouvons donc reprendre notre entretien. J'ai quelques questions à vous poser.

Quand Charles Le Kerdaniel le fit pénétrer dans son bureau plutôt que dans le salon, Gabriel comprit que cette conversation serait bien plus sérieuse que les précédentes. Fini les faux-semblants, d'un côté comme de l'autre. Voilà qui lui ferait gagner du temps ! Charles l'invita à s'asseoir dans un fauteuil de cuir puis s'installa derrière son bureau. Gabriel parcourut du regard la bibliothèque derrière le maire : des ouvrages de droit y côtoyaient les plus grands noms de la littérature française et étrangère.

– Connaissez-vous quelqu'un originaire d'Europe de l'Est ? demanda-t-il en repérant des romans russes en langue originale.

La question prit Le Kerdaniel au dépourvu. Il s'apprêtait à allumer son cigare mais suspendit son geste. Après un instant d'hésitation, il se reprit, et des volutes de fumée s'élevèrent devant son visage.

– Où voulez-vous en venir ?

De toute évidence, il avait repris du poil de la bête. Il se tenait bien droit, les jambes croisées dans une attitude désinvolte. Vraiment, cet homme était insaisissable. En quelques heures seulement, Gabriel l'avait vu passer du politicien orgueilleux à l'homme accablé par le chagrin et dépassé par les événements. Et maintenant, il était redevenu l'hôte maître de lui-même, sur la défensive.

– Joseph connaissait le type de créature qui rôde aux alentours, déclara Voltz. Et vous aussi, j'en suis persuadé. Il serait bon de ne plus me faire perdre mon temps, monsieur le maire.

Le maire dévisagea l'immortel sans réagir, et sans se rendre compte que la cendre de son cigare tombait sur l'accoudoir de son fauteuil.

– J'ai une théorie, reprit Gabriel. Dites-moi si elle vous paraît farfelue.

Il imita la position de son interlocuteur, jambes croisées, bras posés sur les accoudoirs.

– Je pense... Non, je suis convaincu que Marie Maubert, la première victime, n'a pas été tuée par cette créature. Elle a été attaquée chez elle et sa maison a été fouillée après sa mort.

– La ferme est abandonnée depuis des mois. N'importe qui a pu pénétrer à l'intérieur. Le corps de Marie a été retrouvé dehors, mutilé comme les autres.

– Qui l'a trouvé ?

Le Kerdaniel s'agita sur son siège, décroisa les jambes et se pencha vers le bureau pour faire tomber la cendre de son cigare dans le cendrier.

– Joseph. Elle n'était pas venue travailler. Je l'avais envoyé à la ferme pour s'assurer qu'elle allait bien. Elle était morte depuis plusieurs heures...

– J'ai une autre version, l'interrompit Gabriel. Marie avait été engagée depuis peu, d'après ce que j'ai compris. Je me demande si elle n'aurait pas vu ou entendu quelque chose que vous teniez à garder secret.

– Je ne vous permets pas ! s'écria le maire en se levant d'un bond.

– Je pense qu'elle savait pour vous et la femme du pharmacien, continua Gabriel, imperturbable. C'est le genre d'histoire qui peut entacher une réputation de futur député. Marie avait énormément de dettes depuis la disparition de son mari. Elle vous faisait chanter et vous avez envoyé votre chien de garde régler le problème, pas vrai ?

Le Kerdaniel fulminait, mais il était troublé. Ça n'échappa pas à Gabriel. Il n'avait pas de preuve de ce qu'il venait de dire, mais l'embarras du maire venait confirmer ses soupçons.

– Ne me faites plus perdre mon temps ! gronda l'immortel en se levant à son tour.

Ils s'affrontèrent du regard. Puis, soudain, Charles se laissa retomber dans son fauteuil, écrasé par le remords.

– Je ne lui ai rien demandé… Je n'en savais rien.

– Il y en a eu d'autres ?

– Je… Je l'ignore, bredouilla-t-il, la tête dans les mains. Julien le soupçonnait, il a voulu me mettre en garde, mais je ne l'ai pas écouté. Le soir où mon fils est mort, nous nous sommes disputés au sujet de Joseph. Mon garçon adorait la chasse et ses chiens… Il a commencé à se poser des questions en les découvrant tachés de sang après être sortis avec Joseph. On avait trouvé des traces de morsures sur le corps de Marie et Julien ne croyait pas à une attaque de loups. Je n'allais pas céder au chantage mais jamais, au grand jamais, je n'aurais pu faire de mal à cette femme ! Je savais que Joseph pouvait être brutal et excessif, mais pas au point de tuer pour me protéger. Ce soir-là, Julien est parti en claquant la porte et j'ai demandé des comptes à Joseph. Il m'a tout avoué. Il était persuadé que Marie allait ruiner ma carrière si elle ébruitait ma liaison. J'étais dévasté…

– Il s'en est pris à votre fils ?

– Non ! Nous sommes restés toute la nuit à nous expliquer. Quand on est venu me prévenir, il était avec moi. En revanche, je ne peux rien assurer concernant Jeanne. Je… je n'ai rien voulu savoir…

Le Kerdaniel s'effondra pour de bon, en pleurs.

– Et pour le médecin ? insista Gabriel.

– Quand Thomas est parti d'ici vers minuit, Joseph est resté avec moi.

– Très bien, soupira Voltz. Si je résume, puisque le doute est permis pour Jeanne Courtois, nous n'avons plus que trois victimes avérées de la bête : Leguern, votre fils et Joseph. Est-ce que votre très dévoué intendant vous a parlé de ses découvertes au sujet de la créature ?

– Absolument pas.

– L'espèce à laquelle nous avons affaire vient d'Europe de l'Est. Avez-vous déjà visité ces régions, ou connaissez-vous quelqu'un qui en est originaire ?

– Bien sûr, j'ai beaucoup voyagé, monsieur Voltz. Ma première épouse, Sofia, était russe.

– Votre épouse… morte depuis des années.

« Voilà qui nous fait une belle jambe », se retint d'ajouter Gabriel.

– Le coupable que nous recherchons est en vie, compléta-t-il à la place.

– Je ne sais pas, soupira le maire. Que comptez-vous faire pour Marie ? Prévenir les autorités ?

Le maire était fatigué mais lorsque ses intérêts étaient menacés, il retrouvait un semblant d'énergie, constata Gabriel.

– Je ne dirai rien à condition que vous teniez votre langue au sujet de la jeune fille qui m'accompagne. Un secret pour un secret, monsieur le maire.

Le Kerdaniel dévisagea un moment son invité puis hocha la tête. Peu lui importait qui était cette gamine et ce que l'enquêteur fabriquait avec elle. Tant que ce dernier ne divulguait aucune information compromettante sur lui.

✠

Dans la chambre de Gabriel, le feu était presque éteint. Le froid tira Rose de son sommeil. Les paupières fermées, elle tâta la place à côté d'elle. Gabriel n'était plus là. Elle ouvrit les yeux et réprima un cri. Car elle n'était toutefois pas seule.

Agathe était assise au pied du lit. Elle tenait toujours son horrible poupée contre sa poitrine. Les deux yeux béants semblaient observer Rose avec la même attention qu'Agathe. Sur l'instant, Rose se demanda si elle n'aurait pas préféré se retrouver nez à nez avec l'apparition du cabinet de toilette. Celle-là au moins n'était pas tout à fait réelle. Comment Voltz avait-il pu la laisser seule avec cette folle ?

– Il est en bas avec mon père, expliqua Agathe, devinant son malaise.

Gênée, Rose ramena les couvertures sur sa poitrine. La chemise qu'elle portait ne cachait rien de son anatomie. Toutefois, l'absence de déguisement ne semblait pas troubler Agathe. Un sourire bienveillant se dessina sur ses lèvres. Elle attrapa la veste de Rose, pendue au pied du lit, et la lui tendit. Ce faisant, elle lâcha la poupée qui tomba sur l'édredon. Rose ne parvenait pas à se détourner de ce jouet ; il était si effrayant.

– Elle te fait peur, j'ai l'impression, dit Agathe.

Rose hocha la tête. Agathe rit.

– La vieille Louison aussi en a peur. Notre domestique. Je sais que quand je la tiens, elle me fiche la paix.

Puis elle cessa de sourire, voyant que cela n'amusait pas Rose.

– Il fait froid ici. Suis-moi, dit-elle en sautant sur ses pieds.

– Euh, hésita Rose, je ne suis pas sûre que…

– Je veux te montrer quelque chose. Viens.

Agathe lui prit la main et la tira hors du lit.

– Je n'ai plus le droit de me promener dans le manoir, improvisa Rose en désespoir de cause.

– Ton maître est en bas, il n'en saura rien. Et puis, on va juste dans ma chambre.

Agathe désigna le couloir sombre avec sa poupée. Les orteils nus de Rose se crispèrent sur le plancher froid. À coup sûr, elle allait encore s'attirer des ennuis. Pourtant, il n'y avait rien de menaçant dans l'attitude de la fille Le Kerdaniel. Elle était bizarre, bien sûr, et probablement folle. Mais étrangement, Rose avait envie de lui faire confiance. Comme la veille, quand elle l'avait surprise à pleurer devant le portrait.

– Attends.

Rose enfila ses bottes et prit une lampe. Le visage d'Agathe s'illumina. Elle semblait ravie d'avoir trouvé une compagne de son âge. C'était un peu pathétique, pensa Rose.

Sa chambre était dans une aile bien plus accueillante du manoir. Les murs des couloirs étaient tapissés de tissu clair et aucun portrait ne les décorait. Lorsque les filles parvinrent à destination, Agathe entrouvrit la porte comme on révèle un secret, avec lenteur et mystère. Quand elle s'effaça pour laisser entrer son invitée, Rose comprit pourquoi.

26

– Entre ! Il fait chaud ici, dit Agathe en la tirant par la manche.

Mais Rose resta sur le seuil, ébahie par le luxe de la chambre. Les murs étaient tapissés de tissus chatoyants, des lustres de cristal pendaient au plafond bleu ciel, des voilages tombaient de part et d'autre du lit et d'épais tapis recouvraient le sol. C'était un univers lumineux, aux allures de conte de fées. Le Kerdaniel avait aménagé pour sa fille des appartements à son image, à la fois délicats et étranges. En effet, ça ne ressemblait pas à la chambre d'une adolescente de seize ans. Maisons de poupée, cheval à bascule, collection de fées en céramique et poupons de porcelaine se disputaient l'espace, comme si l'occupante des lieux refusait de grandir.

– Louison m'a apporté du lait et des biscuits. Tu en veux ? proposa Agathe en entraînant son invitée vers une petite table dressée devant la cheminée.

Forcément, si elle la prenait par les sentiments…

Rose s'installa et accepta un gâteau.

– Qu'est-ce que tu fais avec cet homme ? demanda son hôtesse.

La question prit Rose au dépourvu. Elle chercha ses mots, mais les explications qui lui venaient étaient stupides. « Il m'a sauvé la vie», pensa-t-elle tout d'abord. C'était vrai, mais était-ce suffisant pour expliquer leur relation? «Je l'aide dans son enquête»? L'idée la fit sourire. À part causer d'autres ennuis, on ne pouvait pas dire qu'elle était d'un grand secours. «Je n'ai plus aucune famille»? Non, ça n'allait pas non plus.

– Je l'oblige à faire preuve d'humanité, lâcha-t-elle enfin.

Sa réponse l'étonna elle-même. Pourtant ce n'était pas si absurde.

– Ma mère disait toujours qu'on ne connaît quelqu'un que lorsqu'on l'a mis en colère, reprit-elle. Au début de mon séjour chez lui, je lui ai renversé une cafetière sur l'entrejambe. Il a beuglé comme un âne pendant dix minutes, puis il m'a hurlé dessus et m'a demandé de disparaître de sa vue. Je pensais qu'il allait se débarrasser de moi. Mais le lendemain, j'ai trouvé une robe neuve au pied de mon lit et un mot qui me disait que s'il me voyait encore une seule fois avec une cafetière à la main, il m'épinglerait au mur par les oreilles.

Agathe éclata de rire. Rose se surprit à sourire aussi, oubliant sa gêne. Mais elle se reprit quand son regard se posa sur la poupée sans yeux couchée sur la table.

– Qu'est-ce qui lui est arrivé? demanda-t-elle.

– Elle appartenait à Constance, ma belle-mère. Elle en faisait collection. Mon père a voulu toutes les jeter quand elle est morte, mais je l'ai convaincu de m'en laisser quelques-unes.

– Quelques-unes? Tu en as plusieurs?

Agathe lui fit signe de la suivre jusqu'à une armoire sur laquelle était peint un paysage de conte de fées. La peinture représentait un château entouré d'une forêt; on devinait des lutins dissimulés dans le feuillage. Agathe ouvrit les portes, dévoilant à Rose un spectacle nettement moins féerique. Devant elle, alignées sur des étagères, s'entassaient des dizaines de poupées mutilées. Elle en prit une.

– Celle-ci s'appelle Violette. J'ai réussi à raccommoder son bras. C'est plus compliqué pour les yeux.

Elle avait essayé de fixer les billes de verre avec de la cire, mais ça n'avait pas fonctionné : la cire avait coulé sur les joues de la poupée, comme des larmes figées.

– Pourquoi sont-elles dans cet état ? demanda Rose.

– Quand ma petite sœur est morte, Constance a perdu l'esprit.

– C'est elle qui a fait ça ?

La jeune fille hocha la tête. Rose soupira de soulagement à l'idée qu'Agathe n'était pas responsable. En y regardant de plus près, elle remarqua que toutes les poupées avaient été mutilées de la même manière : il leur manquait un bras et les deux yeux. Elle en souleva une, intriguée.

– Pourquoi leur a-t-elle fait la même chose à toutes ?

Agathe jeta un coup d'œil gêné à la porte de la chambre.

– Mon père ne veut pas qu'on en parle, chuchota-t-elle. Tu me promets de ne rien dire, même pas à ton maître ?

Rose acquiesça, bien consciente qu'elle mentait ; elle ne cacherait rien à Gabriel.

– Ma petite sœur, Léonie, est venue au monde trop tôt. Elle n'était pas finie. Père ne pouvait pas la regarder. Moi, je la trouvais belle ; elle était toujours calme et elle ne pleurait jamais. Elle est morte quelques semaines après sa naissance.

– Elle est née avec des malformations ? Les mêmes que les poupées ?

Agathe lui prit le poupon des mains, le replaça sur son étagère et referma les portes de l'armoire.

– Tu m'as promis de ne rien dire. Je te raccompagne dans ta chambre, je ne voudrais pas que tu te fasses réprimander par ma faute. Mais tu reviendras, n'est-ce pas ?

Elle attendait sa réponse avec un empressement enfantin.

– Bien sûr, oui, mentit Rose.

Alors que son hôtesse la reconduisait à la porte, l'attention de Rose fut attirée par un portrait posé sur la table de chevet. Elle s'en approcha. Les cheveux blonds de la femme photographiée, son regard bleu troublant, presque translucide, la finesse des traits, cela ne faisait aucun doute : c'était le spectre qui lui était apparu plus tôt dans le cabinet de toilette. Prise d'angoisse, Rose se retourna vers Agathe et réalisa que la ressemblance aurait dû lui sauter aux yeux.

– C'est ma mère, confirma Agathe. Ma vraie mère. Elle est morte quand j'étais bébé.

Agathe venait de lui offrir une mine d'informations, pensa Rose en la quittant. Malgré la révulsion que lui inspiraient les couloirs du manoir, elle refusa d'être raccompagnée. Dès que la porte se referma derrière elle, elle se mit à courir. Celle de la chambre de Gabriel était entrouverte, comme elles l'avaient laissée en partant, signe que l'immortel était encore au rez-de-chaussée. Rose n'était pas certaine que son idée soit très judicieuse, mais tant pis. Hors de question qu'elle retourne sagement se coucher après tout ce qui s'était passé ce soir.

Devant le cabinet de toilette, elle hésita tout de même quelques secondes avant d'entrer. Elle entrouvrit le battant. Le cabinet était toujours vide, froid et malodorant. Elle entra, le cœur battant, et referma la porte derrière elle. Le froid et la peur l'enveloppèrent. Rose inspira profondément et se lança :

– Je vous écoute. Que deviez-vous me dire ?

Silence. De longues secondes de silence. Rose se sentit stupide. Elle allait renoncer quand un souffle la frôla. Une tache lumineuse était apparue dans le coin le plus sombre de la pièce. La tache devint une silhouette qui se teinta peu à peu de couleurs irréelles. Rose recula contre le mur en bafouillant :

– Merci d'être ven… réapparue… enfin d'être là…

« Nous devons faire vite. Je n'ai pas le droit d'être ici. »

Rose sursauta. Comme la première fois, la voix résonnait directement dans sa tête. Cette intrusion était encore plus déstabilisante que l'apparition elle-même.

« Agathe est en danger. Le volkolak va s'en prendre à elle. Vous devez aider ma petite fille… »

La voix se brisa. Rose reçut comme une gifle la détresse de cette mère impuissante. Elle la ressentait jusque dans sa chair. Les larmes l'aveuglèrent, puis elle comprit : le spectre ne se servait pas seulement de son esprit pour communiquer avec elle, il prenait également possession de son corps. Rose chancela, incapable de faire la distinction entre ses propres sentiments et ceux de l'âme égarée.

– Arrêtez, supplia-t-elle.

En vain. D'autres voix l'envahirent : hommes, femmes, enfants. Une cacophonie infernale, un torrent d'émotions. Rose ferma les yeux pour ne pas voir les esprits qui l'entouraient. Toutes les âmes qui avaient un jour arpenté, de leur vivant, les couloirs de cette vieille demeure étaient là, dans son corps, dans son esprit. À bout de forces, elle s'effondra sur les dalles.

Un courant d'air glacial l'enveloppa. Il exerçait une curieuse pression autour de ses épaules, comme des bras protecteurs. Elle entendit un grondement sourd. Puis, subitement, les voix s'évanouirent, emmenant avec elles leurs émotions intruses. La tête dans ses bras, Rose n'osait pas ouvrir les yeux. Pourtant, tout était redevenu silencieux. Elle n'entendait plus que sa respiration haletante et le sang qui pulsait à ses tempes. L'étrange pression était toujours là, sur ses épaules puis sur ses mains, comme si quelqu'un les serrait dans les siennes. Rose éclata en sanglots.

« Elles n'avaient pas le droit. Je suis désolé. »

Ces quelques mots résonnèrent si fort à ses oreilles que Rose sursauta et releva brusquement la tête. Son regard croisa celui de son reflet dans la psyché ; la pièce était vide. Appuyée contre le mur, elle referma les yeux, terrifiée à l'idée d'entendre de nouveau cette voix inconnue.

Une chose au moins était certaine : ce n'était pas celle de la mère d'Agathe.

✠

Dès qu'il eut la garantie que Voltz n'ébruiterait pas les crimes de Joseph, Charles Le Kerdaniel coupa court à la discussion, prétextant une migraine. En regagnant sa chambre, Gabriel se demandait jusqu'où pouvaient aller les hommes trop ambitieux.

Harassé de fatigue, il se traîna dans les escaliers. Il fallait qu'il se repose. La créature pouvait lui retomber dessus à tout moment, et il aurait besoin d'être en forme pour l'affronter. Tout était calme à l'étage. On n'entendait que le sifflement des courants d'air. Une plainte ténue s'échappa du cabinet de toilette lorsqu'il passa devant. Il s'arrêta et tenta d'entrouvrir la porte. Un obstacle la bloquait. Le corps inerte de Rose, sur le sol. Gabriel se précipita.

– Rose !

Le visage de la jeune fille était livide, ses lèvres bleues. En entendant Voltz, elle ouvrit les paupières, puis sembla perdre à nouveau connaissance. L'immortel la souleva. Pourquoi était-elle retournée dans ce fichu cabinet de toilette ? Dans la chambre, il la déposa sur le lit et la borda soigneusement. Les courants d'air qui s'introduisaient par le conduit de la cheminée avaient étouffé les braises. La pièce était glaciale.

Gabriel jeta une bûche sur les chenets, tout en pestant dans sa barbe ; c'était de sa faute, il avait contraint Rose à rester dans la maison qui la troublait tant. Si la tempête de neige n'avait pas fait rage, il l'aurait immédiatement ramenée au village. Pour couronner le tout, il ne trouvait pas d'allumettes pour allumer le feu. Mais, tout à coup, sans qu'il ait fait quoi que ce soit, les sarments et les bûches s'embrasèrent. Voltz sursauta. Les flammes s'élevèrent haut, furieuses, pendant quelques instants avant de retomber en un feu ronronnant. Voltz fouilla la chambre du regard.

– Laissez-la tranquille ! s'écria-t-il. Si vous avez quoi que ce soit à révéler, c'est à moi que vous devez vous adresser !

Mais en dehors des crépitements de la cheminée, il n'entendait rien. Qui était là ? Quelle âme égarée la poursuivait ? Gabriel resta immobile un long moment, mais rien ne vint. Il capitula. D'un pas lourd, il s'approcha de Rose, posa une main sur son front. Son souffle était plus régulier, mais elle était très pâle. Il rajusta ses couvertures une dernière fois sous son menton et s'allongea à côté d'elle.

Le lendemain, à la première heure, il lui ferait quitter ce maudit village, peu importaient le temps, l'enquête, la Sainte-Vehme et toutes les conséquences.

27

– Pour l'amour de Dieu, mon père, cessez de vous agiter ! s'emporta Annwenn. Vous allez me rendre folle !

Lovée dans un fauteuil près du feu, la jeune femme tentait de prendre un peu de repos, mais c'était sans compter l'anxiété de Grégoire. Il ne pouvait s'empêcher de s'agiter, rangeant et dérangeant des objets autour d'eux.

– Je ne suis pas tranquille de savoir Rose au manoir ! Et si la créature attaquait à nouveau les habitants de cette maison ?

– Et c'est en chamboulant toute votre cuisine et en préparant un repas pour tout le village à deux heures du matin que vous allez empêcher ça ? grommela Annwenn en ramenant son châle sur ses épaules.

Grégoire considéra la pomme de terre qu'il était en train d'éplucher et la marmite suspendue dans l'âtre. Elle avait raison, c'était inutile. Personne ne mangerait ce repas. Il laissa tomber le tubercule dans le panier à ses pieds et se releva. Annwenn soupira. À coup sûr, il était reparti pour arpenter la pièce comme un lion en cage. Elle avait envie de l'assommer.

Il disparut dans la remise et en ressortit presque aussitôt, non pas avec des légumes, comme elle le craignait, mais avec une bouteille dissimulée dans un étui en toile de jute. La jeune femme déplia ses jambes ramenées sous elle et observa le prêtre remplir deux verres d'alcool.

– Vous êtes un cachottier, père Grégoire Anselme de Beaumont, railla-t-elle.

– Regardez qui parle…

Un même rictus complice dérida leurs visages fatigués.

– Ce sera sans doute plus efficace que la soupe de pommes de terre pour se détendre ! dit-elle en prenant sa liqueur. Peut-être même qu'après quelques verres vous consentirez à m'en dire plus sur vous.

Grégoire lui jeta un coup d'œil méfiant.

– Vous m'avez suivi jusqu'ici ; ma vie n'a aucun secret pour vous.

– Vous me le reprochez ?

Grégoire but son verre d'une traite.

– Pas du tout.

L'alcool lui donnait une voix étranglée. Annwenn sourit.

– J'en aurais fait autant à votre place, reprit-il. Et je n'aurais peut-être pas pris la peine d'attendre pour juger ma cible en mon âme et conscience.

– Balivernes, lui lança-t-elle avant de boire une gorgée. Je ne vous imagine pas en exécuteur implacable. Vous les connaissez, ces ordures. Si vous l'aviez voulu, rien ne vous aurait empêché de mettre fin à leurs agissements depuis longtemps.

C'était une déclaration bien naïve de la part de cette femme d'habitude si sensée. Grégoire la considéra avec perplexité.

– Que savez-vous sur la Sainte-Vehme exactement ?

– Une bande d'illuminés mystiques persuadés d'être missionnés par Dieu pour nettoyer la terre des erreurs de la nature que nous sommes.

– Je crois que vous sous-estimez l'importance de la bande

en question. L'homme qui a exécuté votre amie n'est qu'un insignifiant rouage. S'il disparaît, bien d'autres sont prêts à prendre sa place.

– Mais lui aura payé, c'est tout ce qui m'importe !

– C'est toute une meute que vous aurez à vos trousses si vous faites quoi que ce soit d'inconsidéré. Même Gabriel l'a compris, et pourtant réfléchir aux conséquences de ses actes n'est pas sa spécialité.

– Vous vous connaissez depuis longtemps ?

– Depuis qu'il est arrivé ici seulement. Il est un mystère pour tous les membres de la Confrérie.

– Comment cela ?

– Personne ne sait d'où il vient, ni ce qu'il est. Je ne parviens pas à comprendre pourquoi il continue à servir une cause à laquelle il ne croit pas.

– Sans doute pour la même raison qui vous pousse à rester dans le giron de l'Église malgré ce que vous avez vu.

– La Sainte-Vehme et l'Église sont deux choses différentes, Annwenn ! protesta le prêtre avec véhémence.

– Ne soyez pas hypocrite, mon père. Osez me dire que vous ne vous réveillez pas chaque matin en vous demandant pourquoi votre dieu miséricordieux laisse des hommes massacrer des innocents en son nom ?

– On appelle ça le libre arbitre.

– Et moi, j'appelle ça de la bêtise. Parce que si libre arbitre il y a, la Sainte-Vehme n'a aucune raison d'être, et votre religion si rigoureuse et si étroite d'esprit non plus ! Chacun devrait être libre de ses choix sans craindre votre milice ou être menacé de damnation lorsqu'il s'écarte des préceptes de l'Église ! Votre foi et ce que vous faites pour les gens de ce village n'ont rien à voir avec la robe que vous portez. Vous n'avez pas besoin de ça pour être celui que vous êtes devenu.

Ébranlé, Grégoire resta un moment silencieux. La guérisseuse avait l'art et la manière d'appuyer là où le bât blessait. Il changea de sujet :

– Vous avez une idée de ce que peut être Rose ?

– Pas la moindre. L'enveloppe humaine derrière laquelle se cachent les Égarés les empêche aussi de se reconnaître entre eux. Mais de toute évidence, si elle en est une, elle ne le sait pas. Une malédiction familiale, peut-être ? Elles se déclenchent souvent à la suite d'un événement inhabituel, comme un décès ou un accident.

– Peut-être. Ses parents sont morts il y a trois mois. Sa rencontre avec Gabriel n'est peut-être pas fortuite.

– Les voies du Seigneur sont impénétrables, ironisa Annwenn.

– Celles de la Sainte-Vehme le sont nettement moins, malheureusement. Si Rose est bien une Égarée, nous aurons beau l'éloigner de Gabriel et lui trouver un foyer sûr, elle restera une cible.

Gabriel se réveilla à l'aube. Il avait mal dormi : des cauchemars l'avaient plusieurs fois réveillé en sursaut. La tête lourde, il se tourna vers Rose pour voir si elle dormait toujours. Mais la place était vide. Il se redressa vivement.

Heureusement, l'adolescente n'était pas loin. Elle se tenait debout devant l'une des fenêtres, une couverture sur ses épaules, le front plissé de concentration.

– Quand j'avais huit ou neuf ans, je suis montée dans le cèdre du voisin pour récupérer un chaton qui avait grimpé trop haut pour redescendre. Une des branches a cédé et j'ai fait une chute de quatre mètres. J'ai perdu connaissance. À mon réveil, j'étais dans mon lit, entourée de mes parents. Je n'avais pas une seule égratignure. Le médecin a même crié au miracle… Il y a eu cette autre fois aussi…

Gabriel se glissa hors du lit et s'approcha d'elle.

– ... où je me suis brûlée en voulant retirer le chaudron de l'âtre.

Rose regarda ses deux mains, tour à tour. Aucune cicatrice.

– Ma mère a badigeonné la brûlure de beurre et d'une pommade que ma grand-mère fabriquait elle-même. J'ai toujours cru que c'était pour ça que je n'avais pas de marques. Mais ce n'est pas normal, n'est-ce pas ? Les enfants, ça s'écorche tout le temps. Moi, je n'ai aucun autre souvenir de ce genre. Pourquoi ?

Rose ne semblait pas attendre de réponse à sa question. Elle inspira profondément et reprit :

– Quand j'étais petite, aussi, j'étais persuadée qu'une vieille sorcière m'observait par la fenêtre de ma chambre. Je n'osais pas l'ouvrir pour fermer les volets de peur qu'elle en profite pour entrer. Un jour, je l'ai même aperçue au milieu des clients de l'auberge. Elle ressemblait à une goule. Ma mère disait que j'avais trop d'imagination... Il y avait également ce vieil homme qui attendait tous les jours au pied du calvaire, sur le chemin de la maison. Il était là chaque fois que je revenais de l'école, toujours habillé de la même manière. Il me regardait passer sans rien dire. Maintenant, je réalise que c'était peut-être l'un d'eux, comme la sorcière, que j'en ai probablement vu des tas et que je ne m'en suis pas rendu compte...

Elle s'arrêta, effrayée. Gabriel ne savait pas s'il devait la réconforter, ou la laisser continuer à réfléchir. Il se mit, lui aussi, à regarder par la fenêtre. On voyait le rocher sur lequel Rose avait vu une apparition.

– Parle-moi d'hier soir, lui demanda-t-il doucement.

Elle resserra la couverture autour de ses épaules.

– C'est la mère d'Agathe qui m'est apparue dans le cabinet de toilette. Je voulais savoir ce qu'elle avait à me dire. Mais ils sont tous venus... Ils ont envahi ma tête... Je pouvais ressentir toutes leurs peurs, leur colère, leur...

Sa voix s'étrangla. Elle faisait de toute évidence des efforts colossaux pour ne pas sombrer. Gabriel était conscient de sa fragilité, mais il ne pouvait pas laisser passer cette nouvelle imprudence sans rien dire. Il tâcha de prendre un ton doux :

– Rose, on n'invoque pas des âmes égarées comme on invite des amis à souper. C'est dangereux.

– Je ne les ai pas invités ! Ils sont venus tout seuls et ils m'ont pris mon énergie... S'ils n'étaient pas déjà morts, je leur botterais bien le derrière !

Elle eut une mine de dégoût qui arracha un demi-sourire à l'immortel. Elle était capable de se défendre, il en était sûr, mais elle avait encore tellement à apprendre. Il l'aiderait, mais ce serait difficile ; ils avançaient à l'aveuglette, tous les deux. Rose avait hérité des pouvoirs de certains Occultes, mais cela n'expliquait pas sa guérison ni le fait qu'elle puisse percevoir les Égarés sous leur forme humaine. Même la vieille Alma en était incapable.

– Prépare-toi, nous partons, décréta-t-il. Il est hors de question de rester dans ce village dans ces conditions.

– Partir ? Mais, et la bête ? Et votre enquête ? s'indigna l'adolescente.

– Elles attendront. Je ne peux t'exposer davantage sans savoir de quoi il retourne et ce que tu es capable de faire. Ma priorité est de te trouver un endroit sûr.

Une idée dérangeante happa Rose dont les sourcils se froncèrent.

– Et si je finissais par me transformer en bête à poil, moi aussi ?

– Je tâcherai, dans ce cas, de t'indiquer l'adresse d'un bon barbier, la taquina Gabriel, qui jugeait l'hypothèse peu probable.

– Ne vous moquez pas de moi ! Et puis, il est hors de question de partir où que ce soit avant d'avoir résolu cette affaire !

La Confrérie l'apprendrait et Varga n'aurait plus aucune raison de rester sagement à attendre. En plus, la fille du maire est en danger. Vous n'avez pas le droit d'abandonner !

– De quoi parles-tu ?

– C'est ce que voulait me dire sa mère. C'est tout ce qu'elle a eu le temps de me révéler avant que les autres ne rappliquent.

Gabriel pesta. Décidément, ses plans tombaient toujours à l'eau aussitôt qu'il les esquissait.

– Je ne bougerai plus de chez Grégoire, je vous le promets, insista Rose. Mais vous ne pouvez pas laisser Agathe se faire tuer !

– Tu as encore confiance en Grégoire malgré ce qu'il nous a avoué hier au sujet de ses liens avec Varga ?

– Plus que jamais.

Gabriel hocha la tête.

– Très bien. Je te ramène au village mais, Rose, je ne peux pas être efficace si je m'inquiète pour toi en permanence. Alors, promets-moi de faire ce qu'on te dit !

– Ne me mettez pas à l'écart, je peux vous aider ! Agathe m'a révélé des tas de choses très bizarres sur cette famille.

En quelques mots, elle relata l'histoire des poupées de Constance et du bébé malformé. Gabriel était sceptique ; quel lien cela pouvait-il avoir avec l'affaire qui l'occupait ?

– On cherche quelqu'un de bien en vie. Ce volkolak, s'il s'agit bien de cela, n'est pas un esprit.

– Et alors ? Je peux voir les Égarés ! C'est vrai que j'ignore comment ça marche, mais je peux essayer.

– Essayer quoi ? D'aller frapper à toutes les portes du village en espérant qu'une bête d'une toise et demie avec une gueule de loup vienne t'ouvrir ? Tâche de rester en vie et de ne pas t'attirer de problèmes pendant ne serait-ce que vingt-quatre heures... Je t'ai retrouvée à moitié morte dans les bois il y a quelques jours. Hier, je t'ai ramassée inconsciente parce que tu invoques des esprits sans rien connaître à ce sujet. Ce n'est pas un jeu !

Rose remonta la couverture jusque sous son nez et se retint de répliquer. Gabriel n'avait pas tort sur ce point. À un détail près.

– S'ils m'apparaissent aussi nettement alors que je n'ai rien fait pour, c'est qu'il y a sûrement une raison.

– Peut-être, mais pour le moment, la seule chose qui m'importe c'est de te sortir de cette maison avant qu'une de ces âmes vienne te pomper le peu de cervelle qui te reste !

– Cela n'arrivera pas.

– Comment peux-tu en être sûre ?

Rose hésita. Elle avait tout raconté à l'immortel. Tout, sauf l'intervention étrange qui avait chassé les esprits égarés.

– Il y a des règles de l'autre côté, dans l'endroit où se trouvent ces âmes ? demanda-t-elle.

– Où veux-tu en venir ?

– J'aimerais savoir si quelqu'un ou quelque chose fait la loi parmi les esprits. Leur interdit d'interagir avec les vivants, par exemple.

Gabriel ferma les yeux et soupira, anticipant le torrent de questions qui ne manquerait pas de se déverser sur lui durant les prochains jours. Rose n'allait pas le lâcher tant qu'elle n'aurait pas tout compris sur l'au-delà.

– Alma, une amie Occulte, dit que les esprits ne sont pas autorisés à tout révéler. Certains événements sont inévitables et les âmes ne font que t'indiquer ceux que tu peux modifier. Mais elles sont rarement coopératives ; jusqu'à présent, je n'ai reçu leur aide que lorsque des Égarés étaient mêlés aux circonstances. Dans les autres cas, il faut croire à la fatalité, je suppose. Si cruel que cela puisse paraître, la lumière entraîne forcément sa part d'ombre... Certaines personnes doivent mourir pour éclairer la voie.

Ces dernières phrases ne ressemblaient pas à l'immortel; Rose pouffa de rire.

– Je ne fais que répéter ce qu'Alma m'a expliqué, ajouta Gabriel. Fais-en ce que tu veux.

– J'ai une dernière question. Qui a le pouvoir de les empêcher de communiquer avec nous ?

– Aucune idée. Je suppose que cela fait partie des informations qu'elles ne peuvent pas dévoiler. Pourquoi ?

– Parce que hier soir, quand...

Elle s'interrompit soudain, tétanisée par une sensation familière. Comme la veille dans le cabinet de toilette, un courant d'air glacial l'avait enveloppée. Son cœur s'emballa tandis qu'elle luttait pour que Gabriel ne se rende compte de rien.

– Rose ? Tu te sens bien ? s'inquiéta-t-il.

Il tendit la main et la posa sur sa joue.

– Tu es glacée...

– Ça va, mentit-elle.

– Continue. Que s'est-il passé hier soir ?

« *Ne lui dis rien !* »

Rose sursauta. Cette voix impérieuse venait de résonner dans son crâne. La pression tout autour d'elle s'accentua. Gabriel fit un pas en arrière, comme s'il la sentait, lui aussi. Il la regarda avec effarement un instant, puis décréta, sans demander plus d'explications :

– On s'en va !

⁂

Une heure plus tard, ils se dirigeaient vers le village. La voiture prêtée par le maire roulait au pas sur le chemin recouvert de neige. Lorsqu'ils arrivèrent aux abords de la baie, Gabriel jeta un coup d'œil dans la direction de la masure de la guérisseuse. Il espérait qu'elle avait bien rejoint Grégoire comme il le lui avait recommandé. Il ne neigeait plus mais une brume tenace brouillait encore le paysage. Malgré elle, il distingua plusieurs individus rôdant autour de la maison.

– Arrête-toi ! ordonna-t-il au jeune palefrenier qui conduisait la calèche.

– Que se passe-t-il ? chuchota Rose.

Voltz sauta dans la poudreuse qui engloutit ses chaussures.

– Des rôdeurs autour de chez Annwenn. Je vais voir ce qu'ils manigancent. Rentre et ne bouge pas !

La voiture se mit en branle sur son ordre. Gabriel s'éloigna, ses pieds déchirant le manteau immaculé de neige.

28

Le Bihan n'avait pas perdu de temps pour exécuter les consignes de Varga. Accompagné de deux complices, il avait profité de l'absence de la guérisseuse pour chercher les preuves qui leur manquaient. Étienne Morvan, le maréchal-ferrant, faisait le guet pendant que ses acolytes fouillaient la maison. Quand la silhouette de l'immortel apparut dans son champ de vision, il leva le canon de son fusil de chasse et le pointa sur Gabriel pour le dissuader d'approcher davantage.

Mais celui-ci continua à s'avancer sans hésiter. Quand il vit Le Bihan et un autre qu'il ne connaissait pas sortir de la maison, il soupira, exaspéré.

– Un problème, messieurs ? demanda-t-il.

– C'est pas vos oignons ! grommela l'aubergiste.

Mais derrière lui, Jean Le Mezec, l'épicier, cachait quelque chose. Gabriel se mit sur la pointe des pieds pour tenter d'apercevoir ce qu'il tenait.

– Vous entrez sans invitation chez une habitante pour la voler, reprit Voltz. Ce ne sont effectivement pas mes affaires, mais je vais malgré tout vous demander des comptes.

– Vous n'êtes pas le bienvenu ici. Quand est-ce que vous le comprendrez ? s'énerva l'aubergiste en s'avançant vers la clôture.

– Je dois avoir l'esprit aussi lent que le vôtre. Je croyais vous avoir fortement conseillé de rester chez vous jusqu'à ce que le fauve soit capturé.

– À d'autres ! s'enflamma Étienne Morvan. On sait très bien ce que c'est !

– Je dirais même « qui c'est », rectifia Jean Le Mezec en brandissant ce qu'il avait trouvé.

C'était un livre. Le Mezec l'ouvrit et le feuilleta jusqu'à ce qu'il trouve une page suffisamment explicite, puis la montra à l'immortel. Voltz plissa les yeux pour tenter de déchiffrer l'écriture irrégulière et serrée. C'était une recette. Rien d'anormal pour une guérisseuse… Sauf que la liste d'ingrédients mentionnait des loups-garous, galipotes et autres thérianthropes.

Le Mezec tourna quelques feuillets supplémentaires sur lesquels la guérisseuse, ou peut-être son mentor, avait répertorié un certain nombre d'Égarés. Comme Voltz, Annwenn les étudiait. La différence était que, en plus de les décrire, elle donnait les recettes de remèdes capables de contenir ou d'annihiler la malédiction qui les touchait. Décidément, quand toute cette affaire serait terminée, il faudrait qu'il ait une discussion sérieuse avec Annwenn. Peut-être serait-elle en mesure de trouver un substitut à l'antidote qui l'enchaînait à la Sainte-Vehme…

– Il était planqué sous son lit. Vous avez une explication valable ? Et pour le désordre qui règne dans la maison ?

– Il ressemble furieusement au vôtre, ajouta Le Bihan en sortant de sa poche le journal de Voltz.

–Vous n'êtes qu'un ignare. Avez-vous seulement réussi à en déchiffrer un ou deux mots ? répliqua froidement Voltz.

Piqué au vif, l'aubergiste lui lança le carnet à la figure d'un geste rageur. L'immortel le rattrapa au vol.

– Vous êtes bien aimable, Jacques, dit-il en le glissant dans la poche de son manteau. Si vous pouviez me rendre également celui d'Annwenn.

– Espèce de…

Ne trouvant pas d'insulte appropriée, Le Bihan se jeta sur Voltz, poings en avant. L'attaque était bien trop lente ; Gabriel l'esquiva aisément. Entraîné par son élan, l'aubergiste s'écrasa dans la neige. Jean le Mezec glapit et se cacha derrière Étienne Morvan, qui leva son fusil.

– Fichez le camp ou je vous troue la peau !

– Et après ? Réfléchissez un peu : je suis envoyé ici par un commissaire parisien. Vous voulez vous faire arrêter pour meurtre ?

– Je n'ai pas besoin de tuer pour vous régler votre compte ! s'écria Étienne, en passant son arme à Jean.

Gabriel roula des yeux. Affronter les Égarés était une chose, se battre contre cet idiot en était une autre. Il n'aimait pas s'attaquer à des humains, il devait toujours retenir sa force pour ne pas dévoiler sa vraie nature. C'était lassant. Il laissa donc son adversaire ouvrir les hostilités. Morvan le frappa en plein dans la mâchoire. Il avait une sacrée droite ; Gabriel n'eut pas besoin de faire semblant d'être projeté en arrière, du sang plein la bouche.

Avant qu'il puisse se redresser, l'autre l'empoigna par le col de son manteau et plaqua son avant-bras sur sa gorge. Voltz sauta sur l'occasion et projeta violemment sa tête en arrière, lui cassant le nez. Morvan se mit à beugler de douleur. Remis sur pied, Gabriel fit jouer les articulations de sa mâchoire, puis assena deux coups de poing. Sonné, son adversaire tangua comme un ivrogne mais ne s'effondra pas. Gabriel dévisagea alors à tour de rôle les deux autres. Jean Le Mezec tenait l'arme contre sa poitrine tandis que Le Bihan, rouge de colère, semblait hésiter à revenir à la charge. Puis Étienne Morvan bascula enfin dans la neige, et l'aubergiste se précipita pour l'aider.

– Vous ne vous en sortirez pas aussi facilement ! cria-t-il.

– Je n'en doute pas, répliqua l'immortel. En attendant, rendez-moi le journal d'Annwenn et déguerpissez.

Jean Le Mezec lui tendit le carnet sans discuter. Gabriel s'empressa de le dissimuler sous son manteau et quitta les lieux, avant qu'un de ces idiots ne revienne à la charge.

✣

À son grand soulagement, l'immortel trouva Annwenn attablée dans la cuisine du presbytère, une tasse fumante dans les mains, en compagnie de Grégoire. Ils semblaient fatigués. La nuit avait dû être courte pour eux aussi. Voltz se laissa choir sur le banc en bout de table et chercha Rose des yeux. L'adolescente n'était pas avec eux, mais son manteau avait été pendu au dos d'une chaise pour sécher à la chaleur du feu.

– Que vous est-il arrivé ? s'inquiéta la jeune femme en avisant sa mâchoire.

– J'ai délogé quelques indésirables qui traînaient chez vous.

Il tira de sa poche le journal. Annwenn le lui arracha des mains.

– Ne me dites pas qu'ils ont fouillé ma maison ? s'indigna-t-elle.

– J'ai bien peur que si. Ils ont vu ce que contenait votre carnet et le mien. Notre ami Le Bihan et deux acolytes viennent de vous mettre en tête de la liste des suspects.

– Seigneur…, gémit Grégoire.

– Vous devriez prendre quelques affaires et quitter le village. Du moins, pour un temps. On ne se sait jamais comment le vent peut tourner dans ces circonstances. L'aubergiste et moi n'étions déjà pas amis, mais là nous sommes passés à un autre stade.

La proposition de Gabriel sembla glisser sur la guérisseuse. La jeune femme, les bras croisés pour maintenir son châle, le fixa un moment sans réagir.

– J'ignorais que j'avais un tel effet hypnotique sur vous, plaisanta Voltz en claquant des doigts sous le nez de la jeune femme.

– Je n'irai nulle part, annonça-t-elle en chassant sa main comme on chasserait une mouche. Je suis chez moi dans ce village. On ne me fera plus fuir !

– Annwenn, si les esprits s'échauffent, Varga sera en droit d'intervenir, insista Grégoire.

Gabriel sursauta en entendant le nom de Varga. De toute évidence, le prêtre et la guérisseuse avaient beaucoup discuté en son absence. Trop, peut-être.

– J'ai avoué au père Anselme ce qui m'a amenée dans ce village, lui dit Annwenn.

– Je pense qu'une mise au point est nécessaire entre nous. Que fait Rose ?

– Elle est partie se coucher, répondit Grégoire. Il s'est passé quelque chose au manoir ? Elle paraît très perturbée.

Gabriel confirma d'un signe de tête. Quelque chose, oui. C'était le moins que l'on puisse dire.

✤

Au cours des heures qui suivirent, chacun exposa les événements et les confessions de la nuit. Quand Gabriel eut fini, un long silence s'abattit sur la cuisine. Grégoire finit par le rompre :

– Seigneur tout-puissant…

– Nom d'un chien ! s'écria Voltz. Allez-vous cesser d'invoquer votre Seigneur ? Où était-il quand les esprits tourmentaient cette gamine ? Pourquoi lui infliger ces épreuves ? S'il se trouvait devant moi, je lui enverrais mon poing dans sa sainte face !

Outré, Grégoire s'apprêtait à répliquer quand Annwenn intervint :

– Le moment n'est pas bien choisi pour avoir ce genre de débat. Savez-vous ce qu'elle est ?

– Je ne sais pas, mais d'après ce qu'elle m'a révélé, ce n'est pas récent. Elle n'en avait seulement pas conscience. Elle est une Occulte par sa capacité à communiquer avec les âmes défuntes. Mais elle peut aussi se régénérer comme certains Égarés. Quant à sa capacité à voir leur vraie nature à tous, ça ne correspond à rien que je connaisse. Si vous avez une idée, je suis preneur.

Annwenn secoua la tête.

– Je ne sais rien sur Rose. En revanche, ce volkolak a des points communs avec les voirloups du pays d'Othe. Il est invulnérable quand il se transforme, et il garde sa conscience d'humain.

– Les voirloups ne se transforment que la nuit, objecta Gabriel. Et j'ai l'impression que l'humain derrière la bête doit avoir les mêmes connaissances que vous pour contourner cet obstacle. Si les trois imbéciles de tout à l'heure ont réussi à trouver votre livre, peut-être que notre coupable a eu l'occasion de le feuilleter et de se servir des potions qu'il contient pour provoquer à loisir ses transformations. Vous êtes sûre que personne n'est jamais venu fouiller chez vous ?

L'hypothèse de Gabriel désarçonna la guérisseuse. Le regard dans le vague, elle tenta de se remémorer le moindre événement qui aurait pu corroborer cette théorie.

– Julien Le Kerdaniel ? hasarda l'immortel. S'il vous rendait régulièrement visite, peut-être que…

– Non ! le coupa Annwenn. Julien ne s'invitait pas chez moi sans être sûr de ma présence. De plus, c'était un homme de la terre, un pragmatique comme son père. Tout ce que je fais le dépassait, il ne s'y est jamais intéressé.

La jeune femme s'interrompit un instant, happée par un souvenir.

– En revanche, Constance est venue chez moi une fois. Je m'étais absentée pour une course et ma porte n'était pas verrouillée. Je l'ai trouvée assise à ma table à m'attendre. C'était quelques jours avant sa mort. Elle voulait une potion pour redonner des forces à sa petite fille. La pauvre femme... Cela faisait des semaines qu'elle avait accouché d'un enfant mort-né et elle était encore pâle comme un linge. J'ai fini par la convaincre de prendre quelque chose pour elle...

– Oui, Le Kerdaniel m'a aussi raconté qu'elle avait été très affectée par la mort du bébé. Mais Agathe a parlé de cette enfant à Rose. D'après ce qu'elle lui a dit, elle n'était pas mort-née. Elle a vécu plusieurs jours.

– Rose a dû mal comprendre, intervint Grégoire. La petite Léonie est née prématurément et dans des conditions difficiles. Elle n'a pas survécu à l'accouchement.

– Elle serait venue au monde avec des malformations, selon les dires d'Agathe.

– Qu'est-ce que vous me chantez ? Personne n'a jamais entendu parler de handicap d'aucune sorte concernant Léonie Le Kerdaniel !

– Si je comprends bien, vous n'avez jamais vu cette enfant ? Ni l'un ni l'autre ?

Troublés, Grégoire et Annwenn se consultèrent du regard avant de répondre par la négative.

– Les funérailles se sont déroulées dans l'intimité du manoir, dit Grégoire. Le maire avait tout organisé. Il y a eu une messe très simple en présence des parents, de Julien et d'Agathe.

– Mais vous n'avez pas vu le corps du bébé, insista Gabriel.

– Non, effectivement. Il était enveloppé dans un linceul. Je n'avais aucune raison de...

– À quoi pensez-vous exactement, Gabriel ? l'interrompit Annwenn.

– Je ne sais pas encore, mais cette histoire d'enfant mériterait des éclaircissements. Mon père, vous disiez l'autre jour que le cabinet du docteur Leguern était resté en l'état?

– À ma connaissance, oui. On attend un remplaçant, mais nos contrées n'attirent pas vraiment les candidats.

– Une inspection des lieux s'impose, décréta l'immortel en se levant.

– En plein jour? Après ce qui vient de se passer? objecta le prêtre.

– On n'a plus le temps de tergiverser. Annwenn, vous, en revanche, vous ne devriez pas vous montrer.

– Je reste avec Rose. Avec ce que j'ai pu sauver dans les débris de mes étagères, je vais lui préparer quelque chose pour qu'elle reprenne des forces. Elle est très affaiblie.

Gabriel la remercia et alla retrouver sa protégée. Il ne frappa pas à la porte de sa chambre mais l'entrouvrit avec précaution. Elle ne dormait pas. Assise au bureau de Grégoire, elle avait les mains jointes et faisait face à un crucifix. Elle priait, comprit Voltz, sidéré. Il referma la porte sans un mot. Rose cherchait de toute évidence du réconfort là où elle le pouvait. Longtemps, lui-même avait fait pareil.

Il serra les dents, réveillant la douleur de sa mâchoire. S'il s'était écouté, il serait entré dans cette chambre et l'aurait arrachée à ce recueillement sans espoir. Un siècle qu'il l'attendait… Pour rien. Il n'y avait rien à attendre de Dieu, ou de la religion. Rose allait être confrontée aux mêmes épreuves que lui, aux mêmes doutes, aux mêmes désillusions… Ça le mettait hors de lui. Elle ne méritait pas ça.

– Gabriel?

L'irruption de Grégoire le sortit de ses pensées. Voltz lâcha la poignée de la porte de la chambre et s'éloigna d'un pas lourd.

Le cabinet du docteur Leguern se situait dans l'une des ruelles qui débouchaient sur le cœur du village. Il était à l'abri des regards, niché entre une maison de granit plus imposante et un jardin potager en friche. À l'abri sous l'appentis, Gabriel et Grégoire scrutèrent les extrémités de la rue.

– Il y a une fenêtre sur le côté, plus discrète, dit le prêtre. Nous devrions...

Grégoire n'eut pas le temps de terminer sa phrase ; un craquement de bois retentit. L'immortel venait de forcer la poignée. Avec sa force surhumaine, ce n'était pas plus difficile que d'écraser une hostie entre ses doigts.

– Gabriel ! On n'a pas le droit d'entrer chez ce pauvre homme de cette manière !

– Pourquoi ? Vous croyez qu'il va nous intenter un procès ? répliqua Voltz en poussant le battant du pied.

Ils pénétrèrent sans tarder dans le couloir aveugle qui desservait les quatre pièces de l'habitation.

– Au fond, ce sont les appartements privés du docteur, expliqua Grégoire. Et ces deux portes mènent à la salle d'attente et à son bureau dans lequel il recevait ses patients.

Gabriel poussa celle du cabinet de consultation.

– Seign... Bon sang ! s'exclama Grégoire.

Le cabinet avait été complètement retourné. Pas un tiroir, pas une armoire n'avaient été épargnés par la fouille. Leur contenu – dossiers ou matériel médical – jonchait le sol.

– J'ai comme l'impression que nous ne sommes pas les premiers à rendre visite à feu Thomas Leguern, lâcha Gabriel.

29

Une demi-heure après le départ des deux hommes, une odeur piquante envahit le presbytère. Elle tira Rose de son recueillement. Quelqu'un frappa à sa porte – trois coups discrets. Se sachant seule avec Annwenn au presbytère, la jeune fille hésita quelques instants avant de la laisser entrer.

De toute évidence, le malaise qu'elle éprouvait vis-à-vis de l'Égarée était réciproque. Annwenn pénétra avec prudence dans la pièce sombre, une tasse à la main. Rose fronça le nez. C'était donc ça, l'odeur.

– J'ai fait avec ce que j'avais sous la main, mais cela devrait te permettre de reprendre des forces, expliqua Annwenn en lui tendant le breuvage.

Rose ne fit pas mine de prendre la tasse ; la guérisseuse la déposa alors sur le bureau et s'assit sur le bord du lit. Rose resta à la regarder, glacée. Glaciale, même. Prise de frissons, Annwenn resserra son châle sur ses épaules. Finalement, Rose prit la tasse et huma son contenu en grimaçant.

– C'est l'ail qui donne cette mauvaise odeur, commenta Annwenn. J'ai ajouté du miel pour atténuer le goût.

L'adolescente but une gorgée. Le breuvage était fort et chaud ; il n'avait pas si mauvais goût que ça. La guérisseuse ne partait pas ; le silence s'installa entre elles, pesant. Rose s'agitait sur sa chaise pour trouver une position qui masquerait son trouble. Annwenn la regardait sans ciller. Rose se surprit à soutenir son regard. Sans raison apparente, sa respiration s'accéléra et son cœur s'emballa. L'attitude d'Annwenn n'avait pourtant rien de menaçant ; juste ce regard insistant, presque hypnotique. Soudain, l'adolescente tressaillit. La lumière changeante de la chandelle avait légèrement modifié les contours du visage de la guérisseuse. Rose se força à continuer à regarder, tandis qu'une ombre brouillait les traits d'Annwenn, de plus en plus opaque, comme un voile… Puis, brusquement, elle se dissipa, révélant ce qui se cachait derrière.

Prise de panique, Rose se redressa d'un bond et recula pour se coller à la fenêtre. Le visage monstrueux de l'Égarée venait de lui apparaître : une gueule de loup, ouverte, crocs saillants, écume aux babines. Très vite, la vision disparut, mais Rose était sûre de ce qu'elle avait vu. Elle avait déjà ressenti ces sensations. Le même phénomène s'était produit à Paris lorsqu'elle avait découvert la véritable nature de la gouvernante.

Annwenn avait de nouveau son visage humain. Elle n'avait pas bougé, regardait toujours la jeune fille avec un sourire qui se voulait rassurant.

– Explique-moi ce que tu as vu. Ce que tu as ressenti.

Rose avait plutôt envie de s'enfuir. Des heures à prier pour qu'on la débarrasse de tout cela, et cette femme venait de la forcer à regarder son cauchemar en face.

– On a peur de ce qu'on ne contrôle pas, Rose. Si tu ne veux pas devenir esclave de tes dons, tu dois comprendre comment ils fonctionnent.

– Je ne veux pas comprendre. Je n'en veux pas !

Rose était au bord des larmes.

– J'ai appris à maîtriser mes transformations. Plus le temps passe, moins j'ai besoin de recourir à mes potions. Mais lorsque je suis en danger, je sens que les choses peuvent m'échapper et je dois lutter pour ne pas laisser la bête en moi prendre le dessus. Comme s'il s'agissait d'un instinct de survie. C'est probablement pareil pour toi : tes capacités affleurent quand tu te sens en danger. Tu as peur, je le sais, mais tu dois me dire ce que tu as vu et ressenti pour que je puisse t'aider.

– J'ai eu froid... Il y avait comme une ombre autour de vous. Et puis, c'était très bref, mais j'ai vu... votre gueule... votre tête des mauvais jours.

Le sourire de la guérisseuse s'élargit.

– Je voulais que tu la voies. Tu perçois les auras des Égarés et, lorsqu'ils ne sont pas sur leurs gardes, leur autre visage t'apparaît également. C'est un don qui peut te sauver la vie !

Loin d'être convaincue, Rose baissa la tête. Elle se tordait les doigts nerveusement.

– Et mes blessures ? Comment l'expliquez-vous ? J'ai peur de me réveiller un beau matin avec une tête d'épouvantail à cornes ou des pieds de bouc et une queue fourchue... ou Dieu sait quoi encore !

Annwenn lui prit les mains pour la calmer.

– Non. Je n'ai pas réponse à tout, mais je sais que tu ne te transformeras pas comme ça.

– Comment pouvez-vous en être sûre ?

– Parce qu'il n'y a aucun Égaré avec une tête d'épouvantail à cornes. Il y en a bien un avec des pieds de bouc, mais il n'a pas de queue, ou du moins elle n'est pas fourchue...

– Vous devez bien vous entendre avec Gabriel, vous, grommela Rose en retirant ses mains.

La remarque amusa Annwenn mais l'adolescente se renfrogna. Oui, l'idée d'une complicité entre l'immortel et la guérisseuse ne lui plaisait pas. Elle ne voulait pas qu'elle l'accapare... Mais qu'ils puissent être amis faisait tout de même remonter Annwenn dans son estime, et Rose décida de lui accorder le bénéfice du doute.

✣

– On a bien fait de venir. Ç'aurait été dommage de se priver d'une telle perte de temps, râla Gabriel en jetant avec humeur un tas de feuilles sur le bureau.

Assis dans le fauteuil du médecin, il considéra les piles de dossiers qui encombraient la table de travail. Heureusement que le village ne comptait que trois cents âmes et que tous ne consultaient pas. Cela faisait quatre heures qu'ils déchiffraient l'écriture de Leguern à la bougie et ils n'avaient rien trouvé. Gabriel n'avait qu'une envie : jeter au feu les fiches du docteur, la sciatique de la mère Rouleau, l'emphysème du père Faucheux ou l'érythème fessier du nourrisson des Le Goff.

Grégoire avait l'air désespéré, lui aussi.

– On a donc les dossiers de Charles, Agathe, Julien Le Kerdaniel et de Joseph, mais rien sur Constance et le bébé. Peut-être le médecin archivait-il ceux des patients décédés…

Grégoire réfléchit un instant, puis se corrigea :

– Oui, mais non. La veuve Cazel est morte l'été dernier, deux jours avant Constance, et j'ai vu passer le sien. Même chose pour le petit Louis Le Bihan. Vous pensez que celui ou celle qui est entré ici s'en est emparé ?

– Possible. En tout cas, il était à cran. Sinon, pourquoi retourner le bureau de cette manière ? Le docteur Leguern était clairement un homme minutieux, il notait même les heures et la durée de chaque consultation à la minute près.

– Effectivement, il était rigoureux. Un peu trop à mon avis.

– Charles Le Kerdaniel m'a affirmé qu'il s'était occupé de sa femme et de tout ce qui relevait de ses problèmes de comportement – il s'interrompit pour montrer la table encombrée –, et pourtant il n'y a rien, pas la moindre trace ni de Constance ni de son enfant. Ni ici ni dans les autres pièces. Deux conclusions s'imposent : soit il s'en est lui-même débarrassé, soit c'est précisément ce que l'intrus cherchait. Racontez-moi ce qui s'est passé l'été dernier.

– C'était le soir de l'Assomption. Le village a pour habitude de fêter la fin des moissons à cette date-là. Il devait être vingt et une heures et on attendait toujours le maire, il était très en retard pour son discours. Au moment où l'on s'apprêtait à aller le chercher, Joseph est arrivé au galop. Constance avait échappé à leur vigilance et était sortie de la maison. Elle avait grimpé en haut du rocher. Ils n'ont pas pu l'empêcher de sauter. Tout le monde s'est précipité, mais cela n'a servi à rien. Les vagues étaient déchaînées. Son corps n'a été retrouvé que trois jours plus tard, rejeté dans la baie. Méconnaissable.

– Pourquoi ? Pourquoi a-t-elle choisi ce soir-là en particulier ?

– Aucune idée. Demandez au principal concerné.

– J'ai bien peur que M. le maire ne soit pas vraiment franc avec moi. À la limite, la seule qui pourrait nous renseigner serait Agathe mais, à moi, elle ne dira jamais rien.

Un claquement de langue agacé lui échappa. Et à Rose ? Non ! Il était hors de question de la ramener dans cette maison. Il se leva pour étirer ses muscles et fit quelques pas dans la pièce, observant les étagères pleines de manuels d'anatomie, de pathologie et d'antiques instruments médicaux. Il sentait dans son dos le regard de Grégoire. Leur altercation de la veille avait laissé un goût amer. Depuis qu'ils étaient enfermés là, ils n'avaient échangé que le strict nécessaire à leur enquête. Gabriel s'arrêta devant une photographie de Charles Le Kerdaniel et Thomas Leguern posant fusils de chasse à la main, un sanglier abattu à leurs pieds. Il se souvint alors que les deux hommes étaient amis.

– Vous avez dit que le corps retrouvé dans la baie était méconnaissable. Vous l'avez vu ? continua Gabriel sans quitter le cliché des yeux.

– Non, le cercueil était clos pendant les funérailles.

– Qui l'a découvert ?

– Joseph, il me semble.

Voltz se retourna, un curieux rictus au coin des lèvres.

– Joseph… Vous m'en direz tant… L'homme de main si serviable qui s'appliquait à faire le ménage quand quelqu'un devenait trop gênant pour la carrière de son employeur.

– Admettons que Joseph et Charles soient responsables du meurtre de Marie, de Jeanne et éventuellement de Constance. Quel est le rapport avec la créature que nous traquons ?

– Cela vous arrive souvent de ne pas voir les cadavres des défunts avant leur inhumation ?

Gabriel avait une étrange intuition. Rien de vraiment tangible, juste une vague ébauche d'idée qui peinait à prendre corps.

– Euh… non, admit Grégoire. Mais dans le cas de Constance, cela se justifiait…

– Cela se justifiait pour les villageois, et pour vous. Mais en tant que médecin, Leguern a dû être appelé quand ils l'ont trouvée pour l'identifier et déclarer la mort.

Le prêtre se massa l'arête du nez, épuisé par sa nuit trop courte et par ces recherches interminables.

– Expliquez-vous, Gabriel, je ne vous suis plus. Qu'êtes-vous en train d'insinuer ? Qu'ils n'ont pas retrouvé Constance ? Et alors ? Qu'est-ce que ça change ?

– Ça signifie que personne à part les Le Kerdaniel n'a assisté au suicide de Constance et que personne n'a vu son corps à part Leguern. Sans compter son dossier médical disparu.

Gabriel ferma les yeux, puis les rouvrit.

– Il faut en avoir le cœur net, mon père. Avez-vous une pelle ?

✣

– Pour la centième fois, c'est hors de question ! tempêta Grégoire en entrant dans le presbytère.

Gabriel suivait, aussi furieux que lui. Leur arrivée fracassante interrompit le déjeuner de Rose et Annwenn qui mangeaient en silence. Cela commençait à devenir une habitude, pensa Rose, chagrinée. Ils se disputaient sans arrêt. Ni Gabriel ni Grégoire ne leur jetèrent un regard. Grégoire s'empêtra dans les manches de son manteau en le retirant.

– C'est l'affaire d'une heure, insista Voltz. Deux, tout au plus.

Grégoire se retourna vivement.

– Ce n'est pas une question de temps, mais de...

– Ne me parlez pas de morale ! cria Gabriel.

– ... mais de *respect*. Un autre inconnu de votre vocabulaire ! Vous me demandez, à moi, un prêtre, de profaner la tombe d'une de mes paroissiennes ! Vous n'êtes qu'un... qu'un...

Grégoire brassa beaucoup d'air sans trouver de mot approprié. Il sortit de la cuisine sans finir sa phrase et claqua la porte. Il irait dans son église. Là-bas, au moins, Voltz ne le suivrait pas.

– Quelle tête de mule ! pesta Gabriel, s'adressant enfin aux deux femmes. On a une piste sérieuse et cet âne bâté ne veut rien entendre.

Mais elles ne partageaient pas son avis. Rose affichait une expression ouvertement outrée. L'idée de déterrer des cadavres avait déjà été évoquée par l'immortel à leur arrivée mais, à ce moment-là, elle savait que ce n'était qu'une plaisanterie destinée à choquer le prêtre.

– Et à quoi vous attendiez-vous en lui présentant les choses de cette manière ? Vous êtes aussi délicat qu'un troupeau de vaches en pleine transhumance ! répliqua-t-elle en se levant.

– Il ne faisait pas autant de manières quand il s'agissait de faire place nette pour la Confrérie !

À la minute où ces mots franchirent ses lèvres, il sut qu'il était allé trop loin. Rose ouvrit la bouche, puis la referma. Elle avait assez de cette discussion à propos de Grégoire. Elle préféra quitter la pièce. Sa défection blessa bien plus Gabriel que celle du prêtre. Si cette gamine continuait à accorder sa confiance au premier venu, il ne donnait pas cher de sa peau ! Il expira bruyamment, le regard fixé sur l'encadrement de la porte pour ne pas affronter celui de la guérisseuse… Dans son dos, Annwenn se mit à applaudir, narquoise.

– Je sais, concéda Voltz en se retournant, c'était une réflexion stupide.

– Elle est perdue et morte de peur, je ne crois pas que le moment soit bien choisi pour que les deux personnes en qui elle a le plus confiance se fassent la guerre.

Gabriel s'accouda à la table et se frotta le front. Le reproche était inutile, il le savait parfaitement.

– Nous avons discuté un peu pendant votre absence et élucidé la manière dont se manifestent ses capacités. Elle perçoit l'aura des Égarés et, lorsqu'ils ne sont pas sur leurs gardes, leur vrai visage. Elle ne maîtrise pas encore ses dons mais elle pourrait vous être d'une aide précieuse… Si vous n'étiez pas surveillé par les autres fanatiques.

Gabriel releva la tête pour croiser le regard de la jeune femme. Il paraissait si sombre qu'Annwenn changea rapidement de sujet.

– Qui comptez-vous exhumer, exactement ?

– Constance Le Kerdaniel.

– Ah… Elle ne va pas être très belle à voir.

– Je n'ai pas l'intention de l'inviter à dîner, mais de m'assurer qu'elle est bien là où elle doit être. Je pense que, contrairement à ce qui a été raconté par les Le Kerdaniel, Constance n'a pas été retrouvée. En dehors de la famille et du médecin, personne ne peut attester que le cercueil enterré contenait bien le corps de cette femme.

– Julien n'aurait jamais couvert une telle mascarade, objecta Annwenn. Rien que l'idée que son père ait eu une liaison avec

Jeanne le mettait hors de lui, alors imaginez une parodie d'inhumation ! Il respectait Constance et me parlait d'elle avec beaucoup de compassion. Et puis, pourquoi Charles aurait-il fait une chose pareille ?

– M. le maire n'aime pas que des étrangers viennent fouiner sur son territoire. Plus vite la disparition de Constance trouvait une issue plausible, moins il risquait de voir s'ouvrir une enquête gênante.

– Vous fantasmez, monsieur Voltz. Vous n'avez aucune preuve de ce que vous avancez.

– Il faut bien des avantages à travailler pour la Sainte-Vehme, ma hiérarchie se moque des preuves. Quoi que cache Le Kerdaniel, je ne m'en préoccupe que pour débusquer la créature, et ce qui adviendra de lui n'est pas mon problème. Plus vite cette histoire sera réglée, mieux je me porterai.

Annwenn étudia son interlocuteur en silence. Les quelques jours passés dans le village avaient altéré ses traits et son aspect. Difficile de reconnaître dans cet homme désabusé aux cheveux hirsutes et à la barbe mal taillée le citadin élégant qui était venu fouiner chez elle dès son arrivée. Sans remarquer l'examen auquel il était soumis, il prit la fourchette de Rose et piqua une pomme de terre dans son assiette. Il la mâcha sans plaisir, juste par nécessité.

– Qu'est-ce qui ne va pas ? s'enquit Annwenn.

– Rien... Rien ne va ! s'écria-t-il.

Il posa brutalement son couvert et quitta la pièce pour ressortir dans le froid glacial, une idée bien précise en tête. Il repoussa les battants de la porte de l'église si violemment qu'ils percutèrent de part et d'autre les pierres de l'arche. Le choc résonna dans tout l'édifice, alertant Grégoire et Rose qui sortirent précipitamment de la sacristie. Le prêtre remonta aussitôt l'allée centrale pour venir à sa rencontre, prêt à en découdre.

– Vous vous croyez dans un tripot de bas étage ? Vous êtes prié de respecter les lieux ! fulmina l'ecclésiastique.

– Pas maintenant, grogna Gabriel en passant devant lui.

30

Restée sur le seuil de la sacristie, Rose vit Voltz fondre sur elle. Il l'agrippa par le bras et l'entraîna dans l'annexe. D'un coup de talon, il referma la porte derrière eux puis la souleva pour la faire asseoir sur une table. Ils étaient nez à nez, leurs regards à la même hauteur. Rose ne comprenait pas ce qu'elle avait fait pour le mettre autant en colère.

– Regarde-moi et dis-moi ce que tu vois !

Sa voix était rude. Désespérée. Rose resta muette de frayeur.

– Dis-moi ce que tu vois ! répéta l'immortel.

– Je vois un homme en colère qui me fait peur, balbutia-t-elle.

La honte électrisa Voltz qui s'adoucit immédiatement. Il baissa la tête, penaud.

Cela faisait un siècle qu'il se posait la question de sa vraie nature, et voilà que Rose pouvait éventuellement lui donner des réponses. À cause des événements survenus au manoir, il s'était retenu de l'interroger pour ne pas la perturber davantage. La confirmation donnée par Annwenn l'avait rendu impatient. Maintenant, il devait savoir !

Rose ne savait pas comment réagir face à son désarroi. Timidement, elle posa ses mains sur ses joues râpeuses. Elle n'avait pas la moindre idée de la manière dont lui venaient ses visions.

Avec Annwenn, elle s'était contentée de se concentrer sur l'Égarée. Elle tenta de faire de même, se plongeant dans le regard inquiet de Gabriel. Immobiles, fébriles, ils attendirent. Mais non, elle ne voyait rien. Puis, soudain, un souffle froid qu'elle reconnut aussitôt la tétanisa. La flamme de la lampe vacilla, manqua de s'éteindre.

Et l'ordre claqua dans son esprit.

Un «*Non!*» hurlé si fort à ses oreilles qu'elle sursauta et s'éloigna de l'immortel.

– Quoi? Qu'est-ce que tu as vu? s'inquiéta ce dernier.

Rose sauta au bas de la table, désemparée. Les larmes lui montèrent aux yeux.

– Rien... Je... je n'ai pas le droit..., hoqueta-t-elle avant de s'enfuir de la sacristie.

– Rose! Attends!

Mais l'adolescente ne se retourna pas. Elle courait dans l'allée centrale sous le regard interloqué de Grégoire.

– Rose? tenta vainement ce dernier.

Elle sortit de l'église sous les regards confus des deux hommes. Des gerbes de neige s'engouffraient par les portes qu'elle avait laissées ouvertes. Grégoire alla les refermer puis se tourna vers Gabriel.

– Par tous les saints, qu'avez-vous encore fait?

Sans répondre, Voltz s'effondra sur un banc, la tête entre ses mains.

– Je voulais simplement savoir. Elle peut voir la nature des Égarés... Je voulais simplement savoir...

Sa voix se brisa et il fut incapable de poursuivre. Grégoire se sentit soudain profondément stupide et coupable. Depuis son arrivée, il ne cessait de lui reprocher sa désinvolture, son insensibilité et son arrogance. Mais il n'avait pas vu, n'avait pas voulu voir l'homme seul, pétri de doutes, hanté par des questions sans réponses depuis un siècle. Cet homme qui avait tant risqué pour venir en aide à une adolescente qu'il ne connaissait que depuis trois mois.

– Qu'a-t-elle dit ?

Gabriel ricana.

– Qu'elle n'avait pas le droit… Qu'est-ce que cela signifie, mon père ? Qui le lui interdit ?

Il se leva pour tourner le dos au Christ sur sa croix.

– Vous savez pourquoi je ne suis pas arrivé à temps pour sauver ses parents ? continua-t-il.

Grégoire secoua la tête doucement.

– J'étais sur la trace du vampire depuis plusieurs jours. Il avait attaqué des familles à Paris et un informateur m'avait averti qu'il se dirigeait vers Saint-Malo. Une fois là-bas, il a continué son carnage. Il prenait systématiquement pour cibles des auberges à la périphérie de la ville et éloignées des hameaux. Avec le recul, je me demande si ce n'est pas Rose qu'il cherchait. Le soir où il a attaqué l'établissement de ses parents, je savais qu'il serait le prochain sur la liste. C'était le seul dans le périmètre dans lequel il n'avait pas sévi. Je le savais, pourtant j'ai attendu des heures avant de m'y rendre.

– Pourquoi ? demanda Grégoire à mi-voix.

– Ce matin-là, il y avait une effervescence toute particulière à Saint-Malo. On s'apprêtait à guillotiner un homme accusé de meurtre. J'ai assisté à l'exécution. Je ne pourrais pas vous dire pourquoi, ce n'est pas le genre de spectacle que j'affectionne. Mais au moment où le condamné a été allongé sur la planche, la tête coincée dans la lunette, la facilité avec laquelle on pouvait ôter la vie m'a sauté aux yeux. Quelques secondes suffisaient pour en finir. Cette lame… Elle serait venue à bout de mon immortalité… Bon sang, Grégoire, vous ne pouvez pas imaginer à quel point ça me tentait ! L'idée ne m'a pas quitté de toute la journée. J'ai attendu la nuit, j'ai bu, et pourtant ça ne passait pas. Je voulais en finir, ne plus me lever chaque matin en me demandant pourquoi j'étais encore de ce monde, ne plus être le pantin de ces ordures, trouver la paix. Et puis… je ne sais pas pourquoi, je me suis rendu à l'auberge ce soir-là. C'était sans doute ma gueule de bois ou des restes de vapeurs d'alcool, mais une voix intérieure m'ordonnait d'y aller. C'était important. Et ne me dites pas qu'il s'agit d'un message divin ou…

– Ou vous me collez votre poing dans la figure. Oui, je sais, compléta Grégoire, troublé. Tout de même… Grâce à cette voix, Rose est vivante. Et vous aussi.

– Vous pensez qu'il n'y a pas de hasard, que chaque rencontre a une raison d'être. Mais expliquez-moi pourquoi la mettre sur ma route si je ne peux pas la protéger contre l'Ordre, ni l'aider à découvrir ce qu'elle est ? Pourquoi ne peut-elle pas me dire ce que je suis, moi ?

– Peut-être n'êtes-vous pas prêt à entendre la vérité, quelle qu'elle soit.

– Pas prêt ? Cela fait un siècle, mon père !

– Il faut que vous admettiez que la Sainte-Vehme ne détient peut-être pas les réponses que vous cherchez. Que vous vous accrochez à une illusion. Et si Rose ne pouvait rien vous révéler tout simplement parce que vous n'êtes pas un Égaré ?

– Merci, Grégoire, fit Gabriel d'un ton ironique. Vous croyez que je ne me suis jamais interrogé à ce sujet ? Égaré ou pas, j'ignore d'où je viens et pourquoi je suis encore sur cette terre. Je m'accroche, comme vous dites, à l'Ordre, parce que c'est la seule chose qui me donne une raison d'être ! Personne n'est plus mort qu'un homme qui ne peut pas mourir. Je n'ai d'existence aux yeux de personne, je ne peux pas rester au même endroit très longtemps. Je n'ai pas d'attaches, pas de famille, pas d'amis… tout simplement pas de vie ! Je suis tellement fatigué de tout cela…

Sa phrase se perdit dans un murmure.

– Je suis désolé, Gabriel, souffla Grégoire.

Et il l'était, sincèrement. Démuni aussi.

– Je ne veux pas de votre pitié ! s'agaça l'immortel.

– Ce n'en est pas. J'aimerais vraiment vous aider, Rose et vous.

– C'est déjà le cas. Moi, j'ai encore une furieuse envie de vous faire avaler une à une toutes les pages de votre bréviaire pour m'avoir caché la vérité à votre sujet, mais Rose vous fait confiance et tient à vous.

– Et donc, si une adolescente de seize ans vous dit de faire confiance à un représentant d'une religion que vous reniez, vous obéissez sans ciller ?

– Au contraire, je cille beaucoup, mais si c'est ce dont elle a besoin…

Gabriel soupira. Cela lui coûtait de se confier. Il n'en avait pas l'habitude.

– Je vais voir si elle va bien, décréta-t-il.

Grégoire aussi était perturbé par cette discussion. De toute évidence, il avait fait fausse route depuis le début. Éloigner Rose de l'immortel n'était pas une si bonne idée.

✠

– S'il te plaît, Rose, laisse-moi entrer, supplia Annwenn.

Recroquevillée dans un coin sombre de la chambre, Rose ne répondit pas. En revanche, elle entendait parfaitement ce qui se passait dans le couloir : la porte d'entrée s'ouvrit, puis la guérisseuse réprimanda l'immortel, responsable selon elle de l'état dans lequel elle était. Lorsque Gabriel força en un tour de main la poignée de la porte, elle serra davantage ses bras autour de sa tête et ramena un peu plus ses genoux contre sa poitrine. Les larmes lui vinrent à nouveau. Il était furieux, elle en était sûre.

Alors, quand ses mains lui prirent les bras avec douceur, elle éclata en sanglots et se jeta à son cou.

– Je suis désolée… Tellement désolée, mais je ne peux pas… Je veux que ça s'arrête… Je ne veux plus l'entendre…

– De quoi parles-tu ? Qui ne veux-tu plus entendre ?

Elle se serra plus fort contre lui en secouant la tête. Elle ne pouvait pas répondre. Gabriel n'insista pas.

– C'est moi qui suis désolé. Je n'aurais jamais dû réagir de cette manière. Je ne te demanderai plus rien, je te le promets.

Rose se détendit et lâcha Gabriel avec un pauvre sourire. Il lui sourit en retour. Pas son sourire sarcastique ou le rictus provocateur qu'il affichait quand il tenait les autres à distance. Un vrai sourire. Sincère, presque tendre.

– Je n'aime pas quand vous vous mettez en colère, lâcha-t-elle. Ça vous rend complètement idiot.

Gabriel haussa les sourcils.

– Si seulement ce n'était dû qu'à la colère, commenta Grégoire depuis la porte.

Appuyés au chambranle, le prêtre et la guérisseuse n'avaient pas perdu une miette de la scène. Annwenn laissa échapper un rire rauque.

– Vous avez fait la paix ? s'inquiéta Rose.

– Oui, ne t'en fais pas, répondit Gabriel en l'aidant à se relever. Le père Anselme m'a donné l'absolution. J'ai promis de remettre la moindre bruyère à sa place sur la tombe de Mme Le Kerdaniel quand j'aurai fini.

Grégoire se redressa, surpris. Voilà que l'immortel reprenait ses habitudes : il profitait de la présence de Rose, apaisée, pour lui forcer la main. Le prêtre serra les dents, frustré de ne pas pouvoir répliquer. Mais Rose l'interrogeait du regard et il acquiesça d'un mouvement raide de la tête.

– J'ai un office à préparer, siffla-t-il.

Amusée par le manège de l'immortel, Annwenn adressa à Gabriel un sourire complice, qui disparut quand elle vit Rose chanceler. Il fallait du repos à cette gamine ou elle finirait par s'effondrer pour de bon. Gabriel l'obligea à s'asseoir et entreprit de lui ôter sa veste.

– Vous n'allez nulle part jusqu'à ce soir, n'est-ce pas ? s'enquit Rose comme il s'accroupissait devant elle pour la déchausser.

– Non, tu peux dormir tranquille. Tu dois reprendre des forces.

Épuisée, elle ne protesta pas. Elle s'allongea et soupira d'aise en sentant l'édredon de plumes la recouvrir. Le sommeil la faucha rapidement.

– À votre tour, maintenant, décréta Annwenn quand elle se retrouva seule avec l'immortel dans le couloir. J'ai fait chauffer quelques seaux d'eau.

Elle lui désigna la porte devant eux.

– Vous... Vous m'avez préparé un bain ?

Il s'attendait à tout de sa part, mais ce genre d'attention douce et dévouée n'était pas dans son tempérament.

– Vous sentez la charogne morte depuis quatre jours : c'est une question de survie pour tous ceux qui doivent se terrer dans cette maison et vous côtoyer.

– Ah...

Sa réponse piteuse la fit rire. Elle tourna les talons et le planta au milieu du couloir glacial. Cependant, devant la porte de la cuisine, elle marqua un temps d'arrêt.

– Mais peut-être avez-vous besoin d'aide ? Après tout, il serait normal que je vous rende la pareille.

Bouche bée, Gabriel hésita. Était-elle sérieuse ? Pouvait-il accepter ? Il opta pour une réponse raisonnable.

– Je ne crois pas que le père Anselme apprécierait, et j'ai suffisamment joué avec ses nerfs.

– Vous avez sûrement raison, concéda-t-elle avec un demi-sourire.

Elle s'apprêtait à pousser la porte de la cuisine lorsque Gabriel la héla :

– Annwenn, vous m'accompagnez ce soir ?

– Vous déclinez mon offre pour me proposer une soirée à déterrer des cadavres ?

Gabriel haussa les épaules. Effectivement, présentée de cette manière, l'invitation était étrange.

– Je n'ai pas mieux à offrir pour le moment.

Elle fit mine de réfléchir.

– D'accord. Passez me prendre vers vingt-deux heures. N'oubliez pas les fleurs… et la pelle.

31

Après les événements de la matinée, le calme était revenu sur le presbytère. Annwenn et Gabriel avaient passé l'après-midi à étudier leur adversaire. Il n'y avait rien sur les volkolaks dans les notes que la jeune femme avait héritées d'Uria. Certains thérianthropes avaient des points communs avec la bête qui terrorisait le village, mais pas suffisamment pour qu'on puisse espérer les vaincre de la même manière. Ils avaient fini par renoncer et, gagnés par la torpeur des lieux, ils s'étaient endormis.

La nuit tomba. La neige et le vent avaient forcé les habitants à rester chez eux toute la journée. Seuls les panaches de fumée sortant des cheminées signalaient que la bourgade était habitée. Tandis qu'Annwenn se préparait pour l'expédition de la nuit, Grégoire, revenu de ses obligations, se rendit dans la chambre pour s'assurer que Rose allait bien. Gabriel était déjà là, debout au pied du lit, les bras croisés. Rose s'était enfouie sous l'édredon – seuls son nez et le haut de son visage dépassaient. Elle avait dormi toute la journée et ne semblait pas près de se réveiller. Les deux hommes la regardèrent un moment.

– Si cette histoire tourne mal pour moi, promettez-moi de continuer à prendre soin d'elle, chuchota Gabriel sans la quitter des yeux.

Grégoire se tourna vers lui. Rasé de près, vêtu de vêtements propres, Gabriel avait retrouvé la posture altière et sûre de son arrivée.

– Pourquoi cette enquête tournerait-elle mal ? murmura Grégoire. Ce n'est pas la première fois que vous traquez un Égaré dont vous ne savez rien.

– Non, mais c'est la première fois que je dois me préoccuper de quelqu'un d'autre. Je ne veux pas qu'elle se retrouve seule face à ce qui lui arrive. Promettez-moi.

– C'est tellement évident que je suis presque vexé que vous me le demandiez.

Voltz lui adressa un semblant de sourire. Il lâcha un merci et quitta la chambre après avoir jeté un dernier coup d'œil à sa protégée.

Annwenn et Gabriel sortirent du presbytère à vingt-trois heures. Les averses de neige avaient cessé, mais de lourds nuages passaient encore dans le ciel, masquant la lumière de la lune. Pourtant, ils n'allumèrent pas leur lanterne. Pas la peine de se faire repérer. La vision surnaturelle de Gabriel lui permettait de distinguer les obstacles. Annwenn s'accrocha à son bras.

– Je vous serais bien plus utile sous mon autre forme.

– Je vais vous faire une confidence : je ne suis pas friand des femmes plus poilues que moi, répondit Gabriel, concentré sur les alentours. De plus, pour un premier rendez-vous, je préférerais que vous vous absteniez de rugir, baver et mordre.

– Vous n'êtes qu'un mufle !

Gabriel rit. En vérité, il n'avait pas envie qu'elle se transforme. Il n'aimait pas faire équipe avec d'autres Égarés. Ils étaient trop imprévisibles ; même s'ils gardaient, comme la guérisseuse, une conscience humaine, ils pouvaient devenir incontrôlables lorsqu'ils se sentaient menacés. Or, ils n'étaient pas à l'abri d'imprévus : non seulement la bête rôdait toujours, mais il y avait aussi la milice des villageois...

– Entendons-nous bien, reprit-il. Je vous ai demandé de venir au cas où notre ami de l'Est se déciderait à nous rendre visite. Vous pouvez sentir sa présence sous sa forme animale, c'est bien ce que vous m'avez dit ?

La jeune femme acquiesça.

– Très bien. Si, par malchance, il pointe le bout de son museau, vous fichez le camp pour vous mettre à l'abri. C'est bien compris ?

– Je vous sers de chien renifleur, en somme. Vous savez que vous allez vraiment finir par me vexer !

– Vous avez eu beaucoup de chance la dernière fois. Il n'est pas question de prendre encore des risques. On s'en tient à ce qu'on a dit : on ne peut pas tuer la bête, donc on trouve l'humain. Et pour le débusquer, il faut rester en vie. Ce n'est pas un plan héroïque, mais ça limitera la casse. Maintenant, dépêchons-nous.

Gabriel balaya la place du regard. À travers les volets clos des maisons, on devinait quelques lueurs qui prouvaient que le village n'était pas aussi endormi qu'il en avait l'air. Ils se dirigèrent vers la route principale. Dès qu'il fut certain que personne ne pouvait les voir, Gabriel alluma la lampe. Le vent lui rendait la tâche difficile, soufflant la flamme de ses allumettes, mais il y parvint. Annwenn, plus fébrile, scrutait la campagne plongée dans l'obscurité. Parfois, la lune faisait brièvement son apparition et illuminait la neige au sol, faisant apparaître des ombres inquiétantes.

La chapelle funéraire des Le Kerdaniel était visible dès l'entrée du cimetière. Elle était richement décorée et un ange de pierre la surveillait, posé sur le toit. Annwenn avait raison, ils n'auraient pas besoin de la pelle : le corps était dans la chapelle, et non sous terre. D'un coup d'épaule, Gabriel fit céder la grille qui fermait l'entrée du mausolée. Le grincement des gonds rouillés emplit le cimetière. Ils s'immobilisèrent, aux aguets, et se consultèrent du regard à travers la buée de leurs respirations avant d'y entrer.

À l'intérieur se trouvaient les cercueils de Sofia, la première épouse du maire, de Julien, de Constance et de Léonie Le Kerdaniel.

– À ce rythme, il va lui falloir pousser les murs, grinça Voltz. Tenez-moi ça.

Il tendit la lanterne à Annwenn et s'approcha du cercueil de Constance. Le caveau était intact. Gabriel sortit de sa besace un tisonnier emprunté au prêtre et s'en servit comme levier pour soulever la dalle. Il attaqua le mortier à l'aide de la pointe. Annwenn était tendue. Les yeux rivés sur l'extérieur, elle scruta les environs en priant pour que les bourrasques couvrent le raffut qu'ils étaient en train de faire.

– Et dire que je commençais à trouver ma vie monotone, grommela-t-elle. Cette chose a bien fait de s'arrêter ici.

Gabriel ricana tout en continuant à frapper.

– La prochaine fois, je vous ferai visiter les égouts de Paris. Vous verrez, c'est encore plus exotique, même si la faune locale n'est pas des plus accueillantes.

La jeune femme jeta un œil amusé par-dessus son épaule.

– C'est une invitation ?

Gabriel prit quelques secondes avant de répondre. Le tisonnier avait fait sauter le mortier sur plusieurs centimètres. Assez pour qu'il puisse y introduire la pointe et soulever la dalle.

– Une recommandation, plutôt. J'espère que vous avez conscience que les habitants de ce village se montreront à l'avenir très méfiants à votre égard. À votre place, je déménagerais.

Annwenn se rembrunit. L'immortel avait raison, mais c'était difficile à accepter. Depuis qu'elle avait quitté le domicile familial, elle n'avait cessé de fuir. Cette année dans ce village avait été paisible... jusqu'aux incidents.

– Vous ne cherchez pas d'associée, je suppose? tenta-t-elle.

Voltz lâcha la dalle.

– Vous êtes sérieuse?

– Une associée officieuse, disons, se reprit-elle.

– C'est tentant, mais mon expérience récente avec Rose m'a rappelé que l'officieux ne le reste jamais très longtemps avec la Confrérie.

Et il se remit au travail, se concentrant sur la dalle. Après un ultime effort, il parvint à la faire coulisser et glisser jusqu'au sol. Gabriel se pencha sur le cercueil. Au fond de ce dernier se trouvaient peut-être les réponses à toute cette affaire. Annwenn s'approcha, curieuse. L'immortel souleva le couvercle, libérant une odeur pestilentielle qui les fit reculer un instant.

Voltz ne put retenir un juron. Voilà, une piste de plus s'envolait. Allongé dans le capitonnage de soie souillé et enveloppé dans un drap blanc, il y avait bien un corps. Voltz dégagea les pans du linceul pour dévoiler la dépouille.

– Vous espériez la reconnaître? railla Annwenn tout en se bouchant le nez.

Gabriel s'empara de quelque chose que la guérisseuse, légèrement en retrait, n'identifia pas. Mais tout d'un coup, elle se raidit.

Une autre odeur venait de s'engouffrer dans le tombeau, supplantant celle de la mort. Prise de panique, elle agrippa l'immortel par l'épaule.

– La créature, je sens sa présence!

Gabriel se redressa. Il n'entendait rien, le vent faisait trop de bruit.

– Restez là, intima-t-il. Pas d'initiative hasardeuse et surtout pas de transformation.

– Je ne vous suis d'aucune utilité sous ma forme humaine! protesta Annwenn.

– Morte non plus!

Gabriel sortit de la chapelle en soupirant. C'était presque trop prévisible, la bête n'était jamais très loin de lui. L'attaque de Rose à leur arrivée avait sonné comme un avertissement; son irruption chez Annwenn, au moment où il s'y trouvait, comme une confirmation. Voltz s'avança prudemment dans l'allée bordée de tombes. En passant devant l'une d'elles entourée d'une grille de fer forgé, il arracha l'un des barreaux. Il était pointu et ferait une arme de fortune plus utile que le couteau de cuisine emprunté à Grégoire. Il le sortit néanmoins, puis jeta sa besace au loin pour être complètement libre de ses mouvements. Derrière lui, Annwenn avait refermé la grille et s'était retranchée dans la chapelle. Avec un peu de chance, elle lui obéirait. Pour une fois.

Une rafale plus violente que les autres fit voleter de la neige autour de lui. Au-dessus de Gabriel, les nuages masquaient la lune, plongeant le cimetière dans le noir complet. L'immortel plissa les paupières et ajusta sa vision. Les silhouettes des tombes émergèrent peu à peu de l'obscurité. Il s'avança encore.

32

Et enfin, il la vit. La bête se tenait accroupie sur le mur du cimetière, à cinquante mètres de lui. Elle l'observait sans bouger.

Gabriel eut peur. Il avait beau être un vétéran de la chasse aux Égarés, c'était différent cette fois. Lors de ses précédentes chasses, il était bien mieux armé et avait toujours une faille à exploiter chez son ennemi. Mais là, rien. Il ne savait pas comment vaincre la bête. Et il n'était pas complètement présent : son esprit était obnubilé par la jeune femme retranchée dans le caveau, par la gamine qui resterait seule s'il venait à disparaître, par Grégoire à qui il laisserait un fardeau peut-être beaucoup trop lourd à porter. Comment savoir ce qui attendait Rose dans les semaines à venir ?

Gabriel ferma les yeux, s'ébroua pour chasser ces pensées. Lorsqu'il les rouvrit, la créature avait sauté au sol. Debout, elle dépassait le mur d'une bonne tête. Elle avançait dans sa direction, lentement, prenant tout son temps. Elle s'arrêta à vingt mètres de lui, prête à bondir, les babines frémissantes. Elle ne grondait pas, ne grognait pas, ne faisait pas un bruit. Sans doute était-elle consciente que les premières maisons du village étaient proches. Elle voulait être discrète, ne pas être interrompue.

Elle s'élança. En quelques bonds, elle fut sur Gabriel qui se raidit, brandissant le barreau qu'il avait arraché à la grille et le couteau de cuisine. Enfin, il trouva la faille. Un déséquilibre dans le mouvement de l'animal, très léger. La morsure de la garache avait laissé des séquelles. Son épaule droite était affaiblie. Ce fut donc là que l'immortel concentra toute sa force. La pointe du barreau la cueillit en plein vol, avant que ses griffes ne l'atteignent. La bête hurla. La tige de fer avait traversé son épaule. Projetée en arrière, elle était tombée sur des pierres tombales. Elle resta étourdie quelques secondes, puis arracha le barreau d'un coup sec. Un grognement franchit la barrière de ses crocs serrés. Gabriel cherchait désespérément une arme. Son regard se porta sur une croix en métal ouvragée qui ornait une tombe. Il l'arracha à son socle.

Mais il était trop tard.

Son adversaire lui donna un coup de patte monumental. Gabriel vola et retomba, sonné, quelques mètres plus loin. Il tâtonna à la recherche de la croix qu'il avait lâchée dans sa chute. Quand il sentit enfin le métal froid sous ses doigts, l'Égaré était déjà sur lui.

Impossible pour Gabriel de se relever. La bête le surplombait. Il frappa comme il put, de toutes ses forces. L'une des branches du crucifix s'enfonça dans les côtes de l'animal qui gémit de douleur. Puis agrippa le bras de Voltz. Le porta à sa gueule. Mordit. Gabriel hurla.

Il allait le perdre, c'était sûr. Mais, subitement, la bête le lâcha et recula. Voltz prit appui sur son bras valide pour se redresser. Ce qu'il vit le laissa perplexe. L'animal titubait. Était-il blessé ? De sa gueule s'échappaient des filets de bave ensanglantée. Il passa à plusieurs reprises ses pattes contre ses babines pour essuyer son sang, qui semblait le dégoûter. « Comme celui de Rose », songea Gabriel, en rampant pour s'éloigner. Son bras le faisait affreusement souffrir.

Dans le tombeau, Annwenn assistait à la scène avec effarement. La peur l'envahit. Et quand elle avait peur, elle ne contrôlait plus ses transformations. Sa respiration s'accéléra. Sa colonne vertébrale semblait parcourue d'électricité. La jeune femme agrippa à deux mains les barreaux de la grille et tenta de maîtriser les prémices de sa métamorphose. Mais le grognement sonore de la bête anéantit tous ses efforts.

En entendant la créature fondre de nouveau sur lui, Gabriel eut un dernier regard vers la chapelle funéraire des Le Kerdaniel. Il voulut crier à Annwenn de s'enfuir, de sauver sa peau. Mais la grille était déjà ouverte.

✣

La garache était plus petite que la bête, mais tout aussi hargneuse. Au moment où cette dernière s'apprêtait à fondre une dernière fois sur Voltz, la garache se jeta sur la créature et planta ses crocs dans sa nuque. Sa proie hurla et s'agita pour s'en débarrasser, mais elle ne lâcha pas prise. La bête tomba à genoux. Gabriel en profita pour la frapper en plein cœur avec son crucifix. À défaut d'être fatal, ce coup leur donnerait le temps de s'échapper. Le hurlement de l'Égaré déchira le silence. La garache sauta à terre tandis que Gabriel reculait en comprimant son bras blessé. Le choc avait provoqué une onde de douleur dans tout son corps. Affaibli par le poison de la morsure, il s'effondra sur une pierre tombale.

Des éclats de voix s'élevèrent de la place du village. Ils avaient fait trop de bruit. La garache, l'épine dorsale hérissée, releva le museau et huma l'air glacial. Le volkolak ne pouvait se permettre d'être surpris par les villageois. Il se redressa péniblement et prit la fuite en titubant.

Le brouhaha d'une foule se précisait de plus en plus. Incapable de se remettre debout, Gabriel leva la tête avec difficulté, puis la laissa vite retomber. Il jura. À tous les coups, si ces imbéciles d'aubergiste et de maréchal-ferrant le trouvaient dans cette position, ils seraient tentés d'en finir avec lui. L'occasion serait trop belle. Ils n'auraient qu'à accuser le prétendu lion. S'il venait alors à ressusciter devant eux, il n'aurait pas d'autre choix que de les éliminer tous. Même si la perspective était tentante, cela allait à l'encontre de ses convictions.

Voltz sentit la présence de la garache. Elle renifla son visage comme pour s'assurer qu'il respirait encore.

– Allez-vous-en, articula-t-il avec difficulté. Ils ne doivent pas vous trouver ici !

Annwenn n'obéit pas. Ses crocs empoignèrent son bras valide et tirèrent. Elle le traîna ainsi sur quelques pas avant que Gabriel ne se rebiffe.

– Fichez le camp ! insista-t-il.

Elle lâcha prise mais n'obtempéra pas. Elle approcha son museau de son visage et grogna.

– D'accord, capitula Voltz.

Il prit appui sur les stèles effondrées. La garache, elle, s'éloigna et grimpa sur le mur pour quitter le cimetière. Il la suivit. Alors qu'il cherchait un moyen de se hisser sans devoir forcer sur son bras blessé, elle réapparut. Il avait espéré un sursaut de bon sens en la voyant disparaître. Apparemment, non.

– Ce n'est pas possible d'être aussi entêtée ! maugréa-t-il en coinçant une pierre tombale contre le mur.

Il l'utilisa comme marchepied pour rejoindre la garache. Quand il passa une jambe par-dessus le parapet, il resta un moment interdit face au paysage éclairé par la lune. Une vaste étendue enneigée, sans le moindre abri où se cacher. Les villageois les pisteraient sans souci. Sauf qu'Annwenn avait retourné la neige en courant en tout sens, brouillant les pistes.

– Petite maligne…, souffla Gabriel.

En contrebas, à une cinquantaine de mètres, on devinait le

lit d'un ruisseau. S'ils parvenaient à courir jusque-là, on perdrait leur trace.

D'un coup de museau, la garache le fit basculer de l'autre côté du mur. Il s'écrasa au sol en retenant un gémissement de douleur. Dans leur dos, les villageois découvraient le cimetière profané et poussaient des exclamations outrées. Gabriel se remit rapidement sur ses pieds et ils s'élancèrent en direction du ruisseau. C'était un cours d'eau de deux mètres de large, peu profond. Il sauta sans hésitation dans l'eau glacée. Elle lui arrivait aux genoux et rendait son avancée pénible. Le fond se déroba à plusieurs reprises sous ses pieds. La garache, elle, n'avait pas ce genre de problème. Elle galopait devant lui, s'arrêtant lorsque la distance entre eux se creusait.

Soudain, un grognement lui échappa. Ils n'avaient parcouru que deux cents mètres et étaient arrivés à un lavoir. Gabriel se retourna et vit les premières torches éclairer le parapet, à l'endroit même où ils étaient passés. Même si la nuit et leurs sens développés jouaient en leur faveur, ils ne pouvaient pas rester à découvert. Impossible de s'écarter du ruisseau pour s'enfuir dans la campagne, ils seraient trop vite repérés. Pas question non plus de rejoindre le presbytère. L'église et la maison du prêtre, construites sur un promontoire, étaient inaccessibles de ce côté du village. Il fallait passer par la place principale, trop exposée, pour y accéder. Gabriel ne voyait qu'une seule solution : le cabinet abandonné du médecin, à la fois proche et facile d'accès. Certes, il se trouvait dans le bourg, mais, avec un peu de chance, les villageois chercheraient la créature partout sauf au milieu des habitations.

✣

– Qu'est-ce qui se passe ?

Réveillée en sursaut par des bruits provenant de la place, Rose avait pénétré dans la cuisine, emmitouflée dans une couverture. Elle y trouva Grégoire, posté à la fenêtre. Dissimulé par les volets à moitié clos, il était si absorbé par ce qui se tramait dehors qu'il n'avait pas entendu la jeune fille approcher.

– Chut ! lui intima-t-il, un doigt sur les lèvres. Retourne dans la chambre, habille-toi et attache-moi ces cheveux ! On va avoir de la visite.

Mais à peine eut-il prononcé ces mots que la porte d'entrée s'ouvrit à toute volée. Avant même de savoir qui faisait irruption de cette manière, Rose se cacha derrière le prêtre pour dompter ses boucles à la va-vite. Elle n'avait pas eu le temps de bander sa poitrine mais, heureusement, la couverture dissimulait ses formes.

– Par tous les saints, Le Bihan, avez-vous perdu la tête ?

L'aubergiste, rouge et à bout de souffle, fut très vite rejoint dans le couloir étroit par d'autres villageois.

– Où est-elle ? Où est cette sorcière que vous protégez ? brailla Le Bihan.

– De qui parlez-vous ?

– L'herboriste, cette créature du diable ! La dernière fois qu'on l'a vue, elle était avec vous ! Où est-elle ?

L'homme était à peine intelligible tant il mangeait ses mots. Jean Le Mezec, l'épicier, prit la parole pour expliquer les choses plus calmement :

– Nous sommes désolés de faire irruption de cette manière, mon père, mais le cimetière a été ravagé. Il y a manifestement eu un affrontement. Des tombes ont été profanées et nous avons retrouvé, comment dire... une dépouille de femme dépecée...

– Seigneur... Qui est-ce ? l'interrompit Grégoire alors que les doigts glacés de Rose broyaient les siens dans son dos.

– Ne faites pas semblant de ne pas comprendre ! s'imposa de nouveau l'aubergiste. On a reconnu les vêtements qu'elle a abandonnés. Cette maudite sorcière d'Annwenn a repris son vrai visage. Je savais qu'elle était derrière tous ces meurtres... Et le maître de celui-là n'a fait que la protéger !

Le Bihan pointait Rose de l'index.

– Faites attention, Jacques ! Je ne vous autorise pas à menacer qui que ce soit sous mon toit. Vous n'avez aucune preuve !

– Venez voir par vous-même, mon père, proposa Jean Le Mezec.

– Très bien, je vous suis, mais laissez-moi une minute.

Il s'avança vers le groupe, les forçant à sortir. Le Bihan protesta, mais ses compagnons l'entraînèrent à leur suite.

– Je ne veux pas rester toute seule, dit Rose une fois la porte refermée.

Le prêtre prit son visage entre ses mains.

– Oui, il est hors de question que je te laisse ici. Je n'ai aucune confiance en Le Bihan. Il est aveuglé par la colère et la haine. Habille-toi chaudement, on va aller voir de quoi il retourne.

33

Une telle agitation nocturne était rare au village. Quand une heure du matin sonna au clocher, les rues étaient toujours pleines de villageois, flambeaux et lanternes à la main. Par petits groupes, ils fouillaient la moindre parcelle de terrain, chaque grange et chaque abri.

Quelqu'un passa devant la maison abandonnée du docteur Leguern. Gabriel, posté derrière les volets clos, recula d'un pas. Le cabinet était plongé dans l'obscurité. Aucun des hommes qui patrouillaient n'avait eu l'idée de s'approcher de l'entrée. Afin de camoufler leur intrusion, la garache et l'immortel avaient pénétré par la fenêtre de la chambre du médecin. Le jardin en friche, recouvert de buissons de ronces, avait dissimulé leurs empreintes.

Malgré toutes ces précautions, la battue rendait Voltz nerveux. S'ils étaient repérés, ils seraient faits comme des rats. Il serra les poings, réveillant la douleur de son bras blessé. Les crocs de l'Égaré avaient inoculé un poison qui empêchait la régénération de la blessure. Mais, pour l'heure, c'était le cadet de ses soucis. Sa guérison prendrait plus de temps, voilà tout.

Annwenn entra sans bruit dans la pièce. La garache s'était réfugiée dans la salle de bains à leur arrivée, mais c'était bien Annwenn qui en ressortait maintenant, vêtue d'habits d'homme trop grands empruntés au médecin. Ses cheveux mouillés étaient remontés en un chignon grossier. Elle avait encore la peau du visage rougie par la toilette énergique qu'elle avait faite pour se débarrasser de son propre sang. Gabriel posa son index sur sa bouche – pas de bruit.

Le groupe à l'extérieur avait dépassé la maison, mais on entendait toujours des bribes de discussions. Elles n'avaient rien de rassurant. Annwenn tendit l'oreille. Elle ne perçut que «traînée», «chienne», «crever». Elle resta immobile jusqu'à ce que les voix se changent en murmures, puis elle disparut dans le couloir en jetant un regard insistant à l'immortel. Ce dernier la suivit jusqu'à la chambre du médecin. La lueur de la lune traversait les planches disjointes des volets. Annwenn tira les rideaux et revint en tâtonnant vers la table de chevet. Gabriel voyait parfaitement dans le noir mais il n'intervint pas, même quand elle peina à trouver les allumettes pour allumer la chandelle. S'il avait appris une chose sur cette femme, c'était que toute tentative de galanterie était inutile.

– Ce n'est pas prudent, murmura-t-il toutefois quand elle parvint à éclairer la pièce.

Elle haussa les épaules, le visage fermé.

– Venez vous asseoir. J'ai trouvé de quoi désinfecter votre bras.

– C'est inutile...

– Il faut que je soigne quelqu'un maintenant, insista-t-elle. Cela m'évitera de sortir faire la peau à tous ces hypocrites qui se sont pressés chez moi pour mes services et qui veulent maintenant me lapider. Alors, asseyez-vous!

Gabriel s'exécuta. Elle releva sa manche sans délicatesse, le faisant grimacer. Bien sûr, il allait vite cicatriser, mais il n'en ressentait pas moins la douleur. Mais il ne dit rien; Annwenn, la bouche crispée, semblait sur le point de craquer, et Gabriel trouvait qu'il avait assez fait pleurer de femmes ces derniers temps. Il la laissa plaquer un linge glacial sur la plaie qu'elle laboura sans ménagement, serra les dents lorsqu'il sentit l'effet de l'alcool sur les chairs à vif et se mordit les lèvres quand elle serra le bandage si fort qu'il lui coupa la circulation.

– Vous avez moins mal ? murmura-t-elle.

– Beaucoup moins, merci, mentit-il en serrant et desserrant le poing pour retrouver des sensations dans le bras.

– Qu'est-ce qu'on fait maintenant ?

– On attend qu'ils se calment et, dès que la voie est libre, je retourne voir le maire. J'ai deux ou trois choses à éclaircir avec lui.

– Vous n'avez pas peur que la bête n'attaque le manoir cette nuit ?

– On l'a bien amochée ce soir. J'espère qu'il lui faudra plus de temps que la dernière fois pour se régénérer. Et les routes sont surveillées par les habitants, elle va se montrer discrète.

– Constance est bien là où elle doit être. Votre théorie ne tient plus. Qu'allez-vous dire à Charles pour justifier le fait que vous avez profané la tombe de sa femme ? À mon avis, il sera vite mis au courant.

– Et j'espère bien être présent quand il l'apprendra pour admirer sa tête.

Gabriel fouilla dans sa poche et en retira quelque chose de très fin. Annwenn plissa les yeux pour mieux voir.

– Des cheveux ?

– Les seuls qui se trouvaient dans le cercueil, confirma Voltz. Ils étaient coincés dans l'encolure de sa robe. On a pris grand soin de raser le cadavre avant de l'inhumer.

– Ils sont bruns, et Constance était blonde. Je ne comprends pas. Qui est enterré à sa place ?

– Attendez-moi là une minute.

Quand il revint, la jeune femme, frigorifiée, était emmitouflée dans une couverture. La maison était abandonnée à tous les vents depuis des mois, elle était glaciale. Il s'installa près d'elle et ouvrit le porte-documents qu'il avait ramené.

– Quand nous sommes venus hier avec Grégoire, nous avons découvert les dossiers du médecin sens dessus dessous. Ceux de Constance et de son bébé sont introuvables. Néanmoins, pendant que nous cherchions, Grégoire a mentionné le nom d'une femme décédée à la même période que Constance.

Gabriel lui tendit le document. Annwenn l'ouvrit et releva la tête.

– Bénédicte Cazel ? Jamais entendu parler.

– Une veuve de trente-cinq ans, morte deux jours avant que l'on retrouve le corps de Constance. D'après les notes du docteur Leguern, elle vivait seule depuis des années à deux lieues du village. Le médecin notait toutes les informations sur ses patients, même celles qui ne concernaient pas les pathologies qu'il soignait. Mme Cazel a été retrouvée chez elle. Morte depuis plusieurs jours.

Gabriel pointa une ligne dans le dossier.

– « Aucune famille connue », lut Annwenn. Donc personne pour venir vérifier dans quel cercueil elle a été enterrée. Mais rien n'aurait pu se faire sans la complicité de Leguern. C'est lui qui avait la charge de déclarer les décès. Il s'occupait aussi de la mise en bière et de la levée de corps.

Elle referma le dossier et regarda Gabriel dans les yeux.

– Vous êtes en train de me dire que le volkolak serait Constance Le Kerdaniel ?

– J'en suis persuadé.

– Pourquoi avoir enterré une autre à sa place ? Pourquoi une telle mascarade ?

– Pour son image de futur député, mieux valait une épouse morte que folle.

– Et si elle était revenue ? Il aurait eu l'air fin, le futur député !

– À mon avis, c'est bien pour cette raison qu'ils ont jugé bon de remplir son cercueil. Il aurait prétexté une méprise due à l'état du cadavre. Leguern aurait abondé dans son sens. Personne à part ces deux-là n'a assisté à la mise en bière. Même Grégoire n'a pas pu voir le corps.

– Je ne comprends pas pourquoi Constance s'en est prise à Julien.

– C'est l'un des points que je voudrais aborder avec ce cher Charles.

Ils se turent. Annwenn était perdue dans ses pensées. Songeait-elle à Julien, son amant ? La question lui brûlait les lèvres. Il ne parvint pas à se retenir de la poser :

– Vous étiez amoureuse de lui ?

Annwenn ne fut pas surprise. Passer de cadavres et de crime à l'amour, sans transition, ressemblait bien à l'immortel.

– Vous êtes en train de me demander si je suis le genre de femme à me donner uniquement pour le plaisir, sans m'embarrasser de sentiments ?

Gabriel en resta bouche bée. La guérisseuse éclata de rire.

– J'appréciais beaucoup Julien et j'aimais son caractère posé et rassurant. Mais on ne s'était jamais promis quoi que ce soit.

Voltz haussa les sourcils.

– Posé et rassurant ? Vous voulez me faire croire que c'est le genre d'homme qui vous attire ? Puis-je me permettre de vous traiter de menteuse ?

– En sa présence je n'avais aucun mal à maîtriser mon côté bestial. Il m'apaisait. Et vous, monsieur Voltz ? Y a-t-il quelqu'un qui vous attend quelque part ?

« Rose », fut-il tenté de répondre. Mais il n'en fit rien. Cela n'était pas pareil, il le savait.

– Non, personne, répondit-il finalement d'un ton plus froid qu'il ne l'aurait voulu.

Mais la jeune femme ne s'en offusqua pas. Un sourire triste releva le coin de sa bouche. Elle murmura :

– J'ignore ce qu'il y a de plus terrible : ne pas pouvoir mourir ou la solitude qu'impose l'immortalité.

– Le plus douloureux, c'est de se l'entendre dire. Je devrais vous le faire regretter.

Les yeux noirs d'Annwenn se plissèrent d'un air de défi, puis elle se jeta sur lui. Son baiser fut aussi brutal qu'inattendu. Décidément, elle ne se battait pas à la loyale. Elle glissa ses jambes sur les siennes pour le coincer, mais il se dégagea. Il la saisit par les épaules et la repoussa doucement, troublé.

– Je doute que le moment soit bien choisi, chuchota-t-il, surpris par sa propre retenue.

– Nous sommes coincés ici et je vais devoir partir dès que possible; je n'en vois pas de meilleur.

Mais au lieu de l'embrasser à nouveau, elle se leva. Debout, malgré le froid glacial, elle ôta sa veste. Elle hésita un instant puis, encouragée par l'esquisse d'un sourire chez l'immortel, elle déboutonna sa chemise. Il se leva à son tour, s'approcha et suivit du bout des doigts le tracé de la cicatrice laissée par le volkolak. Annwenn frissonna.

Gabriel comprenait sa gêne. Chaque marque sur sa propre chair lui rappelait son anormalité, cette exclusion de la société à laquelle ils étaient soumis. Alors il l'imita, défit un à un les boutons de sa chemise et la laissa tomber au sol. La lueur incertaine de la bougie révélait ses stigmates : un siècle de combats et de châtiments qu'il détestait dévoiler. Il ne se déshabillait que devant les filles du bordel, qui ne faisaient pas de commentaires et ne le questionnaient pas. Mais Annwenn, elle, se troubla.

À son tour, la jeune femme caressa ses cicatrices. Elle le contourna pour voir celles de son dos, plus nombreuses. Quand elle toucha la marque de l'Ordre, il n'y tint plus et se retourna pour l'embrasser. Un baiser chaste, court. Il se redressa avec un sourire canaille.

– Pas de transformation inopinée. Nous sommes d'accord, n'est-ce pas ?

34

Dissimulée sous sa cape, Rose ne lâchait pas le prêtre d'une semelle. Un groupe de villageois leur faisait office d'escorte. Elle avait beau baisser la tête pour que la capuche cache son visage, elle avait l'impression désagréable que l'aubergiste ne la quittait pas des yeux. Grégoire s'en rendit compte et se plaça entre eux.

– Reste près de moi surtout, chuchota-t-il quand ils entrèrent dans le cimetière.

L'adolescente était nerveuse. Après tout, elle était liée à un homme que les villageois détestaient. Comment réagiraient-ils à sa présence ? Quand elle osa enfin lever la tête pour regarder autour d'elle, elle déglutit. Un cimetière ! Sûrement plein d'âmes égarées. Si elle se faisait assaillir maintenant par des esprits, elle serait bonne pour le bûcher, c'était certain.

Les allées étaient pleines de villageois, qui s'écartaient sur leur passage. Les murmures se taisaient, les yeux fatigués se tournaient vers le prêtre de la paroisse. Devant les stèles renversées et le sang qui maculait la neige, Grégoire étouffa une exclamation. Rose laissa échapper une plainte. Il la rappela aussitôt au silence en posant une main ferme sur son épaule.

– Par ici, mon père, dit Le Bihan en indiquant la chapelle funéraire avec sa torche.

Il jubilait, pensa Rose, il jubilait, cet imbécile. Une odeur de sang émanait de la chapelle. Rose remonta son col sur son nez pour s'en protéger. Grégoire resta immobile un long moment devant l'entrée, le visage blême, puis se retourna pour faire face à la foule. Rose n'avait toujours pas vu l'intérieur, le prêtre lui bouchait la vue. Elle voulut s'avancer pour mieux voir, mais il l'en dissuada d'un signe de la tête.

– Alors, mon père ? Vous avez une explication ou vous allez encore défendre cette femme ? Vous avez vu ce qu'elle a fait au cercueil de Mme Le Kerdaniel ! cria Le Bihan en s'avançant, torche à la main.

Rose eut un mouvement de recul. Ses pieds se prirent dans son manteau. Elle perdit l'équilibre et atterrit les fesses sur une des tombes qui bordaient l'allée. Elle vit alors ce que Grégoire tentait de lui cacher. Sous cet angle, elle pouvait apercevoir de la peau humaine. La mue de la garache, abandonnée sur le sol.

– Votre sorcière se promène dans les parages, beugla l'aubergiste. Vous pouvez être sûr qu'on va la retrouver !

Grégoire se raidit. C'était comme un cauchemar qui se répétait. Combien de temps faudrait-il à Varga pour avoir vent de cette nouvelle chasse aux sorcières ? Un jour ? Deux, tout au plus. Une brusque bouffée de colère le submergea. Imaginer un autre massacre de la Sainte-Vehme le mettait hors de lui. Grégoire s'avança vers Jacques Le Bihan, lui arracha la torche des mains avant de le saisir au col et de le secouer. Puis il le lâcha brusquement, et l'aubergiste tomba à ses pieds.

– Rentrez chez vous, bande d'inconscients ! cria le prêtre tandis que Le Bihan se relevait, furieux.

– Vous avez les preuves sous le nez ! aboya-t-il, les poings serrés.

– Je vois une dépouille de femme, des traces de sang et de lutte. Qui vous dit qu'elle n'a pas été la victime de la créature ?

– Tout va de mal en pis depuis qu'elle est là ! Elle… et cet homme que vous avez fait venir !

Grégoire n'avait qu'une envie : lui envoyer sa torche en plein visage. Mais cela ne changerait rien. L'aubergiste avait raison, les preuves étaient accablantes. Il ne lui restait qu'une seule carte à jouer.

– J'excommunierai tous ceux qui répandront de telles hérésies ! Vous serez damnés jusqu'au dernier si vous vous avisez de faire justice vous-mêmes !

La menace n'ébranla pas Le Bihan, pour qui Dieu n'était qu'une notion abstraite qui attirait plus de clients dans sa taverne les jours de messe. En revanche, quelques fidèles dans la foule échangèrent des regards inquiets. Ce fut à eux que Grégoire s'adressa :

– Vous êtes sur les terres de l'Église catholique. Sortez tous de ce cimetière et rentrez chez vous !

Quelques villageois obtempérèrent, bientôt suivis par d'autres. Grégoire les poussa vers la sortie, et Rose put enfin respirer. Le problème n'était sûrement pas réglé, mais au moins cela leur laissait un sursis. Le temps de retrouver Annwenn et Gabriel. Elle priait pour qu'ils se soient réfugiés dans un endroit sûr, à l'abri des battues.

Tandis que les derniers villageois repartaient, elle resta seule devant le tombeau. Sans torche. Au milieu d'un cimetière. Malgré elle, elle gémit. Pour ne pas céder à la panique, elle ferma les yeux et tenta de se raccrocher à un souvenir agréable. La chaleur de l'auberge familiale fut le premier à lui venir. Elle s'immergea dans ces images, au point de pouvoir sentir les odeurs des rôtis cuits à la broche dans la cheminée et du vin chaud, de revoir le sourire de sa mère, d'entendre les conversations bruyantes des clients, le rire tonitruant de son père, les pleurs d'un bébé…

Rose rouvrit brutalement les yeux. Ça, en revanche, ce n'était pas un souvenir. Trop réel et trop proche. Comme au manoir, avec la mystérieuse voix, les cris stridents avaient envahi son esprit.

– Pitié, non, protesta-t-elle. Fichez-moi la paix !

Elle regarda au loin, vers l'entrée du cimetière. Grégoire chassait avec difficulté les derniers récalcitrants. Pendant un instant, elle fut tentée de le rejoindre en courant, puis changea d'avis. C'en était assez ! Elle ferma de nouveau les yeux et se remémora les conseils de la guérisseuse. Si elle avait été en mesure d'étouffer ces fichus dons pendant seize ans, il n'y avait aucune raison pour qu'elle n'y arrive plus maintenant. Dans sa tête, les hurlements se faisaient de plus en plus insistants, à la limite du supportable. Rose ne chercha plus à les ignorer, elle se concentra sur ces pleurs. Peu à peu, ils s'atténuèrent. Elle les entendait toujours, non plus dans sa tête, mais derrière elle. Elle se retourna vers le tombeau. Bien sûr ! Comment n'avait-elle pas fait le rapprochement ?

Elle s'avança, prenant garde à ne pas se prendre les pieds dans les restes d'Annwenn. Une main posée sur sa bouche, elle repoussa la peau flasque du bout de sa botte. Les pleurs avaient cessé, comme si leur but avait été de la faire entrer là, au milieu des sépultures de la famille Le Kerdaniel. Aucun cri ne lui parvenait plus, mais un bruissement, comme de l'eau qui coulait, emplissait le silence. Intriguée, Rose leva la tête. Au-dessus de la tombe ouverte de Constance Le Kerdaniel se trouvait une niche, encastrée dans la paroi.

Elle plissa les yeux pour déchiffrer le nom inscrit en lettres dorées sur le marbre blanc, mais il faisait trop sombre. En revanche, le bruit s'intensifia. De l'eau s'écoulait par les joints du caveau qui condamnait la niche. Elle tendit la main pour toucher la pierre. Le ruissellement devint plus important encore. Mais lorsqu'elle toucha la dalle, Rose se rendit compte avec horreur qu'elle était parfaitement sèche.

– Rose ?

Elle bondit en arrière et manqua de glisser sur la mue d'Annwenn.

– Sors de là ! lui intima Grégoire.

Sa torche éclaira l'intérieur, les restes sanguinolents de la guérisseuse, la tombe ouverte de Constance Le Kerdaniel et celle de sa fille, Léonie.

Il n'y avait pas une seule trace d'eau.

✠

La tête posée sur le torse de Gabriel, Annwenn n'était pas tranquille. Ni les caresses de l'immortel, ni son souffle redevenu régulier ne parvenaient à apaiser son angoisse.

– Je n'entends plus rien, murmura-t-elle. Peut-être sont-ils rentrés chez eux…

– Non, ils sont tous sur la place.

Surprise par son ton assuré, elle releva la tête pour croiser son regard.

– Tu peux les entendre à cette distance ?

– En me concentrant sur eux, oui.

– Une vision nocturne, une ouïe surnaturelle… Tu as encore beaucoup de talents de ce genre ?

– En plus de celui dont je t'ai fait la démonstration il y a quelques minutes ?

Dans la pénombre, Annwenn devina son rictus sarcastique.

– On ne peut pas rester là indéfiniment, dit-elle.

Même si la compagnie était loin d'être désagréable, l'air humide et vicié de cette maison abandonnée l'oppressait. Les murs la protégeaient mais ils l'empêchaient aussi de voir ce qui se passait dehors. Ne pas savoir était pire que tout. Gabriel semblait d'accord. À contrecœur, il se redressa.

– Où vas-tu ? s'inquiéta-t-elle.

Elle regarda son ombre se rhabiller en silence dans le noir. Arrachée à sa chaleur, elle frissonna. Elle chercha à tâtons de quoi se vêtir.

– Rassemble des vêtements chauds et tiens-toi prête. Quand je reviendrai, nous n'aurons pas beaucoup de temps, lui dit-il.

– Que vas-tu faire ?

– Je vais donner aux villageois de quoi s'occuper.

Elle soupira bruyamment. Voilà précisément le genre de phrase qu'elle aurait préféré ne pas entendre.

35

Le clocher de l'église sonna trois heures. Ça devait faire une heure que Voltz avait disparu sans lui expliquer où il allait. « Tiens-toi prête », avait-il lancé. Annwenn était partagée entre l'inquiétude et l'exaspération.

Elle allait sortir quand elle entendit des pas dans le jardin. Elle s'empara du fusil de chasse du médecin et visa la silhouette qui s'approchait. Mais elle baissa bien vite son arme : c'était Voltz.

– En route ! lui intima-t-il en s'emparant du sac de voyage qu'elle avait préparé.

Il lui tendit son manteau qu'elle enfila en chuchotant :

– Explique-moi, bon sang !

– Plus tard. Dépêche-toi !

Il l'entraîna vers la fenêtre. Annwenn en enjamba le rebord et se laissa tomber dans la neige. Les bottes qu'elle portait, empruntées au médecin, étaient trop grandes et lui glissaient des pieds. Gabriel ne lui laissa pas le temps de les rajuster. Il l'entraîna vers la ruelle à découvert.

– Pas par là, on va se faire surprendre ! protesta-t-elle. Passons par les jardins.

Puis elle sentit une odeur âcre et leva les yeux vers le ciel. Des panaches de fumée s'élevaient au-dessus des toits. À première vue, ils provenaient de la baie. Annwenn se tourna vers l'immortel.

– Qu'est-ce que tu as encore fait ?

– Je me suis introduit dans l'une des maisons en contrebas. Une bougie mal éteinte a malencontreusement mis le feu à une paillasse et à la grange attenante, ironisa-t-il. Ça va occuper ces imbéciles le temps de vous faire sortir tous les trois du village.

Des exclamations retentirent plus loin, confirmant ses dires. Des dizaines d'habitants se précipitaient vers la plage, laissant le champ libre à Annwenn et Gabriel. Ils rejoignirent en courant le cœur du village. Avant de s'engager à découvert, ils se dissimulèrent sous l'encorbellement de l'épicerie générale. De là, ils avaient une vue dégagée sur la place et sur la route qui descendait vers la baie. Annwenn eut un hoquet de surprise ; l'immortel n'avait pas fait les choses à moitié : des langues de feu ravageaient les habitations de la côte. Tous les habitants se hâtaient pour sauver ce qui pouvait l'être et empêcher les flammes de se propager aux maisons voisines.

– Rassure-moi, il n'y avait personne à l'intérieur ?

– Je ne suis pas un assassin ! Même si j'ai très envie d'empaler ce crétin de Le Bihan avec sa broche à rôti.

Voltz jeta un dernier coup d'œil à l'esplanade et en particulier à l'auberge. Quand il fut certain que la voie était libre, ils traversèrent la place et montèrent l'escalier. Mais, sur le parvis de l'église, Gabriel dut lâcher la main d'Annwenn pour réceptionner Rose, à l'affût, qui s'était jetée à son cou.

– Tout va bien, la réconforta-t-il.

– Qu'est-ce qui s'est passé ? demanda-t-elle.

– Plus tard, les explications. Ne restons pas là ! les exhorta Grégoire en sortant à son tour de l'église. Il ne faut pas que l'on vous voie.

Ils entrèrent sans plus attendre dans le presbytère.

– On n'a pas beaucoup de temps, décréta Gabriel. Vous devez partir maintenant, tous les trois.

– Comment ça, « vous » ? Dites plutôt « nous », s'insurgea Rose. Vous n'allez pas rester ici avec cette bande d'enragés à la cervelle confite !

– Rose, je dois aider Agathe. C'est toi-même qui m'as dit qu'elle était en danger. Je vous rejoindrai dès que possible.

– Le prêtre de Plougasnou est un ami, interjeta Grégoire. La ville n'est qu'à quelques kilomètres. Nous vous attendrons là-bas et ensuite nous aviserons.

– Et pour la Sainte-Vehme, qu'allons-nous faire ? s'inquiéta Rose. Vous n'allez pas retourner auprès d'eux, n'est-ce pas ?

– Je n'ai pas le choix, regretta Gabriel. Tant que je ne trouve pas de substitut à la *verallona*, je ne peux pas partir. Mais la priorité pour le moment est de vous mettre à l'abri. Dépêchons-nous !

L'incendie faisait rage. On le voyait de toute la côte, jusqu'au manoir de Porte-Vent. Les habitants avaient renoncé à la battue pour sauver le village des flammes. Grâce à cette diversion, le petit groupe parvint au cimetière sans croiser âme qui vive. Néanmoins, la crainte de voir surgir le volkolak ne les quittait pas. Gabriel consulta Annwenn du regard pour s'assurer qu'il ne traînait pas dans les parages. Elle acquiesça d'un mouvement de tête. L'affrontement avait dû affaiblir la créature. De plus, Gabriel était maintenant intimement convaincu qu'aucun d'eux ne faisait partie de sa liste de personnes à abattre. Si elle se trouvait quelque part cette nuit, c'était sans doute aux abords de la propriété des Le Kerdaniel.

– On se sépare ici, annonça-t-il une fois qu'ils furent à la sortie du village.

– Et si on tombe sur des villageois partis à la recherche de la bête ? objecta Rose.

La neige avait été tellement piétinée qu'on ne distinguait plus aucune piste. Certaines traces disparaissaient dans les bois qu'ils devaient traverser. Mais c'était un risque à prendre. Rester serait bien plus dangereux pour eux.

– C'est après moi qu'ils en ont, dit sombrement Annwenn. Je ne devrais pas vous accompagner. Je vais suivre un autre chemin.

– Non, on ne se sépare pas, répliqua Grégoire. L'incendie a dû alerter ceux qui s'étaient éloignés. Ne perdez plus de temps, Gabriel.

Rose baissa la tête pour cacher l'angoisse qui lui tordait le ventre. Les mains froides de l'immortel se posèrent sur ses joues.

– Je te laisse entre de bonnes mains, entre une louve au caractère de chien et un curé à la droite démoniaque, tenta-t-il de plaisanter.

Mais ce fut un échec. Le regard de l'adolescente s'embruma.

– Je crois que le bébé des Le Kerdaniel a été noyé, dit-elle tout à trac.

– Quoi ?

– Dans le cimetière tout à l'heure, j'ai entendu des pleurs et de l'eau qui coulait de la niche où la petite est inhumée.

Gabriel leva les yeux vers Grégoire. Vu la tête déconfite qu'il faisait, il ne devait pas être au courant des nouvelles visions de la jeune fille. Bien que terrifiantes, ces dernières se révélaient très utiles pour son enquête ; une pièce supplémentaire à son puzzle. Si elle avait raison, Voltz connaissait dorénavant tous les dessous de cette macabre histoire de famille et surtout le mobile de tous ces meurtres. Il ne manquait plus que la confirmation du maire.

– Merci, Rose, souffla-t-il avant de l'embrasser sur le front.

Pressé par le temps, Gabriel se tourna ensuite vers Annwenn.

– Je maintiens mon offre de visite des égouts de Paris et de sa faune.

Son ton assuré la prit par surprise. Ce n'était pas une question, ni une proposition. Juste une confirmation que leurs routes n'allaient pas se séparer là. Un sourire de connivence illumina le visage de la guérisseuse.

– Comment refuser une offre aussi romantique ?

– Partez, maintenant.

Ils se mirent en marche. Gabriel les regarda gravir la côte qui menait au bois avec inquiétude. Lorsqu'ils eurent disparu, engloutis par l'obscurité, un détestable pressentiment le saisit. Le hululement lugubre d'une chouette retentit derrière lui comme un mauvais présage.

36

Quand il fut certain que personne ne pouvait le voir, Gabriel rejoignit la route du manoir. Même à cette distance de l'incendie, on entendait les flammes ravager les habitations et les clameurs des habitants portées par le vent. Les sens en alerte, Voltz fit abstraction de ce qui se passait dans son dos pour se concentrer sur le volkolak. Constance n'était pas loin, il en était persuadé. L'étau se resserrait autour d'elle et sa présence dans le cimetière montrait qu'elle en était bien consciente. Il y avait fort à parier qu'elle allait s'empresser d'accomplir son dessein.

Arrivé devant le manoir, Voltz s'arrêta. Les gonds de la grille avaient été à moitié arrachés et les barreaux de fer étaient tordus. Était-il déjà trop tard? Le temps qu'ils avaient perdu à se cacher des habitants avait peut-être été fatal à la petite Agathe, se dit Voltz amèrement. Il pénétra prudemment dans la cour. À sa droite, l'enclos des chiens était silencieux. Mais en s'approchant, il découvrit qu'ils étaient toujours là : la meute de braques allemands était recroquevillée au fond du chenil, terrorisée.

Aucune lumière, aucun bruit ne filtraient par les fenêtres du manoir. La porte d'entrée était ouverte; l'un des battants oscillait au gré des coups de vent. En posant le pied sur la première marche du perron, il aperçut le corps de la vieille domestique étendu dans le vestibule. Vêtu d'une longue chemise de nuit, il formait une tache blanche sur le tapis sombre. Il n'y avait aucune trace de lutte ; elle n'avait pas dû résister très longtemps. Les armes à feu suspendues au mur étaient toutes là, signe que la créature avait surpris les habitants du manoir en plein sommeil. Voltz prit l'un des fusils, conscient que ça ne suffirait pas à vaincre la bête, et vérifia qu'il était bien chargé avant de monter à l'étage.

Des cadres étaient tombés dans la cage d'escalier. Arrivé au premier, Voltz s'arrêta à nouveau, aux aguets. Un courant d'air fit claquer une porte. Il s'approcha, flairant une odeur familière.

Cette aile du manoir surplombait la falaise ; on entendait les vagues s'écraser en contrebas. Avant d'entrer dans la pièce, il vérifia encore son arme. Elle lui serait finalement peut-être utile ; la puanteur qui filtrait était semblable à celle des restes de la garache quand elle abandonnait son apparence bestiale. Le volkolak avait sans doute repris sa forme humaine pour achever son œuvre.

Les fenêtres de la chambre étaient ouvertes et les rideaux claquaient dans le vent, masquant la scène qui se déroulait sur la terrasse. À deux mètres de la dépouille fumante de la créature, Charles Le Kerdaniel était allongé, pieds et poings liés, un bâillon sur la bouche. Il était inconscient, mais toujours en vie. Son front saignait abondamment. Autour de lui, une macabre mise en scène : des dizaines de poupées estropiées, en position assise, l'entouraient en un cercle parfait. À son réveil, où que se porterait son regard, Le Kerdaniel ne pourrait pas se soustraire à leurs yeux vides.

À l'extrémité de la terrasse, une silhouette claire se dessinait sur le ciel noir. Une femme se tenait debout, sa chevelure blonde chahutée par le vent. Malgré le sang qui lui barbouillait le visage, on reconnaissait la jeune femme du portrait du salon.

Elle regardait Gabriel. Elle ne paraissait pas surprise de le voir là. Lui, en revanche, se figea en apercevant derrière elle le corps d'Agathe, allongé sur le parapet de pierre. Inconsciente, en chemise de nuit, elle paraissait si fragile... Un simple coup de vent aurait pu la faire basculer. Constance attendait que son père se réveille pour la jeter dans le vide, comprit Gabriel. Comme un sacrifice rituel.

– Allez-vous-en ! cria Constance.

– Je ne vous laisserai pas faire de mal à Agathe. Par contre, le sort de cette ordure m'importe peu, dit-il en désignant le corps inerte du maire.

– Je ne veux pas qu'il meure. Je veux au contraire qu'il se lève chaque matin en repensant à tout ce qu'il a perdu.

– Dans ce cas, j'ai bien peur que nous ne puissions pas nous entendre.

– J'aurais pu vous tuer depuis le premier jour. Vous et cette jeune fille qui vous accompagne.

– Je suis coriace. J'ai tendance à ne pas rester mort très longtemps. En revanche, je vous suis très reconnaissant d'avoir épargné Rose. J'espère que vous aurez la même compassion pour Agathe.

Elle pointa un index accusateur vers l'homme étendu entre eux. Tout son corps tremblait de froid, de colère et de haine.

– Vous savez ce qu'il a fait ?

– J'ai mon idée à ce sujet, mais je suis impatient de connaître votre version.

Il devait gagner du temps, détourner son attention d'Agathe. Si la gamine se réveillait... Au moindre geste brusque, elle basculerait. Constance s'accroupit et ramassa l'une des poupées qu'elle peigna du bout des doigts.

– Ce n'est pas de ma faute si mon bébé est né avec tous ces problèmes...

Avec tendresse, elle serra la poupée contre elle.

– Bien sûr que non, souffla Gabriel.

– C'est ce que Charles a prétendu, pourtant. Il n'arrivait même pas à la regarder. Tout ce qui le préoccupait, c'était ce que les gens allaient en penser.

Elle leva vers Voltz des yeux humides, qu'elle essuya d'un revers de main. Ses larmes se mélangèrent au sang séché sur ses joues, laissant une traînée.

– Vous rétablirez la vérité, n'est-ce pas ? Vous direz à tout le monde que je n'ai rien fait à mon bébé !

– Je vous le promets. Racontez-moi ce qui est arrivé à votre fille.

– L'accouchement a été très éprouvant. Pour que je puisse m'en remettre, Leguern m'avait prescrit de fortes doses de laudanum. Cela n'a fait qu'empirer les choses. Je ne parvenais plus à m'occuper de Léonie. Je dormais une partie de la journée et pleurais pendant l'autre. Quand Charles m'a appris qu'elle était morte dans son sommeil, je ne l'ai pas cru. Le docteur Leguern est venu pour confirmer que cela arrivait souvent, qu'elle était très fragile et que c'était prévisible... Mais tout cela n'était que mensonges ! Il a noyé notre bébé et ce monstre de médecin l'a couvert...

Un sanglot l'étrangla. Elle serra la poupée contre elle.

– Comment avez-vous su la vérité ?

– Quelques jours après la mort de Léonie, j'ai surpris une conversation. Quand j'ai demandé des explications à Charles, il s'est mis dans une colère noire et m'a traitée de folle. Il m'a menacée de m'enfermer dans un asile. Je n'arrivais plus à me défaire de cette dépendance au laudanum. C'était ce qu'ils voulaient ! M'asservir... Sans Joseph, je ne m'en serais pas sortie.

Gabriel haussa les sourcils, surpris. Que venait faire Joseph dans cette histoire ?

– Il se gargarisait depuis des années avec ses exploits dans la légion. Il m'avait raconté des légendes sur ces créatures de l'Est. À l'époque, je m'étais moquée de lui et il n'en a plus jamais parlé devant moi. Mais après avoir découvert que mon mari avait assassiné ma petite fille, j'ai voulu me soustraire aux effets du laudanum. Je me suis rendue chez Annwenn. Elle n'était pas là, mais je ne pouvais pas partir sans rien. Je craignais que Charles ne mette ses menaces à exécution du jour au lendemain.

– Vous avez donc fouillé chez elle et vous êtes tombée sur son journal, comprit Gabriel.

– Je me suis alors souvenue des histoires de Joseph et dit que, peut-être, elles n'étaient pas si absurdes que ça…

– Vous avez orchestré votre mort. Mais qui vous a aidée ? Ce genre de rituel est très difficile à exécuter.

– Le journal de Joseph m'a été précieux. Il avait consigné l'endroit où sévissait cette créature. J'ai rencontré sur place une sorcière tzigane, une chovihani, qui a accepté de procéder au rituel.

– Un voyage dans l'Est qui explique le laps de temps entre votre disparition et le premier meurtre. Mais vous n'avez pas tué Marie Maubert, n'est-ce pas ?

– Non. J'ai su plus tard que Charles avait fait courir le bruit que Léonie était morte à la naissance. Marie connaissait la vérité. Elle menaçait Charles de tout révéler. Il a envoyé Joseph régler le problème.

– Et Jeanne Courtois ?

– Il me trompait depuis des années avec cette traînée. Il était hors de question qu'il trouve du réconfort auprès d'elle !

– Julien et Agathe n'ont rien à voir avec les actes de leur père.

– Léonie était innocente elle aussi, et elle était son enfant tout autant qu'eux !

Son ton et son regard s'étaient durcis. Gabriel hocha la tête. Il ne savait que faire ; il aurait pu facilement armer son fusil et en finir avec Constance, qui avait tué quatre personnes, mais le maire méritait également qu'on le punisse.

Le Kerdaniel grogna sous son bâillon, interrompant ses réflexions.

Dans le bois, à deux lieues de là, les branches craquaient sous les pas d'Annwenn, Grégoire et Rose. La lanterne de Grégoire parvenait tout juste à éclairer à deux pas devant lui. À l'arrière, les deux femmes s'efforçaient de suivre le rythme imposé par le prêtre. Elles s'étaient déjà fait distancer de dix bons mètres. Rose jeta un coup d'œil à Annwenn. La guérisseuse était aussi tendue qu'elle; elle n'avait pas prononcé un seul mot depuis leur départ.

– La vision que j'ai eue dans le cimetière était différente des autres, chuchota soudain Rose.

Elle ne voulait pas que Grégoire l'entende. Curieusement, aborder le sujet était bien plus facile avec la jeune femme.

– J'ai suivi vos conseils. Au début, les pleurs du bébé avaient envahi ma tête, comme au manoir, mais en me concentrant sur eux, je suis parvenue à... comment dire... ?

– À les tenir à distance? suggéra Annwenn.

– Oui, c'est exactement ça.

– C'est parfait. Les âmes égarées ont besoin de s'ancrer à quelque chose de vivant pour apparaître dans notre monde. Ce faisant, elles drainent aussi leur énergie. Si tu résistes, tu réussiras à contrôler leurs manifestations et tu ne t'en porteras que mieux.

– Comment savez-vous tout ça?

– J'ai eu l'occasion de consulter quelques Occultes.

En réalité, ces «consultations» avaient surtout eu pour but de retrouver la trace de Grégoire pour lui faire payer la mort de son amie et mentor, mais elle se voyait mal expliquer ça à l'adolescente. Rose se mordit la lèvre, hésitant à lui parler de cette voix terrifiante qu'elle avait entendue. Ils s'approchaient de la lisière du bois. Rose espérait que, quelle que soit cette chose qui lui donnait des ordres, elle ne la poursuivrait pas au-delà des limites du village.

– Annwenn, j'ai un autre problème, souffla-t-elle enfin. Et je ne veux pas que Grégoire s'inquiète.

Mais au lieu de continuer, elle s'immobilisa, tétanisée. Un courant d'air froid et familier venait de l'envelopper. À croire que cette chose pouvait lire dans ses pensées! Elle ouvrit la bouche pour se révolter, crier qu'elle était surveillée par un esprit, prisonnière d'un esprit. La pression glaciale autour d'elle se fit si dense qu'elle en était presque douloureuse. Rose ferma les yeux. Respirer était devenu difficile.

– Rose? s'inquiéta Annwenn.

Elle voulut poser ses mains sur les épaules de l'adolescente, mais n'y parvint pas. Elle appela Grégoire.

– Que se passe-t-il? s'enquit ce dernier en accourant.

– Je... je ne peux pas la toucher.

– Quoi?

– Il y a quelque chose autour d'elle. Comme une aura glacée...

– Pardon, sanglota Rose en se laissant tomber à genoux. Ce n'est pas moi...

Prudemment, Grégoire tendit une main vers son visage baissé. Rose se recroquevilla en gémissant. Pourtant, quand la paume se posa sur sa joue, elle releva la tête et soupira de soulagement. La présence était toujours là, l'enveloppant de son souffle glacé, mais le contact du prêtre ne posait pas de problème. Lorsque ce dernier l'enlaça, l'étau disparut.

– Je... je ne voulais pas lui faire de mal, bredouilla Annwenn.

– Quoi que cela puisse être, ça n'a pas l'air d'apprécier les Égarés, commenta Grégoire.

– Comme je le comprends !

Cette voix les fit sursauter. Aucun d'eux n'avait entendu approcher le groupe d'hommes encapuchonnés qui émergeaient des sous-bois. À leur tête, Barnabas Varga observait la scène avec une satisfaction malsaine. Grégoire bondit sur ses pieds et plaça Rose derrière lui pour la protéger.

– Ce n'est pas une heure pour se promener en forêt, père Anselme, dit Varga. Encore moins avec ce genre de créatures.

– Comment avez-vous… ? commença Grégoire.

– Comment j'ai su que je ne pouvais pas te faire confiance et que tu me mentais pour cette gamine ? l'interrompit aussitôt l'autre en désignant Rose du menton. Je te connais mieux que tu ne le penses, Grégoire.

– Gabriel est sur le point d'arrêter l'Égaré responsable des meurtres, dit faiblement le prêtre tandis que de plus en plus d'hommes se rassemblaient autour d'eux.

– C'est trop tard, déclara Varga.

Son regard se perdit au-delà de la lisière du bois, vers les lueurs de l'incendie.

– Il a échoué, les habitants sont au courant.

Grégoire reçut ces mots comme un coup de poing en pleine poitrine. Il s'étrangla :

– C'est vous qui les avez avertis ! C'est vous qui êtes responsable de tout cela !

Varga haussa les épaules.

– J'ai une mission et je l'exécute au mieux.

Quand ses mains sortirent des manches larges dans lesquelles elles étaient dissimulées, Grégoire ne réagit pas assez rapidement.

Un coup de feu retentit, suivi d'un cri.

✣

La détonation effraya des oiseaux qui s'envolèrent à tire-d'aile au-dessus d'eux. Rose plaqua ses mains sur sa bouche pour retenir un hurlement. Elle vacilla et tomba à genoux sur le sol gelé, les yeux clos, priant pour que tout cela ne soit qu'une vision. Quand elle les rouvrit, elle vit Grégoire au chevet d'Annwenn, comprimant sa plaie. Mais c'était inutile. Couchée dans la neige, la guérisseuse ne bougeait plus. Rose se concentra sur le visage livide, espérant voir un signe quelconque de vie – un froncement de sourcils, un mouvement de lèvres, un souffle, même faible. Mais rien.

Rose se releva d'un bond pour se jeter sur Varga. Grégoire la retint par le bras.

– Sale cloporte ! Fils de...

Grégoire la bâillonna de la main.

– Tu fais bien, commenta Varga à l'adresse de Grégoire qui se démenait pour immobiliser Rose. Trêve de distractions. Où est Gabriel ?

Grégoire garda le silence, les mâchoires serrées.

– Tu as décidé de ne pas coopérer, comprit Varga. Peu importe, s'il s'est embarrassé de cette teigne jusqu'ici, je suppose qu'il ne partira pas sans elle. Nous allons donc l'attendre sagement au village tandis que mes hommes se chargeront de ramener le calme. Après vous...

37

– Allez-vous-en, maintenant, répéta Constance.

Au sol, son mari se réveillait, luttant faiblement contre ses entraves. Elle recula de quelques pas, s'approchant du parapet où Agathe était allongée. Gabriel arma son fusil et la mit en joue, mais cela ne l'arrêta pas.

– Je voulais vous dire la vérité avant que tout ne soit fini... Pour que tout le monde sache.

Charles était maintenant complètement réveillé. Il se débattait comme un damné, hurlant des imprécations que le bâillon étouffait. Le bruit était tel qu'Agathe se réveilla à son tour, sursauta et faillit tomber. Constance fit encore un pas vers elle.

Voltz tira. La balle atteignit la femme au flanc. Dans un dernier effort, elle poussa Agathe, qui vacilla... et bascula. Elle tenta de se rattraper, ses ongles crissèrent sur la pierre, et elle s'arrêta de justesse, les pieds dans le vide. Sous elle, les rochers de la falaise étaient engloutis par la marée montante. Ses mains gelées ne tiendraient pas longtemps. Elle glissait vers la chute, millimètre par millimètre.

Gabriel lâcha le fusil et courut vers l'adolescente. Constance s'était effondrée, mais il ne lui prêtait plus attention. Au risque de tomber aussi, il se jeta à plat ventre sur le parapet pour saisir les poignets d'Agathe. Elle se débattait, terrifiée.

– Je ne vous laisserai pas tomber ! lui assura-t-il.

Alors qu'il la hissait, un autre coup de feu retentit. Une vive douleur lui traversa l'épaule et le força à lâcher l'une des mains d'Agathe. Dans son dos, Constance abandonna le fusil et rentra en titubant dans la chambre.

Les dents serrées, Gabriel tenait toujours Agathe. Elle hurla et planta ses ongles dans la morsure infligée dans le cimetière par la bête. Voltz cria, mais tint bon.

Quant à la blessure de son épaule, elle se refermait déjà. Il se saisit à deux mains des poignets de l'adolescente et la hissa vers lui. Quand son buste fut sur la pierre, elle ramena aussitôt ses jambes tremblantes et Gabriel la tira sur la terrasse. La jeune fille, en pleurs, s'accrochait à lui comme à une bouée de sauvetage. Il la porta à l'intérieur, la déposa sur le lit de son père et la couvrit d'une couverture.

– Ne bougez pas de là. Je m'occupe de votre père.

Quand il croisa le regard du maire, Gabriel eut un instant de tentation. Le Kerdaniel méritait d'être puni pour ses crimes, mais il ne restait plus aucune famille à la gamine qui pleurait derrière lui, et puis ce n'était pas son rôle de juger les hommes. Il se chargerait plus tard de faire connaître aux autorités l'implication du futur député dans cette histoire. Libre à eux de le poursuivre ; ce n'était pas son affaire.

– Vous ne perdez rien pour attendre, gronda-t-il en le libérant.

Puis il quitta la chambre en courant. Il devait retrouver Constance avant qu'elle ne se métamorphose à nouveau. Du sang maculait l'escalier. Elle avait également laissé une empreinte de main sur l'un des murs du vestibule. En passant devant le râtelier de l'entrée, il s'empara d'un autre fusil de chasse et vérifia qu'il était chargé. Désormais, il ne devait plus s'embarrasser de protéger Agathe. Ce serait juste le volkolak et lui.

Voltz courut jusqu'à la grille de la propriété. Au loin, l'incendie avait perdu de son intensité, mais il éclairait toujours la route du manoir. Constance avait laissé des empreintes dans la couche de neige qui longeait les dépendances. Elle se dirigeait vers le rocher de son prétendu suicide. Gabriel s'y précipita.

Devant le promontoire rocheux, il s'arrêta pour écouter. Constance ne devait pas être loin. Elle répandait du sang derrière elle comme un fil d'Ariane. Gabriel s'avança avec prudence, son arme à la main.

Des plaintes lui parvinrent : gémissements et grondements mêlés. Constance se transformait. Où était-elle ? Le fusil en joue, il tourna sur lui-même, la cherchant du regard.

Il la débusqua dans un renfoncement de la roche. De toute évidence, la métamorphose des volkolaks était aussi écœurante que celle des garaches. De là où il se trouvait, Voltz ne distinguait qu'une masse informe recroquevillée sur elle-même. Elle n'avait plus d'humain que sa taille et quelques parties du corps encore épargnées par la mutation. La pilosité de la bête transperçait la peau délicate et le tissu de la chemise comme autant d'aiguilles. Chacun de ses membres semblait mû par un souffle de vie propre. Ils ondulaient et se déchiraient pour laisser apparaître la musculature de l'animal.

Gabriel tira. Pas question d'attendre la fin de sa transformation. L'écho du coup de feu se répercuta contre la roche. Il fut suivi d'un geignement guttural. Gabriel tira encore. La bête se redressa subitement.

Gabriel n'avait jamais rien vu de tel. Le corps était celui d'un volkolak, dégoulinant de sang et de lambeaux de chair humaine, mais le visage... Le visage était celui d'une femme, horriblement déformé. Et elle tenait encore debout, malgré les deux coups de feu. Elle approcha d'un pas lourd et vacillant. Puis, au moment où Gabriel allait tirer une troisième fois, elle bondit. L'immortel ne parvint pas à éviter le mastodonte qui s'abattit sur lui, et il tomba à la renverse. L'autre, debout, le dominait. Son visage devenait gueule, le nez s'allongeait en un museau, des crocs lui poussaient... Heureusement, Voltz n'avait pas lâché son arme. C'était le moment ou jamais. Il visa la face immonde et tira à nouveau. La balle toucha le front. La bête écarquilla les yeux et ouvrit la gueule. Tout sembla flotter quelques instants. Il tira une quatrième fois. Enfin, les jambes du volkolak flanchèrent, puis son corps s'effondra dans un dernier râle.

Le souffle court, Gabriel resta allongé de longues minutes, le regard perdu dans le ciel gris de l'aube. Quand sa respiration eut repris son rythme normal, il releva la tête. À ses pieds, engoncé dans une gangue visqueuse et sanglante, reposait le corps d'une jeune femme. Une jeune femme sans visage. Sans vie.

Il se remit debout. C'est alors qu'il vit les flambeaux qui s'approchaient – la milice des villageois. Gabriel soupira ; le répit avait été de courte durée. Personne ne devait voir le corps. Il le souleva et s'approcha du bord de la falaise. Puis il jeta Constance Le Kerdaniel à l'eau, la rendant à cette mer censée l'avoir engloutie, à cet endroit même, quelques mois plus tôt. Elle coula rapidement. Pendant un instant, il eut une pensée émue pour la souffrance de cette femme, et pour la gamine qui avait failli en payer le prix. Puis il pensa à Rose. Elle aussi, il devait la mettre à l'abri. Il reprit rapidement le chemin du manoir, prêt à affronter les villageois.

Mais ce n'étaient pas eux, réalisa-t-il en s'approchant.

– Non, pas ça...

Varga et sa meute. Ça n'aurait pas dû l'étonner ; il avait échoué à la minute où les habitants s'étaient mêlés de l'affaire. Il coula un regard en direction de Porte-Vent. Le Kerdaniel avait eu la bonne idée de n'allumer aucune lumière. Pour les empêcher d'aller fouiller le manoir et de s'en prendre à Agathe, Gabriel se hâta d'aller à leur rencontre. Ils n'auraient pas de scrupules à s'occuper de l'adolescente, si jeune soit-elle. Quel dommage qu'il ne puisse pas leur livrer le père sans risquer la vie de la fille !

Le meneur repoussa sa capuche. Gabriel le connaissait bien : c'était Théodore de Rostand, un fils d'aristocrate désargenté, plus fervent encore que Varga. Il serait inutile de parlementer avec lui.

– Le père Barnabas t'attend, annonça simplement Rostand.

L'immortel les suivit sans résister. Hormis le crépitement des derniers foyers de l'incendie, on n'entendait plus un bruit dans le village, pas une seule exclamation, pas le moindre signe d'une présence. Ils n'avaient tout de même pas osé, pensa Voltz. Les habitants étaient trop nombreux...

– Qu'avez-vous fait aux villageois ?

– Beaucoup ont été sommés de rentrer chez eux. Certains seront jugés à l'aube pour meurtre.

Le sang de Gabriel ne fit qu'un tour.

– Qui ont-ils tué ?

– Cette femme, l'herboriste.

✢

– Cesse de t'agiter, Rose ! souffla Grégoire.

Assis au premier rang, ils avaient été contraints d'attendre en silence le retour de l'immortel. Rose ne parvenait pas à se tenir tranquille. Son sang s'était glacé quand elle avait entendu les premiers cris d'affolement des habitants, surpris par les hommes de la Confrérie. Son imagination s'était vite emballée ; des scènes atroces lui traversaient l'esprit. Devant eux, Varga s'était agenouillé et priait avec une ferveur obscène. L'adolescente fulminait. Elle aurait voulu qu'il soit foudroyé sur place. Elle aurait voulu se jeter sur lui pour le griffer, le mordre, lui arracher les yeux…

« *C'est une très mauvaise idée* », commenta la voix dans sa tête.

La surprise coupa le souffle de Rose. Cet esprit avait accès à toutes ses pensées. Il n'avait rien à voir avec les âmes égarées que Gabriel lui avait décrites. Elles n'étaient censées hanter que le lieu de leur mort ou du repos de leur dépouille, et celle-ci la poursuivait depuis le manoir des Le Kerdaniel. Et qui sait, peut-être même avant cela. Elle n'était plus sûre de rien.

Ses yeux gris balayèrent le chœur de l'église au cas où l'âme égarée s'y trouverait sous une forme visible. Mais il n'y avait que Varga en pleine prière, quatre de ses sbires et Grégoire assis tout près. Le regard de l'adolescente se posa alors sur le Christ crucifié derrière l'autel. Un doute s'empara d'elle, mais la voix dans sa tête ricana.

« *Oublie ces grotesques idoles, fillette, elles ne te seront d'aucune aide.* »

Enfin, elle s'exprimait plus longuement que les brèves injonctions qu'elle avait données à Rose jusque-là. Qui était-elle ?

« *Sois patiente, Rose. Connais-tu cette maxime ?* Tout vient à point à qui sait attendre. »

« Celui qui a dit ça ne devait pas avoir un intrus dans sa tête ! Qui êtes-vous ? » pensa-t-elle.

« *Peu importe. Pour le moment, l'essentiel est de rester en vie et de trouver un moyen d'échapper à ces hommes.* »

Rose ouvrit la bouche, troublée. Rester en vie, oui, excellente idée. Mais comment faire pour s'échapper ? À quelques mètres d'elle, Varga acheva sa prière et se releva. Quand il se tourna vers elle, l'adolescente baissa la tête pour ne pas le provoquer. Si seulement la voix pouvait l'attaquer, comme elle l'avait fait avec Annwenn !

« *Ce n'est pas moi qui ai fait cela à cette femme, mais toi,* la corrigea-t-il. *Je ne peux pas intervenir sur les vivants.* »

« Comment j'ai pu faire ça ? Et pourquoi ? Pourquoi moi ? »

« Chacun a une tâche bien précise à accomplir sur cette terre. Son heure à elle était venue et tu l'as ressenti. »

« Je veux que tout ça s'arrête ! »

Elle sentit ce courant froid désormais familier l'entourer. Comme la première fois au manoir, c'était presque une caresse réconfortante qui l'enlaça.

« Cela n'aurait jamais dû arriver maintenant. C'est beaucoup trop tôt, tu n'es pas prête. Quoi qu'il se passe, écoute Grégoire et fais tout ce qu'il te dira », souffla l'esprit avant de disparaître.

Les bras de Grégoire prirent le relais autour de ses épaules, comme si le prêtre avait deviné son désarroi.

– Quel désolant spectacle ! persifla Varga face à cette scène.

– Il l'est moins que celui que vous avez orchestré dans ce village, répliqua Grégoire.

– Qu'allez-vous faire à tous ces gens ? intervint Rose. Vous ne pouvez tout de même pas tuer tout le monde !

– Non, bien entendu, répondit Varga. Mais suffisamment pour dissuader les autres de parler. Les responsables de cette chasse aux sorcières seront jugés ici même au petit matin. Dès demain, le bruit se répandra qu'une pauvre femme a été assassinée par des fous fanatiques persuadés qu'elle était une créature diabolique.

– Et qui vous jugera, vous ? cracha Rose.

– Rose, tais-toi ! s'écria Grégoire.

– Comment pouvez-vous détester Gabriel à ce point ? insista la jeune fille. Comment pouvez-vous sacrifier des innocents rien que pour lui nuire ?

– Personne ne devrait souiller l'honneur de la Confrérie ! répondit Varga.

Sans doute aurait-il enchaîné sur un sermon virulent contre les Égarés, toutes espèces confondues, si l'un des hommes encapuchonnés n'avait pas pénétré en trombe dans l'église.

Il traversa la nef au pas de course pour se placer devant Varga, et baissa respectueusement la tête.

– Mon père, nous l'avons trouvé.

– Parfait ! Allons l'accueillir comme il se doit.

38

Quand Gabriel arriva sur la place, les hommes de la Sainte-Vehme sortirent des ruelles, formant un cercle autour de lui pour le dissuader de tenter quoi que ce soit. Il n'était pas intimidé; seule la présence de Rose et Grégoire, prisonniers des gardes de Varga, l'inquiétait.

– Allons-y, dit Théodore de Rostand.

Il le poussa légèrement dans le dos. Voltz fit volte-face, furieux, prêt à commettre une imprudence. Mais la garde de Rostand s'interposa immédiatement et les hommes de main firent apparaître des dagues de leur manche. L'heure n'était pas à la provocation.

Gabriel monta les marches du parvis, sentant le lourd poids du regard de Rose sur lui. Quand il arriva en haut, les hommes resserrèrent leur position autour de leurs prisonniers. Grégoire, le visage grave, passa un bras autour des épaules de Rose.

– Je vois que ton intervention s'est encore distinguée par sa finesse, commenta Varga.

Gabriel l'ignora.

– Qui l'a tuée? demanda-t-il à Grégoire.

Le prêtre ne répondit pas. Gabriel se tourna alors vers Rose, qui baissa les yeux.

– Gabriel ! interrompit Varga. Pour avoir mis en péril les secrets de la très Sainte-Vehme, je te somme de te présenter devant le tribunal de l'Ordre.

Pour Varga, voir Gabriel baisser la tête était un signe de soumission. Pour Grégoire et Rose, c'était de très mauvais augure. L'adolescente le savait anéanti par la mort d'Annwenn ; Grégoire redoutait l'explosion qui allait suivre.

Elle ne tarda pas. Sans se soucier des gardes, Gabriel se jeta sur Varga et l'accula contre la porte de l'église. Fou de rage, il l'empoigna au cou d'une main. De l'autre, il abaissa l'arme à feu que Varga tentait de pointer vers lui.

Bien sûr, c'était inutile, désespéré. En quelques secondes, trois gardes se ruèrent sur lui et l'immobilisèrent. Rose cria, Grégoire protesta… Mais en vain. Soudain, Gabriel sentit la piqûre d'une aiguille dans sa nuque.

Le poison agit rapidement : ses bras furent paralysés en premier, bientôt suivis par le reste de son corps. Gabriel vacilla, mit un genou à terre. Rose hurla.

– Faites-la taire ! ordonna Varga. Mais ne la blessez pas, le Comte la veut en vie…

Ces mots flottèrent dans l'esprit embrumé de l'immortel tandis qu'il s'effondrait sur le parvis.

Grégoire retenait Rose de toutes ses forces. Les dernières paroles de Varga l'avaient plongé dans la perplexité. Comment la plus haute autorité de la Sainte-Vehme connaissait-elle l'existence de l'adolescente ? Et pourquoi la réclamait-elle ? Il fallait qu'ils trouvent un moyen de s'échapper.

– Tiens-toi prête, lui souffla-t-il à l'oreille.

Rose se calma. À quelques mètres d'eux, les gardes s'agitaient autour de Gabriel. Varga donnait ses derniers ordres. Grégoire recula de quelques pas, entraînant avec lui l'adolescente.

– Je ne serais pas contre un petit verre d'eau-de-vie…

Les gardes ne s'étonnèrent pas de cette demande saugrenue,

mais Rose réagit au quart de tour. Elle se précipita vers la porte du presbytère, l'ouvrit rapidement et s'engouffra à l'intérieur. En la refermant, elle aperçut Grégoire lui faire rempart et désarmer un garde. Mais les autres étaient déjà sur lui. Le prêtre n'avait pas la moindre chance. Rose hésita à le laisser, mais l'esprit dans sa tête la rappela à l'ordre :

«*Ferme cette porte!*»

Rose obéit à contrecœur. Une main plaquée contre le battant, elle fit coulisser le verrou.

– Mais je ne peux pas les abandonner, gémit-elle.

«*Tu ne peux rien faire. La cave, maintenant!*»

La porte d'entrée ne résisterait pas longtemps aux assauts des hommes de Varga. Certains gardes tentaient d'ouvrir les volets pour entrer par la fenêtre. Rose courut à la cuisine. Il faisait très sombre. Seules quelques braises encore rouges rayonnaient dans l'obscurité.

Il n'y avait pas une seconde à perdre. Avec difficulté, elle poussa la lourde table contre la porte pour la bloquer. Le meuble la toucha au moment où celle de l'entrée cédait sous les coups de boutoir. Les hommes de la Confrérie envahirent le couloir. Ceux qui s'acharnaient sur les volets allaient bientôt pouvoir fracasser les vitres et pénétrer à leur tour dans la maison.

Rose paniqua et s'empara d'une lampe à huile. Elle déversa son contenu sur la table, puis baissa la flamme. Tout s'embrasa.

«*Ne fais pas ça!*» cria la voix.

Trop tard. Déjà le feu dévorait la porte. Derrière, ses poursuivants donnaient l'alerte. Rose répandit l'eau-de-vie du prêtre sur les rideaux et les meubles qui prirent rapidement feu.

«*Espèce d'inconsciente!* rugit de nouveau l'esprit. *Descends immédiatement!*»

Cette fois, Rose obéit et se dirigea vers la remise, où elle trouva une lanterne. Les mains tremblantes, elle l'alluma, puis ouvrit la trappe et descendit dans la cave.

Arrivée devant la distillerie, elle réalisa l'immense erreur qu'elle venait de faire. Si l'incendie se propageait jusqu'à la réserve d'alcool de Grégoire, tout serait détruit.

«*Il est bien temps de réfléchir!* grommela la voix. *Va dans la crypte, tu pourras t'y mettre à l'abri.*»

Rose ouvrit la grille qui fermait l'entrée du tunnel à l'aide du trousseau de clefs caché derrière les bouteilles. Le tunnel menait à la crypte, à une vingtaine de mètres de là. Mais si la distillerie prenait feu, la porte ne résisterait pas à la déflagration…

«*Rose…*», grogna la voix.

«Que va-t-il arriver à Grégoire? Et à Gabriel?»

«*Tu dois me faire confiance. Aucun d'eux ne mourra aujourd'hui, je t'en fais la promesse. Le Comte a besoin de Gabriel, et Grégoire est protégé par son nom. Ils ne tueront pas un descendant du fondateur de l'Ordre. Va dans la crypte, maintenant.*»

Des bruits inquiétants résonnèrent soudain dans le tunnel. L'incendie avait gagné la remise. La fumée filtrait par la trappe et envahissait la cave. L'adolescente accéléra le pas. Une fois sous l'église, elle referma la porte qui émit un grincement sinistre. «Je suis entourée de dépouilles», réalisa Rose en frissonnant.

«*Aucune d'entre elles ne viendra t'importuner*», lui assura l'esprit.

Rose leva sa lampe. Devant elle se trouvait un sarcophage ouvragé. Sur le couvercle était couché un corps en pierre sculptée, les mains jointes. La crypte était pleine de ces tombeaux. Rose devait se retenir de pleurer. Savoir Gabriel et Grégoire en danger là-haut alors qu'elle se trouvait à l'abri lui était intolérable. À droite de la porte, un escalier montait jusqu'à une dalle qui devait déboucher dans le chœur de l'église.

«Vous ne pouvez vraiment rien faire pour eux?»

«*Je ne peux pas intervenir dans le monde des vivants.*»

«Qui êtes-vous? Je croyais que les esprits restaient prisonniers du lieu de leur mort ou de leur tombe. Vous me suivez depuis le manoir. Pourquoi?»

« Le moment n'est pas bien choisi pour en parler. Cela ne devait pas se passer de cette manière. Tu es beaucoup trop jeune, impulsive et irréfléchie pour affronter tout cela. »

Elle fronça le nez. Vexant, cet esprit. En plus, sa manie de parler par énigmes mettait ses nerfs à vif.

« Dites-moi ce que vous savez ou je remonte à l'instant ! »

Joignant le geste à la parole, elle s'approcha de l'escalier menant à la surface.

« Je suis là pour t'aider et rien d'autre. »

– Pourquoi moi et pas eux ? s'emporta-t-elle à voix haute. Je ne peux pas rester ici alors qu'ils sont en danger !

« Tu n'iras nulle part ! Il est hors de question que cette maudite Confrérie mette la main sur toi comme elle l'a fait pour Gabriel ! »

Ces derniers mots l'effrayèrent. Les paroles de Varga lui revinrent à l'esprit.

« Qu'est-ce que ce Comte me veut ? Comment sait-il qui je suis ? »

Rose restait près de la porte de la crypte, ignorant l'incendie qui faisait rage juste derrière elle. Des centaines de questions se bousculaient dans sa tête, mais l'esprit s'obstinait à garder le silence. Puis, alors qu'elle ne l'espérait plus, la réponse retentit :

« Il veut se servir de tes dons, comme il le fait avec Gabriel. Maintenant, éloigne-toi de cette porte ! »

« Il sait ce que je suis ? Mais comment ? »

« Rose ! L'incendie a gagné la cave ! Cours au fond de la crypte ! »

Comme pour confirmer ses dires, un sifflement strident envahit soudain le sous-sol.

39

À travers le sang qui coulait de son arcade sourcilière, Grégoire, horrifié, contemplait le presbytère, ou du moins ce qu'il en restait. L'explosion avait soufflé le toit et une épaisse fumée voilait les ruines de la façade. Quand les fenêtres avaient éclaté sous l'effet de la chaleur, tout le monde avait quitté le parvis. Gabriel et Grégoire avaient été soulevés par des gardes et jetés au milieu de la place. L'immortel n'avait toujours pas repris connaissance. Les hommes de Varga le scrutaient avec attention, prêts à se jeter sur lui s'il se réveillait.

Grégoire regardait brûler le presbytère – cet endroit dont il avait fait son monde pendant un an. Et Rose ? Où était Rose ? Probablement prisonnière des décombres, pensa le prêtre, hébété.

L'église, construite en granit, avait résisté à l'explosion. Seul le pan mitoyen au presbytère s'était effondré ; le portail était intact. La crypte était donc accessible, réalisa le prêtre avec soulagement. Mais il ne voyait pas comment tirer Rose de là avant que la fumée ne l'asphyxie.

Théodore de Rostand dévala les marches pour venir à la rencontre de son supérieur. Varga cachait mal sa nervosité. De toute évidence, tout ne se déroulait pas comme il l'avait prévu.

– Impossible de s'approcher, mon père, l'informa le jeune homme à bout de souffle. Elle n'a pas pu survivre à l'explosion…

Varga regarda le nuage noir et serra les dents, faisant saillir les os de sa mâchoire.

– Le jour va bientôt se lever, insista Théodore. Nous ne pouvons pas nous attarder plus longtemps.

L'exécuteur de la Sainte-Vehme trancha :

– Pendez les inculpés à l'entrée du village en guise d'avertissement pour les autres.

L'ordre glaça Grégoire, qui vit des *wissenden* envahir aussitôt l'auberge. Ils en ressortirent quelques secondes plus tard, escortant Le Bihan, sa femme et trois autres hommes, les yeux écarquillés de peur. On leur intima le silence, on les bouscula pour qu'ils accélèrent le pas sur le chemin qui les mènerait à l'échafaud. Impuissant, Grégoire les regarda s'éloigner. Puis une charrette arriva sur la place et les hommes qui entouraient Gabriel le soulevèrent par les aisselles pour l'y jeter sans ménagement. Malgré ses blessures, Grégoire se redressa pour mieux voir l'immortel. Le produit qu'on lui avait injecté était redoutablement efficace : il n'était plus qu'un pantin inerte. Les talons de ses bottes raclaient le sol, tandis que les gardes le traînaient. Sa tête heurta brutalement le fond de la charrette lorsqu'ils l'y jetèrent.

Varga se dressa soudain devant Grégoire.

– Estime-toi heureux de porter le nom de notre fondateur, immonde traître. Toi aussi, tu devras répondre de tes actes !

Et il tourna les talons. Grégoire, tendu, s'attendait à ce qu'on l'emmène également. Mais rien ne vint. La charrette qui transportait Gabriel se mit en branle, une procession de gardes à sa suite. Comme une scène de théâtre qui se vide après le dernier acte, la place retrouva son calme. Les premières lueurs du jour étaient brouillées par la fumée qui s'élevait au-dessus de l'église.

Grégoire tendit l'oreille, toujours étendu à terre. Quand il fut certain d'être seul, il prit appui sur son bras valide pour se redresser en geignant de douleur. Alors qu'il se relevait, il entendit des claquements de verrou. Les villageois survivants sortaient de chez eux. Ils se précipitèrent vers leur prêtre, qui murmura :

– Rose… dans la crypte…

Il désigna l'église d'un doigt tremblant.

– Qui ça, mon père ? l'interrogea le maréchal-ferrant.

Grégoire parvint enfin à se relever et s'avança en chancelant en direction de l'escalier.

– Mon père, où allez-vous ? demanda l'épicière.

Son mari voulut le retenir mais il se dégagea.

– Il y a une jeune fille coincée dans la crypte de l'église, expliqua-t-il avec difficulté. Sous la dalle derrière l'autel… Il faut la sortir de là !

Des habitants hagards rejoignaient la place, de plus en plus nombreux. Les questions fusaient :

– Qui étaient ces hommes ?

– Que s'est-il passé ?

Puis :

– Où est Le Bihan ?

– L'auberge est vide…

– Le Fernand a disparu…

– Le Borgne aussi…

Mais Grégoire continuait à monter les marches. Alors, on l'aida à les gravir. Il avait la gorge serrée. Une fois de plus, il n'avait rien pu faire contre la horde de la Sainte-Vehme. À cette pensée, il trébucha sur sa soutane, réveillant la douleur de ses côtes, plus vive qu'un coup de poignard.

– Mon père, restez là s'écria Étienne Morvan. On s'en charge !

Mais Grégoire ne voulait rien entendre.

– Allez au diable ! cria-t-il en le chassant d'un geste de la main. Aidez-moi plutôt à me débarrasser de ça !

Il défit, ou plutôt arracha les boutons de sa robe, puis jeta le vêtement à terre.

Des villageois l'avaient précédé dans l'église. Grégoire vit quelques silhouettes émerger de l'écran de fumée et revenir vers eux.

– Le mur mitoyen au presbytère s'est effondré sur la nef, mais on peut accéder à l'autel par la porte sur le côté de l'église, annonça Jean Le Mezec en toussant.

Il désignait le côté droit de l'édifice, intact. Le groupe s'y dirigea sans attendre.

– Mon père ? demanda Étienne. Cette jeune fille, ça ne serait pas le gamin qui vous suivait partout ?

Le prêtre lui jeta un regard assassin.

– Rien de tout cela ne serait arrivé si vous n'aviez pas été aussi stupides !

– Mais... on ne sait même pas ce qu'on a fait de travers, objecta l'épicière.

– Le Bihan nous a convaincus qu'il fallait qu'on intervienne, renchérit Morvan. Il y avait ces carnets, trouvés chez Annwenn et dans les affaires de l'enquêteur, avec ces créatures... On pouvait pas deviner... On ne sait même pas qui sont ces hommes. Vous le savez, vous ?

Grégoire ne répondit pas.

Le bâtiment était envahi par la fumée. Au sous-sol, ça devait être l'enfer, pensa-t-il en se couvrant la bouche avec le col de sa chemise. Quand ils arrivèrent dans le chœur, il désigna la dalle au sol. En s'y mettant à plusieurs, les hommes parvinrent à la soulever, puis à la faire basculer. Un nuage noir s'échappa du trou. Tous reculèrent. Sauf Grégoire.

– Donnez-moi une lanterne !

– Père Anselme, vous ne pouvez pas descendre ! opposa l'épicière. Si la petite est là-dessous, il y a peu de chances que...

– Donnez-moi cette foutue lanterne !

Il l'arracha de la main d'un des villageois puis se plia en deux. Ce simple effort lui coûta terriblement et le sang qui coulait de son arcade sourcilière lui brouillait la vue…

– Vous ne pouvez pas descendre dans cet état ! décréta Étienne Morvan. Je m'en occupe. J'ai travaillé dans les mines dans le Nord, c'est pas un peu de fumée et de poussière qui vont me faire peur !

Il se couvrit la bouche de son foulard et posa un pied sur la première marche.

– C'est grand comment là-dessous ?

– La crypte s'étend sous tout le chœur. Quand vous arriverez en bas, vous trouverez une porte à votre droite. L'explosion a dû la détruire. Elle mène au presbytère. Prenez la direction opposée.

– Comment elle s'appelle, la môme ?

– Rose… Elle s'appelle Rose.

Un nœud douloureux se logea dans la gorge du prêtre.

– On te suit ! décrétèrent deux autres hommes, des marins aux traits burinés.

Les trois volontaires descendirent les marches. La crypte était si enfumée que leur lanterne n'éclairait rien. Ils avançaient à l'aveuglette dans la fournaise, en luttant pour respirer. C'était l'enfer sous une église.

– Étienne, il faut qu'on remonte ou on va y rester aussi ! s'écria l'un des marins.

– On n'y voit rien… La gamine est sûrement morte, approuva le second.

Les trois hommes s'accroupirent pour trouver un peu d'air pur au ras du sol.

– Rose ! cria le maréchal-ferrant. Rose !

Pas de réponse.

– Étienne, ça me fait de la peine pour la môme, mais on ne la retrouvera pas dans ces…

– C'est quoi ce bruit ?

Ils tendirent l'oreille. Une plainte étouffée, suivie de quelques coups sourds. Ils se dirigèrent vers les appels ; ils venaient d'un sarcophage de pierre. À trois, ils firent coulisser le couvercle. Rose était recroquevillée à l'intérieur, à moitié asphyxiée.

– On l'a trouvée ! hurla Étienne pour être entendu de ceux restés à la surface.

Il se pencha pour la sortir du caveau.

– C'est fini, petite, souffla-t-il en la soulevant.

Lorsqu'il la déposa dans le chœur, le prêtre se précipita près de lui. En entendant la voix rassurante de Grégoire au creux de son oreille, Rose émergea de la confusion dans laquelle elle flottait. Elle inspira profondément et ouvrit les yeux. Le visage tuméfié de Grégoire était penché sur elle. Ses doigts tremblants effleurèrent sa pommette gonflée et sa lèvre fendue. Elle fondit en larmes.

– Où est-il ?

– Ils l'ont emmené…

– Où ?

– Je ne sais pas. Je ne sais pas, Rose…

– Qu'est-ce qu'on fait, maintenant ?

Grégoire balaya du regard les visages qui les regardaient, curieux. D'autres villageois les avaient rejoints pendant qu'Étienne et les deux marins étaient en bas. Ils étaient venus rapporter ce qui s'était passé à l'orée du bois. Le jugement de la Sainte-Vehme avait été exécuté. Les cinq habitants choisis pour l'exemple avaient été pendus. Au vu de l'expression terrifiée des villageois à cette annonce, la Confrérie n'aurait rien à craindre d'eux. Aucun ne parlerait de ce qui s'était passé cette nuit-là. Et ce n'était sûrement pas le maire qui oserait se plaindre aux autorités officielles…

Grégoire posa une main sur la joue souillée de l'adolescente.

– On s'en va, répondit-il simplement.

Ils allaient fuir. Fuir pour ne pas avoir à répondre à l'inévitable convocation de la Sainte-Vehme. Fuir pour mettre Rose à l'abri de la convoitise du Comte. Pour respecter la promesse faite à l'immortel.

ÉPILOGUE

District de Garmisch-Partenkirchen, Allemagne

Le convoi était engagé sur un chemin accidenté, bordé d'un côté par une falaise escarpée et de l'autre par un ravin. La progression du carrosse et du corbillard qui le suivait était ralentie par l'épaisse couche de neige et les bourrasques glaciales. Le conducteur du véhicule, le visage entièrement protégé par une écharpe, détourna un bref instant son attention de la route pour frapper quelques coups sur le toit de la voiture.

– Nous sommes bientôt arrivés ! hurla-t-il pour se faire entendre du passager endormi.

Barnabas Varga ouvrit les yeux et balaya de la main la buée qui recouvrait la vitre. Il jeta un regard vers leur destination. Nichée dans une cavité de la falaise, la blancheur de la forteresse contrastait avec la roche noire. Son architecture en épousait le relief : cinq tours accolées les unes aux autres formaient des blocs de hauteurs différentes. Sa façade, par contre, était plus régulière, percée de fenêtres étroites et bien alignées.

Varga était nerveux. Il l'était à chacune de ses visites dans ce siège historique de la Confrérie mais, cette fois, c'était différent. Tout ne s'était pas déroulé comme prévu; à bien des égards, il avait failli. Les ordres du Comte étaient pourtant clairs : il devait capturer la jeune fille qui accompagnait Voltz.

Le lendemain du départ de Voltz pour la Bretagne, Varga avait envoyé un télégramme au siège de la Confrérie. Dans son message, il avait fait part de ses soupçons concernant une nouvelle transgression de la part de l'immortel dans l'affaire de Saint-Malo. Il s'était attendu à recevoir l'ordre de le conduire devant le conseil disciplinaire. Mais le Comte lui avait ordonné de ne pas s'en occuper, de laisser Gabriel courir, et de ramener la gamine. Il avait été déçu. Et surpris : quel intérêt pouvait avoir cette adolescente ?

Après une longue ascension, le convoi s'arrêta dans la cour de la forteresse. Quelques hommes vinrent à leur aide. Varga les observa décharger le cercueil dans lequel ils avaient enfermé Voltz pour le voyage. En les voyant s'engouffrer dans l'une des tours avec leur fardeau, il se demanda cyniquement combien de fois l'immortel avait bien pu ressusciter durant le voyage, avant de suffoquer à nouveau. « Quel cycle infernal », pensa Varga. C'était tout ce que Voltz méritait.

✣

Barnabas Varga entra dans la salle où se réunissait le Grand Conseil. C'était une vaste pièce austère, au plafond voûté. Le prêtre longea la table et ses treize sièges jusqu'à une façade de bois sculpté, percée de minuscules ouvertures.

Une porte permettait d'entrer dans l'espace isolé qui se trouvait derrière. Le Comte pouvait accéder à cette salle directement depuis ses appartements. Varga se campa face à ce mur. Même en plissant les yeux, il lui était impossible de savoir si la plus haute autorité de l'Ordre était déjà arrivée. La réponse à sa question ne tarda pas et le fit sursauter.

– J'ai bien peur de ne pas avoir été suffisamment clair dans mes instructions. Aurais-tu l'obligeance, Barnabas, de m'expliquer ce que Gabriel fait ici ? l'interrogea une voix posée.

– Eh bien, comme je vous l'ai écrit, il a une fois de plus laissé des témoins en vie et mis en péril le secret de l'existence de la Confrérie.

– Il me semble que ton intervention irréfléchie n'a rien à envier à ses manquements. Cinq exécutions, et un village entier qui pourra témoigner de cette nuit-là.

– Comment... comment êtes-vous déjà au courant ?

– La question, Barnabas, n'est pas de savoir comment, mais pourquoi mes ordres n'ont pas été respectés ! aboya le Comte. Où est la jeune fille que tu devais me ramener ?

– Nous avons eu un problème. Elle a voulu nous échapper... Il y a eu un incendie, puis une explosion. Elle n'a pas survécu.

Un silence pesant s'ensuivit. Puis, tout à coup, un cliquetis de serrure résonna et la porte de communication s'ouvrit. Varga se figea, assailli par la tentation de fuir à toutes jambes. Une silhouette se dessina dans l'encadrement. Ses traits étaient dissimulés par la capuche du long manteau noir que portaient les membres de l'Ordre. Le prêtre baissa humblement la tête et mit un genou au sol. Une main s'abattit sur son épaule ; il se tassa encore plus. Une vague de froid l'assaillit. Pris de panique, Varga voulut se relever, se soustraire à cette emprise glacée qui le paralysait, mais une vive douleur dans sa poitrine l'en empêcha. Il porta ses doigts crispés à son cœur, la bouche ouverte. Il était incapable de respirer. Très vite, sa vue se troubla et il perdit connaissance.

Varga tomba en avant. Mort. Quelques secondes avaient suffi. D'un coup de botte, le Comte retourna le corps sur le dos pour exposer le visage du prêtre, tordu dans une grimace grotesque.

– Comment allez-vous expliquer sa mort? dit une voix féminine.

Le Grand Maître de la Confrérie se retourna vers son interlocutrice et repoussa sa capuche. Appuyée au chambranle, une jeune femme brune fixait le cadavre avec un sourire méprisant.

– La chasse aux monstres n'était plus de son âge, son pauvre cœur n'a pas tenu. Quelque chose dans ce goût-là. Mais je vous avais interdit de quitter mes appartements. Si on vous surprenait...

– Je suis toujours prudente, le coupa-t-elle. Je m'ennuyais. Cette forteresse est lugubre! La prochaine fois, venez plutôt à Paris. Je vous ferai connaître des endroits fascinants.

– Je sortirais volontiers, si je le pouvais. D'ailleurs, si je sortais, la bande de suceurs de sang incapables que vous dirigez aurait bien du souci à se faire. Cet imbécile de vampire que vous avez choisi pour retrouver la gamine a été tué par mon immortel. C'est vous qui étiez chargée de me la ramener! En personne! Et vous en avez chargé un incompétent notoire!

Le Comte fulminait, mais il ne haussa pas la voix. Personne ne devait soupçonner la présence de cette créature dans les murs de la forteresse.

– Un triste concours de circonstances, se défendit-elle en levant innocemment les paumes. Vous devriez être ravi de la perspicacité de votre homme, au lieu de râler. Gustave était un vampire qui aurait pu curer les doigts de pied de Louis XIV. Un vieux de la vieille. Quant au fait de lui avoir délégué la recherche de cette petite, vous me voyez navrée de vous avoir fait faux bond. Mais l'air marin fait gonfler mes boucles, Saint-Malo n'était pas une destination envisageable.

– Maudit soit le jour où il m'est venu l'idée de m'associer à une créature de votre espèce!

– D'autant que si le bruit se répandait parmi vos troupes que vous traitez avec des vampires, vous seriez bien embêté...

L'homme croisa les bras, sourcils froncés.

– Seriez-vous en train de me menacer ?

– Bien sûr que non. C'est seulement une manière de vous rappeler les termes de notre accord. Vous gardez vos chiens de chasse loin de Paris et des affaires des vampires et, en échange, je vous rends de menus services. Mais entendons-nous bien, cher Comte, cette caricature d'inquisiteur – elle pointa un doigt dédaigneux sur le cadavre de Varga – a tué une amie précieuse que j'avais envoyée surveiller Voltz à votre demande ! Madeleine ne méritait pas un tel sort. Et ne parlons pas de ce pauvre Gustave. Si un seul de mes semblables périt encore des mains de vos sbires, notre arrangement sera caduc.

Elle s'avança, le défiant du regard.

– Je ne voudrais pas que les membres de la très Sainte-Vehme découvrent qu'à leur tête se trouve un être bien plus dangereux que ceux qu'ils pourchassent.

Un sourire inquiétant se dessina sur les fines lèvres du Comte. Il saisit le menton de la jeune femme entre le pouce et l'index. Elle eut un léger mouvement de recul.

– Je suis dangereux, Ève, c'est vrai. Tâchez de ne pas l'oublier.

Elle se dégagea et il éclata de rire, ravi de l'avoir troublée. Vexée, elle lissa le velours vermeil de sa robe et se recomposa une attitude digne.

– Bien, reprit-elle. La petite y est restée et votre immortel se trouve dans vos geôles. Vous n'avez donc plus besoin de moi. Je repars pour Paris dès ce soir.

– Pas si vite... Je veux être sûr que la fille soit bien morte. Retournez là-bas et assurez-vous-en.

– Relâchez Voltz, il vous conduira à elle.

– Non. Il est hors de question que ces deux-là se côtoient une minute de plus. Tout compte fait, le retour de Gabriel au bercail n'est pas une mauvaise chose. S'il la sait en vie, il ne vous laissera pas l'approcher. Et puis, après tant de manquements au règlement, une petite rééducation à nos principes me semble nécessaire. Quelque temps en notre compagnie lui rappellera pour qui il travaille… et à qui il appartient.

– J'aime beaucoup votre style, même si je préférais votre précédente apparence, avoua Ève avec un sourire provocateur. Le corps que vous avez intégré cette fois a des airs froids et antipathiques. L'autre était plus jovial.

Le Comte tendit ses mains osseuses devant lui et les observa avec attention. Elle avait raison, il devait bien l'admettre. Malheureusement, il n'était pas en mesure de choisir l'heureux élu au plus haut rang de la Confrérie. Cette tâche incombait aux membres du Grand Tribunal. Il se contentait de prendre possession du corps de celui qu'ils désignaient.

– Je fais avec ce que j'ai sous la main. Pas évident de trouver une enveloppe esthétiquement convenable parmi les prétendants.

– Ils ne soupçonnent rien, depuis le temps ? Un siècle à jouer à cache-cache dans le corps des Comtes élus, ils finiront un jour ou l'autre par se douter de quelque chose.

Le Comte ricana.

– Et quand bien même ? Ces minables ne peuvent rien contre moi.

– Pensez-vous qu'un jour vous me révélerez ce que vous êtes vraiment ?

Un sourire éclaira son visage austère, qui devint presque charmeur.

– Si vous me le permettez, ma chère, je vais m'octroyer

le droit de garder une part de mystère à vos yeux. Mais qui sait, un jour peut-être...

– D'autant que nous avons, vous et moi, l'éternité devant nous.

– L'éternité, oui. En tout cas, jusqu'à ce que la Mort s'en mêle...

À suivre...

L'AUTEURE

KARINE MARTINS naît en Touraine. Son goût pour la lecture et la transmission l'incite à intégrer une Confrérie mystérieuse et redoutée, appelée Éducation nationale. Au sein de cet Ordre obscur, elle initie les jeunes novices adolescents au pouvoir magique de la langue française et au monde mystérieux des livres, en tant que professeure de français en collège. Passionnée d'univers fantastiques et de romans policiers, elle se lance en 2011 dans la rédaction de romans *urban fantasy*. C'est en 2017 qu'elle entame, sur Wattpad, l'écriture de sa trilogie inspirée des romans fantastiques du XIXe siècle, *Ceux qui ne peuvent pas mourir*, qui met en scène un irrésistible duo d'enquêteurs.

VOUS AIMEZ LES ROMANS FANTASTIQUES ?
DÉCOUVREZ AUSSI...

Également disponible en poche
dans la collection Pôle fiction

Lady Helen

1. Le Club des Mauvais Jours
2. Le Pacte des Mauvais Jours
3. L'Ombre des Mauvais Jours

Alison Goodman

Londres, avril 1812. Lady Helen Wrexhall s'apprête à faire son entrée dans le monde. Bientôt, elle sera prise dans le tourbillon des bals avec l'espoir de faire un beau mariage. Mais d'étranges faits surviennent qui la plongent soudain dans les ombres de la Régence : une bonne de la maison disparaît, des meurtres sanglants sont commis et Helen fait la connaissance de lord Carlston, un homme à la réputation sulfureuse. Il appartient au Club des mauvais jours, une police secrète chargée de combattre des démons qui ont infiltré toutes les couches de la société. Lady Helen est dotée d'étranges pouvoirs mais acceptera-t-elle de renoncer à une vie faite de privilèges et d'insouciance pour basculer dans un monde terrifiant ?

Également disponible en poche
dans la collection Pôle fiction

Animale

1. La Malédiction de Boucle d'or
2. La Prophétie de la Reine des neiges

Victor Dixen

1832. Blonde, dix-sept ans, est cloîtrée depuis toujours dans un couvent perdu au milieu des bois. Pourquoi les sœurs l'obligent-elles à couvrir ses cheveux d'or et à cacher sa beauté troublante derrière des lunettes sombres ? Qui sont ses parents, et que leur est-il arrivé ? Alors qu'elle s'enfuit pour remonter le fil du passé, Blonde se découvre un versant obscur, une part animale : il y a au cœur de son histoire un terrible secret.

Le papier de cet ouvrage est composé de fibres naturelles, renouvelables, recyclables et fabriquées à partir de bois provenant de forêts gérées durablement.

Mise en pages : Françoise Pham

Loi n° 49-956 du 16 juillet 1949
sur les publications destinées à la jeunesse
ISBN : 978-2-07-512413-3
Numéro d'édition : 447658
Premier dépôt légal : septembre 2019
Dépôt légal : janvier 2022
Imprimé en Italie par Grafica Veneta S.p.A.